王曉平　編著

日藏詩經古寫本刻本彙編

（第一辑）

第十册

中華書局

再刻頭書詩經集注（下）

卷五——卷八

再刻頭書

詩經集註

五

〇衍義云此詩三章一意不過反覆詠嘆之耳非有加重意
〇同蘇氏曰先賜弓矢以享禮行之孔氏曰享則亨太牢般性登豆盛于燕獻數終而止
不得終日故曰一朝也
〇同王文恪公曰報功之典賞賢爲先九錫之中弓矢爲重而朱弓尤天朝之名器也
〇音釋云弄臣漢哀帝建平四年上發武庫兵送侍中董賢及乳母王阿舍執金吾毋將隆奏武庫兵器天下公用今便弄臣私恩微妾而以天下公用給其私門非所以示四方也鐵券漢高祖唐中宗後唐明宗皆賜功臣鐵券後皆屠戮初忽韓信

詩經卷之五　朱熹集傳

彤弓之什二之三

彤弓弨音超兮受言藏之我有嘉賓中心貺叶虛王反之鐘鼓既設一朝饗叶虛良反之賦也彤弓朱弓也弨弛貌貺與也大飲賓曰饗此天子燕有功諸侯而錫以弓矢之樂歌也東萊呂氏曰受言藏之言其重也弓人所獻藏之王府以待有功不敢輕與人也中心貺之言其誠也中心實欲貺之非由外也一朝饗之言其速也以王府寶藏之弓一朝舉以畀人未嘗有遲留顧惜之意也後世視府藏爲己私分至有以武庫兵賜弄臣者則與受言藏之者異矣賞賜

言項羽之為人也見人慈愛言語嘔嘔至人有功當封爵者刻印刓忍不能與此婦人之仁也

非出於利誘則迫於事勢至有朝賜鐵券而暮屠戮者則與中心貺之者異矣屯膏吝賞功臣解體至有印刓而不忍予者則與一朝饗之者異矣

○彤弓弨兮受言載叶子利反之我有嘉賓中心喜叶去聲之鍾鼓既設一朝右音又叶于記反之賦也載抗之也喜樂也右勸也尊也

○彤弓弨兮受言櫜音高叶古號反之我有嘉賓中心好去聲之鍾鼓既設一朝醻音酬叶大到反之賦也櫜韜好說醻報也飲酒之禮主人獻賓賓酢主人主人又酌自飲而遂酌以飲賓謂之醻醻猶

○劉補云屢言重賞功之器而盡報功之道也

○左傳文公四年有之 註敵當也

○衍義云晉穆帝時桓溫屢求北伐詔書不許溫輒拜表輒行安帝時孫恩陷會稽等郡劉牢之鎮京口發兵討恩拜表輒行

厚也勸也。

彤弓三章章六句 春秋傳甯武子曰諸侯敵王所愾而獻其功於是乎賜之彤弓一彤矢百玈弓矢千以覺報宴注曰愾恨怒也覺明也謂諸侯有四夷之功王賜之弓矢又爲歌彤弓以明報功宴樂鄭氏曰凡諸侯賜弓矢然後專征伐東萊呂氏曰所謂專征者如四夷入邊臣子簒弑不容待報者其它則九伐之法乃大司馬所職非諸侯所專也與後世强臣拜表輒行者異矣

菁菁音精者莪在彼中阿既見君子樂音洛且有

○衍義疏云此詩義之菁菁與桑之阿難同一例

儀叶五何反○興也菁菁盛貌莪蘿蒿也中阿阿中也大陵曰阿君子指賓客也○此亦燕飲賓客之詩言菁菁者莪則在彼中阿矣既見君子則我心喜樂而有禮儀矣或曰以菁菁者莪比君子容貌威儀之盛也下章放此

○菁菁者莪在彼中沚音止既見君子我心則喜

興也中沚沚中也喜樂也

○菁菁者莪在彼中陵既見君子錫我百朋

興也中陵陵中也古者貨貝五貝爲朋錫我百朋者見之而喜如得重貨之多也

○汎汎芳劒反楊舟載沈載浮既見君子我心

○正義云五貝者漢書食貨志以爲大貝牡貝么貝小貝不成貝爲五也言爲朋者爲小貝以上四種各二貝爲一朋而不成者不爲朋鄭因經廣解之言有五種之貝貝中以相與爲朋非總五貝爲一朋也故志曰大貝四寸八分以上直錢二百一十文二貝爲朋牡貝三寸六分以上直錢五十文二貝爲朋公貝二寸四分以上直錢三十文二貝爲

朋。小貝寸二分以上直錢二十文。二貝爲朋。不成貝寸二分。漏度不得爲朋。率枚直錢三文是也。以志所言士殊侈事己恭多舉古事而得五貝。故知古皆貨貝焉。

則休。比也。楊舟。楊木爲舟也。載。則也。載沈載浮。猶言清載濁。載馳載驅之類。以比未見君子而心不定也。休者。休休然言安定也。

菁菁者莪四章章四句

六月棲棲。音西 戎車既飭。音敕 四牡騤騤。音逵 載是常服。叶蒲北反 玁狁孔熾。我是用急。叶音棘 王于出征。以匡王國。叶于逼反 ○賦也。六月。建未之月也。棲棲。猶皇皇不安之貌。戎車。兵車也。飭。整也。騤騤。强貌。常服。戎事之常服。以韎韋爲弁。又以爲衣。而素裳白舃也。玁狁。即獫狁。北狄也。孔。甚。熾。盛。匡。正也。成康既没。周室寖衰。八世而厲王胡暴虐。周人逐

○司馬法仁本第二云冬夏不興師所以兼愛民也

之出居于鎬玁狁內侵逼近京邑王崩子宣王靖即位命尹吉甫帥師伐之有功而歸詩人作歌以叙其事如此司馬法冬夏不興師今乃六月而出師者以玁狁甚熾其事危急故不得已而王命於是出征以正王國也

○比去聲物四驪閑之維則維此六月既成我服叶蒲北反我服既成于三十里王于出征以佐天子叶獎里反○賦也比物齊其力也凡大事祭祀朝覲會同毛馬而頒之凡軍事物馬而頒之毛馬齊其色物馬齊其力吉事尚文武事尚強也則法也服戎服也三十里一舍也古者吉行日五十里師行日三十里○既比其物而曰四驪則其色又齊可以見馬之有餘矣閑習之而皆中法則又可以見教

○衍義呂湖曰昔日玁狁内侵其事危急王國戒嚴有不定意今則荒服之制以明夷夏之防以峻難之既靖而王國會安矣[illegible]

之有嚴矣於是此月之中即成我服既成我服即日引道不徐不疾盡舍而止又見其應變之速從事之敏而不失其常度也王命於此而出征欲其有以敵王所愾而佐天子耳。

○四牡脩廣其大有顒魚恭反薄伐玁狁以奏膚公有嚴有翼共音恭武之服叶蒲北反共武之服以定王國叶于逼反○賦也脩長廣大也顒大貌奏薦膚大公功嚴威翼敬也共與供同服事也言將帥皆嚴敬以共武事也。

○玁狁匪茹音孺整居焦穫音護侵鎬音浩及方至于涇陽織音志文鳥章白旆央央於良反元戎十

乘（去聲）以先啓行（叶戸郎反○賦也。如、度。整、齊也。焦穫。鎬。方。皆地名。焦未詳）所在。穫。郭璞以為瓠中。則今在耀州三原縣也。鎬。劉向以為千里之鎬。則非鎬京之鎬矣。亦未詳其所在也。方。疑即朔方也。涇陽。涇水之北。在豐鎬之西北。言其深入為寇也。織。幟字同。鳥章。鳥隼之章也。白旆。繼旐者也。央央。鮮明貌。元。大也。戎。戎車也。軍之前鋒也。啓。開。行。道也。猶言發程也。○言玁狁不自度量深入為寇如此。是以建此旌旗。選鋒鋭進。聲其罪而致討焉。直而壯。律而臧。有所不戰。戰必勝矣。

○戎車既安（叶於連反）如輊（音致）如軒（叶）四牡既佶（音吉）既佶且閑（叶胡田反）薄伐玁狁至于大原（音泰）文武

○衍義左傳云師直為壯曲為老今因玁狁為寇而聲罪致討則直而壯矣易曰師出以律否臧凶今建旌旗選鋒鋭進則律而臧矣

○輯補云首二章表出師之故三章至五章詳其行師之善而成功末章慶其旋師飲至之樂而見有將相調和之意也

○衍義云太原即涇陽之地太原以南吾之土地也則疆而出之太原以北彼之土地也則聽其居之來則禦而去不追此帝王制禦夷狄之要道也

○同云此詩見君臣之合德將相之同心而宣王之中興所以内順治而外威嚴也與春秋書晉滅陸渾之義同

○衍義南台曰此章終之以張仲者又以見内有張仲之賢故吉甫得以成功于外也

○說約云爾雅李巡註云張姓仲字

吉甫萬邦爲憲。叶許言反○賦也。輊車之覆而前也。軒車之却而後也。凡車從後視之如輊。從前視之如軒。然後適調也。佶壯健貌。太原地名。亦曰大鹵。今在太原府陽曲縣。至于大原。言逐出之而已。不窮追也。先王治戎狄之法如此。吉甫尹吉甫。此時大將也。憲法也。非文無以附衆。非武無以威敵。能文能武。則萬邦以之爲法矣

○吉甫燕喜。既多受祉。來歸自鎬。我行永久。叶舉里反飲去聲御諸友。叶羽已反炰音庖鱉膾鯉。侯誰在矣。張仲孝友。叶同上○賦也。祉福。御進。侯維也。張仲吉甫之友也。善父母曰孝。善兄弟曰友。○此言吉甫燕飲喜樂。多受福祉。蓋以其歸自鎬而行永久也。是以飲酒

進餞於朋友而孝友之張仲在焉言其所與宴者之賢所以賢言肅而善是燕也。

六月六章章八句

薄言采芑音起于彼新田于此菑畝音緇叶每彼反方叔涖音利止其車三千師干之試叶詩止反方叔率止乘其四騏四騏翼翼路車有奭音肸簟茀音弗魚服叶蒲北反鉤膺鞗音條革叶訖力反○興也芑苦菜也青白色摘其葉有白汁出肥可生食亦可蒸爲茹即今苦賣菜宜馬食軍行采之人馬皆可食也田一歲曰菑二歲曰新田三歲曰畬方叔宣王卿士受命爲將者也涖臨也其車三千法當用

○衍義云首二章言軍容之盛三章言軍律之嚴末章推本其成名著而遠人服以見成功之有本也

○音釋云鉤膺周官巾車註鉤婁頷之鉤也以金爲之是鉤用金在頷之飾也膺樊纓也在膺之飾惟有樊纓樊與鞶同今馬大帶纓今馬鞅金路鉤樊纓九就同姓以封或方叔爲同姓或非同姓而方叔元老是爲上公亦乘金路矣

○衍義鄭氏曰樊纓皆以五采罽飾之罽織毛爲之者也

○同朱子曰南征荆蠻想不甚費力不曾大段戰鬬故止盛稱其軍容而已

○同曹氏曰芾服非戎服和鸞非戎馬所以然者方叔克壯其猷如呉起將戰不帶劒諸葛武侯不親戎

三十萬衆。蓋兵車一乘。甲士三人。步卒七十二人。又二十五人。將重車在後。凡百人也。然此亦極其盛而言。未必實有此數也。師。衆。干。扞也。試。肄習也。言衆且練也。率。總率之也。翼翼。順序貌。路車。戎路也。奭。赤貌。簟茀。以方文竹簟爲車蔽也。鉤膺。馬婁頷有鉤。而在膺有樊有纓也。樊。馬大帶。纓。鞅也。鞗革。見蓼蕭篇

○宣王之時。蠻荆背叛。王命方叔南征。軍行采芑而食。故賦其事以起興曰。薄言采芑。則于彼新田。于此菑畝矣。方叔涖止。則其車三千。師干之試矣。又遂言其車馬之美。以見軍容之盛也。

○薄言采芑。于彼新田。于此中鄉。方叔涖止。其車三千。旂旐央央。方叔率止。約軝音祗錯衡。

服芊祫輕裘而盛著厥名，且預身不驂馬，自能制敵，故詩人詠其車服之美而已。

○禮記玉藻篇云：一命緼韍幽衡，再命赤韍幽衡，三命赤韍葱衡。

叶戶郎反　八鸞瑲瑲音倉　服其命服　朱芾音弗　斯皇有瑲　葱珩音衡叶戶郎反○輿也。中鄉，民居。其田尤治。約，束軝轂也。以皮纏束兵車之轂而朱之也。錯，文也。鈴在鑣曰鸞。馬口兩旁各一。四馬故八也。瑲瑲，聲也。命服，天子所命之服也。朱芾，黃朱之芾也。皇猶煌煌也。瑲，玉聲。葱，蒼色如葱者也。珩，佩首橫玉也。禮三命赤芾葱珩。

○鴥音聿　彼飛隼息允反　其飛戾天　亦集爰止　方叔涖止　其車三千　師干之試　方叔率止　鉦音征人伐鼓　陳師鞠音菊旅　顯允方叔　伐鼓淵淵叶於

○行義雖聞野外鼓聲淵淵和平戰而若不欲戰者不惟恐多殺以傷吾仁抑亦恐貪功而失吾律也闐闐齊一退而猶若對敵者不惟恐微利而亂吾紀抑亦恐敵之乘吾怠而掩吾后也

○左傳隱公五年註云出曰治兵入曰振旅

〔一〕輔氏曰首二章言軍容之盛三章言軍律之嚴末章言謀猷威盛而本素望以成功也此連上篇雖言二子之善將兵寔見宣王之善將將中興之氣象也

巾反**振旅闐闐**音田叶徒鄰反○興也隼鷂屬急疾之鳥也戾至爰於也鉦鐃也鐲也伐擊也鉦以靜之鼓以動之鉦鼓各有人而言鉦人伐鼓互文也鞠告也二千五百人為師五百人為旅此言將戰陳其師旅而誓告之也陳師鞠旅亦互文耳淵淵鼓聲平和不暴怒也謂戰時進士衆也振止旅衆也言戰罷而止其衆以入也春秋傳曰出曰治兵入曰振旅是也闐闐亦鼓聲也或曰盛貌程子曰振旅亦以鼓行金止○言隼飛戾天而亦集於所止以興師衆之盛而進退有節如下文所云也

○**蠢爾蠻荊大邦為讎方叔元老克壯其猶**

方叔率止執訊音信**獲醜**叶尺由反**戎車嘽嘽**音灘嘽

嘽嘽焞焞（音推）如霆如雷顯允方叔征伐玁狁蠻
荊來威（叶音隈）○賦也。蠢者動而無知之貌。
蠻荊荊州之蠻也。大邦猶言中國也。
元大猶謀也。言方叔雖老而謀則壯也。嘽嘽
衆也。焞焞盛也。霆疾雷也。方叔蓋嘗與於北
伐之功者。是以蠻荊聞其名而皆來畏服也

采芑四章章十二句

我車既攻我馬既同四牡龐龐（音籠）駕言徂東
賦也。攻堅。同齊也。傳曰宗廟齊豪尚純也。戎
事齊力尚强也。田獵齊足尚疾也。龐龐充實
也。東東都洛邑也。○周公相成王營洛邑爲
東都以朝諸侯。周室既衰久廢其禮。至于宣
王內脩政事外攘夷狄復文武之境土。脩車

○行義呂東萊曰宣
王往東都以會諸侯
爲主而一章二章先
言田獵者蓋有所先
爲戒具以待會同
畢而田獵於

○同朱子曰田獵之事古人亦多刺之然宣王之田乃是因此見其車馬之盛紀律之嚴所以爲中興之勢者在此其所謂田異乎尋常之田矣

○衍義呂氏曰敖山山下平曠可以屯兵蹊翳谷可以設伏所謂東有甫草即此地也

馬備器械復會諸侯於東都因田獵而選車徒焉故詩人作此以美之首章汎言將往東都也

○田車既好叶許厚反四牡孔阜東有甫草叶此苟反駕言行狩叶始苟反○賦也田車田獵之車好善也阜盛大也甫草甫田也後爲鄭地今開封府中牟縣西圃田澤是也宣王之時未有鄭國圃田屬東都畿內故將往田也○此章指言將往狩于圃田也

○之子于苗叶音毛選徒囂囂音敖建旐設旄搏音博獸于敖賦也之子有司也苗狩獵之通名也選數也囂囂聲衆盛也數車徒者其聲囂囂則車徒之衆可知且車徒不譁而惟數者有聲又見其靜治也敖地近滎陽地

○衍義云時見者無常期有事則來朝而受命殷見者十有二年而王不巡狩則六服皆來朝殷衆也

名也○此章言至東都而選徒以獵也。

○駕彼四牡四牡奕奕赤芾金舄會同有繹

賦也。奕奕連絡布散之貌。赤芾諸侯之服。金舄赤舄。而加金飾。亦諸侯之服也。時見曰會。殷見曰同。繹陳列聯屬之貌也。○此章言諸侯來會朝於東都也

○決拾既佽音次柴叶弓矢既調讀如同與同叶射夫既同助我舉柴音恣○賦也。決以象骨爲之著於右手大指所以鉤弦開體。拾以皮爲之著於左臂以遂弦。故亦名遂。佽比也。調謂弓强弱與矢輕重相得也。射夫蓋諸侯來會者。同協也。柴說文作掌謂積禽也。使諸侯之人助而舉之。言獲多也。○此章言既會同而田獵也。

○衍義云、一鳴和鸞、二逐水曲、三過君表、四舞交衢、五逐禽左、此五御之法也。一白矢、二參連、三剡注、四襄尺、五井儀、此五射之法也。

○漢書周亞夫傳、夜軍中驚、內相攻擊、擾亂至帳下、亞夫堅臥不起、頃之復定。

○四黄既駕、兩驂不猗。音意、叶於箇反 不失其馳。叶徒母反 舍音捨矢如破。叶普過反

賦也。猗、偏倚不正也。馳、馳驅之法也。舍矢如破、巧而力也。蘇氏曰、不善射御者、詭遇則獲。不然不能也。今御者不失其馳驅之法、而射者舍矢如破、則可謂善射御矣。○此章言田獵而見其射御之善也。

○蕭蕭馬鳴、悠悠旆旌。徒御不驚、大庖不盈。

賦也。蕭蕭悠悠、皆閑暇之貌。徒、步卒也。御、車御也。驚、如漢書夜軍中驚之驚。不驚、言比卒事不諠譁也。大庖、君庖也。不盈、言取之有度、不極欲也。蓋古者田獵獲禽、面傷不獻、踐毛不獻、不成禽不獻。擇取三等、自左膘而射之、達于右腢為上殺、以為乾豆、奉宗廟。達右耳

○禮記射義注云澤宮名所以擇士也士習諸侯朝者諸臣及貢士也

本者次之以爲賓客射左髀達于右腨爲下殺以充君庖每禽取三十焉每等得十其餘以與士大夫習射於澤宮中者取之是以獲雖多而君庖不盈也張子曰饌雖多而無餘者均及於衆而有法耳凡事有法則何患乎不均也舊說不驚驚也不盈盈也亦通○此章言其終事嚴而須禽均也

○之子于征有聞聞音問無聲允矣君子展也大成

賦也允信展誠也聞師之行而不聞其聲言至肅也信矣其君子也誠哉其大成也

○此章總叙其事之始終而深美之也

車攻八章章四句 以五章以下考之恐當作四章章八句

○刪補云既叙其會同田獵之事而著其爲德業之全也

○衍義云房四星謂
之天駟天馬主車駕
南星曰左驂次左服
次右服次右驂夏官
校人春祭馬祖此常
祭也將用馬力則禱
之

吉日維戊叶莫吼反既伯既禱叶丁口反田車既好叶許
口反四牡孔阜升彼大阜從其羣醜賦也戊剛日也伯馬
祖也。謂天駟房星之神也。醜衆也。謂禽獸之
羣衆也。○此亦宣王之詩。言田獵將用馬力。
故以吉日祭馬祖而禱之。既祭而車牢馬健。
於是可以歷險而從禽也。以
下章推之。是日也其戊辰歟。
○吉日庚午既差我馬叶滿浦反獸之所同麀音憂
鹿麌麌音語漆沮平聲之從天子之所賦也庚午亦剛日也
差擇。齊其足也。同聚也。鹿牝曰麀。麌麌衆名
也。漆沮水名。在西都畿內涇渭之北。所謂洛
水。今自延韋流入鄜坊至同州入河也。○戊

辰之日既禱矣越三日庚午遂擇其馬而乘
之視獸之所聚麀鹿最多之處而從之惟
漆沮之旁爲盛宜爲天子田獵之所也
○瞻彼中原其祁孔有叶羽已反儦儦音標俟俟叶于紀反
或羣或友叶羽已反悉率左右叶羽已反以燕天子叶獎里反
○賦也中原原中也祁大也趣則
儦儦行則俟俟獸三曰羣二曰友燕樂也○
言從王者視彼禽獸之多於是率其
同事之人各共其事以樂天子也
○既張我弓既挾我矢發彼小豝音巴殪音意此
大兕以御賓客且以酌醴賦也發發矢也豕牝曰豝一矢而死
曰殪兕野牛也言能中微而制大也御進也

○衍義荆川曰蓋此
詩只美宣王田獵以
君爲主言其行田獵而
見其心之齊獲禽以
爲燕飲之用上下之情此中自可想見醴甘酒也周官酒正五齊之一曰醴齊坊記曰醴
酒在室以此見醴爲盛禮天子享諸侯設醴示不忘古禮之重也

○周禮酒正。一曰泛齊。二曰醴齊。三曰盎齊。四曰緹齊。五曰沈齊。註云醴猶體也。此齊熟時上下一體。汁滓相將。故名。

○刪補云。上二章屬綜理之務。下二章屬上下之情。與前篇車攻所詠。皆宣王中興復古之事也。

醴酒名。周官五齊。二曰醴齊。注曰。醴成而汁滓相將。如今甜酒也。○言射而獲禽以爲俎實。進於賓客而酌醴也。

吉日四章章六句 東萊呂氏曰。車攻吉日。所以爲復古者何也。蓋蒐狩之禮。可以見王賦之復焉。可以見軍實之盛焉。可以見師律之嚴焉。可以見上下之情焉。可以見綜理之周焉。欲明文武之功業者。此亦足以觀矣。

鴻鴈于飛。肅肅其羽。之子于征。劬勞于野。叶上與反 爰及矜人。哀此鰥寡。叶果五反

興也。大曰鴻。小曰鴈。肅肅羽聲也。之子流民自相謂也。征行也。劬勞病苦也。矜憐也。老而無妻曰鰥。老而無夫曰寡。○舊說周室中衰。萬民離散。而宣王能勞來還

○衍義云勞來還定安集王氏曰勞者勞之來者來之徃者還之援者定之危者安之散者集之

○風云民一也得其所則歡鴻鴈不得其所則呼黃鳥爲人上者可以省哉

定安集之故流民喜之而作此詩追叙其始而言曰鴻鴈于飛則肅肅其羽矣之子于征則劬勞于野矣且其劬勞者皆鰥寡可哀憐之人也然今亦未有以見其爲宣王之詩後三篇放此

○鴻鴈于飛集于中澤叶徒洛反之子于垣音袁百堵皆作雖則劬勞其究安宅叶達各反○興也中澤澤中也一丈爲板五板爲堵究終也○流民自言鴻鴈集于中澤以興己之得其所止而築室以居今雖勞苦而終獲安定也

○鴻鴈于飛哀鳴嗸嗸音敖維此哲人謂我劬勞維彼愚人謂我宣驕叶音高○比也流民以鴻鴈哀鳴自比而

○韓詩三十六卷韓嬰傳之

○劉補云始勞終逸而作歌以表之人亦其情不容已之意也

○行義劉安城曰列女傳云宣王常晏起姜后脫簪珥待罪于永巷王感悟于是勤于政事早朝晏退卒成中興之名以此證之或果宣王詩也

作此歌也。哲，知。宣，示也。知者聞我歌，知其出於劬勞；不知者謂我閒暇而宣驕也。韓詩云：劬勞者歌其事。魏風亦云：我歌且謠，不知我者謂我士也驕。大抵歌多出於勞苦，而不知者常以爲驕也。

鴻鴈三章章六句

夜如何其音基夜未央庭燎之光君子至止鸞聲將將音鏘

○賦也。其，語辭。央，中也。庭燎，大燭也。諸侯將朝，則司烜以物百枚并而束之，設於門內也。君子，諸侯也。將將，鸞鑣聲。○王將起視朝，不安於寢，而問夜之早晚曰：夜如何哉？夜雖未央，而庭燎光矣，朝者至而聞其鸞聲矣。

温按噦音諱一本作呼會反恐是

○劉衛云周王屢問夜而屢審其早晚之可以觀無逸之心也

○夜如何其夜未艾。叶音乂 庭燎晣晣。音制與艾叶 君子至止鸞聲噦噦。音諱 ○賦也艾盡也晣晣小明也噦噦近而聞其徐行聲有節也

○夜如何其夜鄉晨。音向 庭燎有煇。音熏 君子至止言觀其旂。叶渠斤反 ○賦也鄉晨近曉也煇火氣也天欲明而見其煙光相雜也既至而觀其旂則辨色矣

庭燎三章章五句

沔音免 彼流水朝音潮 宗于海。叶虎洧反 鴥惟必反 彼飛

○衍義謝疊山曰一身之遇亂不足憎父母之遇亂深可憂誰無父母不爲一身謀獨不爲父母謀乎爲父母謀則當念亂則必思所以拯亂也

○刪補云與憂亂之深而示止亂之道亦善處亂世者矣

隼載飛載止嗟我兄弟邦人諸友叶羽軌反莫肯念亂誰無父母叶滿洧反○興也沔水流滿也諸侯春見天子曰朝夏見曰宗○此憂亂之詩言流水猶朝宗于海飛隼猶或有所止而我之兄弟諸友乃無肯念亂者誰獨無父母乎亂則憂或及之是豈可以不念哉

○沔彼流水其流湯湯音傷鴥音聿彼飛隼載飛載揚念彼不蹟音迹載起載行叶戶郎反心之憂矣不可弭忘興也湯湯波流盛貌不蹟不循道也載起載行言憂念之深不遑寧處也弭止也水盛隼揚以興憂亂之不能忘也

○衍義陳定宇曰始念亂而憂及父母終憂讒而欲以反身憂念之中不忘孝敬詩人忠厚之意也

○鴥彼飛隼率彼中陵民之訛言寧莫之懲我友敬矣讒言其興 興也率循訛僞懲止也○隼之高飛猶循彼中陵而民之訛言乃無懲止之者然我之友誠能敬以自持矣則讒言何自而興乎始憂於人而卒反諸己也

沔水三章二章章八句一章六句 疑當作三章章八句卒章脫前兩句耳

鶴鳴于九皐聲聞于野 聞音問 野叶上與反 魚潛在淵或在于渚 樂音洛 樂彼之園爰有樹檀 叶徒沿反 其下維蘀 音託 他山之石可以爲錯 入聲 ○比也鶴鳥名長頸竦身高脚

○衍義云按鶴軒前無後脚青黑朱頂白身長頸褐尾頭翼有黑若尾則未嘗黑也錄此以正朱傳之誤

○衍義易坎之六四月納約自牖睽之九二日遇主于巷進諫之道當然也鶴鳴詩人廣譬曲喩得易道矣

○同云昔人論善進諫亦曰言之者無罪聞之者足以戒而孔子亦曰五其從諷諫乎若鶴鳴之詩知此義矣

頂赤身白頸尾黑其鳴高亮聞八九里皐澤中水溢出所爲坎從外數至九喩深遠也蘀落也錯礪石也○此詩之作不可知其所由然必陳善納誨之辭也蓋鶴鳴于九皐而聲聞于野言誠之不可揜也魚潛在淵而或在于渚言理之無定在也園有樹檀而其下維蘀言愛當知其惡也他山之石而可以爲錯言憎當知其善也由是四者引而伸之觸類而長之天下之理其庶幾乎

○鶴鳴于九皐聲聞于天叶鐵因反魚在于渚或潛在淵叶一均反樂彼之園爰有樹檀其下維穀他山之石可以攻玉比也穀一名楮惡木也攻錯也○程子曰玉之

○删補云歷説物以諷可謂善於納誨矣

温潤以天下之至美也。石之麁厲。天下之至惡也。然兩玉相磨不可以成器以石磨之然後玉之爲器得以成焉猶君子之與小人處也。横逆侵加然後脩省畏避動心忍性增益預防而義理生焉道德成焉吾聞諸邵子云

鶴鳴二章章九句

彤弓之什十篇四十章二百五十九句 擬脱兩句當爲二百六十一句

祈父之什二之四

祈父。音甫 予王之爪牙。五胡反 胡轉予于恤靡所

○行義云此詩重久役上首二章言役己之非職而有以勞乎已末章言役己之非法而有以勞乎親者是因久役而轉于憂恤所致也

○書酒誥註云圻父謂迫逐違命者也

○行義云朱氏以此詩前二章責司馬不當以王之爪牙而遠從征役末章責司馬不當以國之孤子而遠從征役亦是但不忠不仁字不必用義此詩雖責圻父本爲刺王不忠字不可通矣

止居。賦也。圻父。司馬也。職掌封圻之兵甲。故以爲號。酒誥曰。圻父薄違是也。予。六軍之士也。或曰。司右虎賁之屬也。爪牙。鳥獸所用以爲威者也。恤。憂也。○軍士怨於久役。故呼圻父而告之曰。予乃王之爪牙。汝何轉我於憂恤之地。使我無所止居乎。

○祈父。予王之爪士。胡轉予于恤。靡所厎厎音抵止。賦也。爪士。爪牙之士也。厎。至也。

○祈父。亶不聰。胡轉予于恤。有母之尸饔。賦也。亶。誠。尸。主也。饔。熟食也。言不得奉養。而使母反主勞苦之事也。○東萊呂氏曰。越句踐伐吳。有父母耆老。而無昆弟者。皆遣歸。魏公子無忌救趙。亦令獨子無兄弟者歸養。則古者

○刪補不言役非其職未言役非其法此雖責司馬亦寓刺王之意也

有親老而無兄弟其當免征役必有成法故責司馬之不聰其意謂此法人皆聞之汝獨不聞乎乃驅吾從戎使吾親不免薪水之勞也責司馬者不敢斥王也

祈父三章章四句

序以爲刺宣王之詩說者又以爲宣王三十九年戰于千畝王師敗績于姜氏之戎故軍士怨而作此詩東萊呂氏曰太子晉諫靈王之詞曰自我先王厲宣幽平而貪天禍至于今未弭宣王中興之主也至與幽厲並數之其詞雖過觀是詩所刺則子晉之言豈無所自歟但今考之詩文未有以見其必爲宣王耳下篇倣此

皎皎白駒食我場苗縶音執之維之以永今朝

○行義云詎投轄前漢陳遵每大飲輒閉門取客車轄投井中雖有急終不得去

所謂伊人於焉逍遙賦也。皎皎潔白也。駒馬也。場圃也。縶絆其足。維繫其靷也。永久也。伊人指賢者也。逍遙遊息也。○爲此詩者以賢者之去而不可留也。故託以其所乘之駒食我場苗而縶維之。庶幾以永今朝。使其人得以於此逍遙而不去。若後人留客而投其轄於井中也。

○皎皎白駒食我場藿音霍縶之維之以永今夕。叶祥龠反所謂伊人於焉嘉客。叶克各反○賦也。藿猶苗也。夕猶朝也。嘉客猶逍遙也。

○皎皎白駒賁音閟音奔然來叶六反俱反思爾公爾侯。

○史記云田横故齊王族自立爲齊王戰敗入居海嶋漢高祖使召之曰横來大者王小者侯也

○行義東萊呂氏曰毋金玉爾音雖祝其音問無絶亦以君臣之義微諷之

叶洪孤反逸豫無期慎爾優游叶汪胡反勉爾遁思叶新齎反○賦也賁然光采之貌也或以爲來之疾也思語詞也爾指乘駒之賢人也慎勿過也勉毋決也遁思猶言去意也○言此乘白駒者若其肯來則以爾爲公以爾爲侯而逸樂無期矣猶言横來大者王小者侯也豈可以過於優游決於遁思而終不我顧哉蓋愛之切而不知好爵之不足縻留之苦而不恤其志之不得遂也

○皎皎白駒在彼空谷生芻一束楚俱反其人如玉毋金玉爾音而有遐心○賦也賢者必去而不可留矣於是歎其乘白駒入空谷束生芻以秣之而其人之德美如玉也蓋已邈乎其不可親矣然

○删補云上言二章曲致愛留之意末章因不得留而冀心之不終絶主人可謂誠於求賢矣

猶冀其相聞而無絶也故語之曰毋貴重爾之音聲而有遠我之心也

白駒四章章六句

○删補云先告故國之人而反故國之意民情之甚不得已也

黄鳥黄鳥無集于穀無啄我粟此邦之人不我肯穀言旋言歸復我邦族

啄音卓

興也穀木名穀善旋回復反也○民適異國不得其所故作此詩託爲呼其黄鳥而告之曰爾無集于穀而啄我之粟苟此邦之人不以善道相與則我亦不久於此而將歸矣

○黄鳥黄鳥無集于桑無啄我粱此邦之人不可與明言旋言歸復我諸兄

明叶謨郎反兄叶虛王反○比也

○黄鳥黄鳥無集于榖音許無啄我粟此邦之人不可與處言旋言歸復我諸父比也

黄鳥三章章七句東萊呂氏曰宣王之國之可居也及其至彼則又不若故鄉焉故思而欲歸使民如此亦異於還定安集之時矣今按詩文未見其爲宣王之世下篇亦然

我行其野蔽芾音沸其樗音樞昏姻之故言就爾居爾不我畜復我邦家叶古胡反○賦也樗惡木也壻之父婦之父相謂曰婚姻畜養也○民適異國依其婚姻而不見收卹故作此詩言我行於野中依

○行義云三章俱有不見收恤意是不見恤而歸之次義也下是不見恤而責之厚怨也亦可謂見幾明決而用意忠厚矣

○劉補云當處困之時不見恤於人而亦不深尤乎人也

惡木以自蔽於是思婚姻之故而就爾居而爾不我畜也則將復我之邦家矣

○我行其野言采其蓫音逐昏姻之故言就爾宿爾不我畜言歸思復賦也蓫牛蘈惡菜也今人謂之羊蹄菜

○我行其野言采其葍音福叶筆力反不思舊姻求我新特成不以富亦祇音支以異叶逸織反○賦也葍䔰惡菜也特匹也○言爾之不思舊姻而求新匹也雖實不以彼之富而厭我之貧亦祇以其新而異於故耳此詩人責人忠厚之意

我行其野三章章六句王氏曰先王躬行仁義以道民

○行義輔氏曰孝友睦婣任恤人之道也先王修之以爲教使人各自盡以相生相養乎天地之間而與于物其仁天下至矣今觀二詩所刺亦何與于禽獸夷狄也哉

厚矣猶以爲未也又建官置師以孝友睦婣任恤六行教民爲其有父母也故教以孝爲其有兄弟也故教以友爲其有同姓也故教以睦爲其有異姓也故教以婣爲鄰里鄉黨相保相愛也故教以任相賙相救也故教以恤以爲徒教之或不率也故使官師以時書其德行而勸之以爲徒勸之或不率也於是乎有不孝不睦不婣不弟不任不恤之刑焉方是時也安有如此詩所刺之民乎

秩秩斯干叶居焉反幽幽南山叶所旃反如竹苞叶補苟反矣如松茂叶莫口反矣兄及弟矣式相好去聲叶許厚反矣無相猶叶余久反矣　賦也秩秩有序也斯此也干水涯也南山終南之山

○左傳註云宮室既成祭之曰落故曰落成

○禮記檀弓云晉獻文子成室晉大夫發焉張老曰美哉輪焉美哉奐焉歌於斯哭於斯聚國族於斯文子曰武也得歌於斯哭於斯聚國族於斯是全要領以從先大夫於九京也北面再拜稽首君子謂之善頌善禱

○衍義云此下四章皆是叙其事如美之勿作頌禱看

也。苞叢生而固也。猶謀也。○此築室既成而燕飲以落之。因歌其事。言此室臨水而面山其下之固。如竹之苞。其上之密。如松之茂。又言居是室者。兄弟相好而無相謀。則頌禱之辭。猶所謂聚國族於斯者也。張子曰。猶似也。人情大抵施之不報則輟。故恩不能終。兄弟之間。各盡己之所宜施者。無學其不相報而廢恩也。君臣父子朋友之間。亦莫不用此道盡己而已。愚按此於文義。或未必然。然意則善矣。或曰。猶當作尤。

○似續妣音比祖。築室百堵。西南其戶。爰居爰處。爰笑爰語。賦也。似。嗣也。妣。先於祖者。協下韻爾。或曰。謂姜嫄后稷也。西南其戶。天子之宮。其室非一。在東者西其戶。在北者南其戶。猶言南東其畝也。爰。於也。

○衍義云以上二章垣墻堂室各極其形容俱就廣大華麗上說正見王者之居

○約之閣閣椓音卓之橐橐音託風雨攸除去聲鳥鼠攸去君子攸芋音吁叶王遇反○賦也約束板也閣閣上下相乘也椓擊也橐橐杵聲也除亦去也無風雨鳥鼠之害言其上下四旁皆牢密也芋尊大也君子之所居以為尊且大也

○如跂音企斯翼如矢斯棘如鳥斯革叶訖力反如翬音輝斯飛君子攸躋音賫○賦也跂竦立也翼敬也棘急也矢行緩則枉急則直也革變翬雉躋升也○言其大勢嚴正如人之竦立而其恭翼翼也其廉隅整飭如矢之急而直也其棟宇峻起如鳥之警而革也其簷阿華采而軒翔如翬之飛而

○音釋云奧室西南隅
隅也窔東南隅也奧
窔之間在戶之西而
漏之下正幽暗處故
曰冥

翬其翼也。蓋其堂之美如此
而君子之所升以聽事也。
○殖殖音湜其庭。有覺其楹。噲噲音快其正。叶音征
噦噦音嘒其冥。君子攸寧。賦也。殖殖，平正也。庭，宮寢之前庭也。覺，高
大而直也。楹，柱也。噲噲，猶快快也。正，向明之
處也。噦噦，深廣之貌。冥，奧窔之間也。言其室
之美如此，而君子之
所休息以安身也。
○下莞音官上簟。叶徒檢徒錦二反乃安斯寢。叶于檢于錦二
反
乃寢乃興，乃占我夢。叶彌登反吉夢維何。維熊
維羆，音碑叶彼何反維虺音毁維蛇。叶于其土何二反○賦也。莞，蒲席也。

竹譜曰篁羆似熊而長頭高脚猛憨多力能
拔樹虺蛇屬細頸大頭色如文綬大者長七
八尺○祝其君安其室居夢兆而
有祥亦頌禱之詞也下章放此

○大人占之維熊維羆男子之祥維虺維
蛇女子之祥 大音泰 賦也大人太卜之屬占夢之官
也熊羆陽物在山彊力壯毅男
子之祥也虺蛇陰物穴處柔弱隱伏女子之
祥也○或曰夢之有占何也曰人之精神與
天地陰陽流通故晝之所爲夜之所夢其善
惡吉凶各以類至是以先王建官設屬使之
觀天地之會辨陰陽之氣以日月星辰占六
夢之吉凶獻吉夢贈惡夢其於天人相與之
際察之詳而敬之至矣故曰王前巫而後史
宗祝瞽侑皆在左右王中心無爲也以守至正

○周禮占夢中士二
人史二人徒四人占
六夢之吉凶一曰正
夢無所感動平安自
夢二曰噩夢驚愕而
夢三曰思夢覺時所
思念之四曰寤夢覺
時道之五曰喜夢悅
而夢六曰懼夢恐懼
而夢季冬獻吉夢于
王乃舍萌于四方以
贈惡夢舍萌猶釋菜
萌菜始生也舊歲盡新年至故於此時贈送夫惡夢也

○刪補云首章頌言築室之美而願其兄弟之和下則請言築室之美而願其男女之善皆因築室而致頌禱如此也

○衍義云家人六二陰爻居陰位無所敢自遂者無非無儀也在中饋則唯酒食是也九[illegible]非天子月

○乃生男子。載寢之牀。載衣之裳。載弄之璋。其泣喤喤。音横叶胡光反朱芾音弗斯皇。室家君王。

賦也。半圭曰璋。喤喤大聲也。芾天子純朱。諸侯黄朱。皇猶煌煌也。君諸侯也。○寢之於牀。尊之也。衣之以裳。服之盛也。弄之以璋。尚其德也。言男子之生。於是室者。皆將服朱芾煌煌然。有室有家。爲君爲王矣。

○乃生女子。載寢之地。載衣之裼。音替載弄之瓦。叶魚位反無非無儀。叶音義唯酒食是議。無父母詒音遺罹。叶音麗○賦也。裼褓也。瓦紡塼也。儀善。罹憂也。○寢之於地。卑之也。衣之

今因時之五飯即民間數通用之飯也

○周易家人六二爻辭也程傳云柔順中正婦人之道也婦人居中而主饋者也故曰中饋

○儀禮燕禮云下管新宮

○左傳昭公二十五年宋公享叔孫昭子賦新宮

以裼卽其用而無加也。弄之以瓦習其所有事也。有非非婦人也。有善非婦人也。蓋女子以順爲正。無非足矣。有善則亦非其吉祥可願之事也。唯酒食是議而無遺父母之憂則可矣。易曰無攸遂在中饋貞吉而孟子之母亦曰。婦人之禮精五飯冪酒漿養舅姑縫衣裳而已矣。故有閨門之脩。而無境外之志。此之謂也。

斯干九章四章章七句五章章五句 舊說厲王既流于彘宮室圯壞故宣王卽位更作宮室既成而落之今亦未有以見其必爲是時之詩也。或曰儀禮下管新宮春秋傳宋元公賦新宮恐卽此詩然亦未有明證。

〇行義徵曰首四句止言牛羊之多然亦不必他求只把角之濈濈耳之濕濕二字想像其形容則牛羊衆多之景象瞭然在目矣

〇音釋云呞食已復出嚼之也

誰謂爾無羊三百維羣誰謂爾無牛九十其犉（音淳）爾羊來思其角濈濈（音戢）爾牛來思其耳濕濕（賦也。黄牛黒脣曰犉。羊以三百爲羣其羣不可數也。牛之犉者九十非犉者尚多也。聚其角而息濈濈然呞而動其耳濕濕然。王氏曰濈濈和也羊以善觸爲患故言其和謂聚而不相觸也濕濕潤澤也牛病則耳燥安則潤澤也。〇此詩言牧事有成而牛羊衆多也。）

〇或降于阿或飲于池（叶唐何反）或寢或訛爾牧來思何（上聲）蓑（音梭）何笠（音立）或負其餱（音侯）三十維

○音釋云揭擔也蓑說文蓑草雨衣也笠簦無柄也愚謂簦即今傘也

○衍義云禮記曰庶人之富則數馬以對此詩若上三章則一丁庶人之富耳有后一章使關天下國家之大

物叶微律反爾牲則具叶居律反○賦也。訛，動。何，揭也。蓑笠所以備雨。三十維物，齊其色而別之。凡爲色三十也。○言牛羊無驚畏，而牧人持雨具，齎飲食，從其所適，以順其性，是以生養蕃息，至於其色無所不備，而於用無所不有也。

○爾牧來思，以薪以蒸，以雌以雄叶于陵反。爾羊來思，矜矜兢兢，不騫不崩。麾之以肱，畢來既升。賦也。麤曰薪，細曰蒸。雌雄，禽獸也。矜矜兢兢，堅強也。騫，虧也。崩，羣疾也。肱，臂也。既，盡也。升，入牢也。○言牧人有餘力，則出取薪蒸，搏禽獸。其羊亦馴擾從人，不假箠楚，但以手麾之，使來則畢來，使升則既升也。

○衍義僕嵩曰陰陽不和魚何以育故夢衆而魚則爲豐年生聚不繁旟何所統故夢旐而旟則爲人衆蓋不特以多致多而已也此以類而占之説

○删補云上三章詳著牧事之盛末章因得富庶之徵此亦宣王中興之一驗也

○牧人乃夢衆維魚矣旐音兆維旟音餘矣大人占之衆維魚矣實維豐年叶尼因反旐維旟矣室家溱溱。賦也。占夢之説未詳。溱溱衆也。或曰。衆謂人也。旐郊野所建。統人少。旟州里所建。統人多。蓋人不如魚之多。旐所統不如旟所統之衆。故夢人乃是魚。則爲豐年。旐乃是旟。則爲人衆。

無羊四章章八句

節音截彼南山維石巖巖赫赫師尹民具爾瞻憂心如惔音談不敢戲談國既卒子律反斬叶側銜反

詩經五

○春秋隱公三年之公羊傳云其稱尹氏何譏世卿注云世卿者父死子繼也

叶側御反何用不監平聲○典也節高峻貌巖巖積石貌赫赫顯盛貌師尹大師尹氏也大師三公尹氏蓋吉甫之後春秋書尹氏卒公羊子以為譏世卿者即此也具俱瞻視惔燔卒終斬絕監視也○此詩家父所作刺王用尹氏以致亂言節彼南山則維石巖巖矣赫赫師尹則民具爾瞻矣而其所為不善使人憂心如火燔灼又畏其威而不敢言也然則國既終斬絕矣汝何用而不察哉。

○節彼南山有實其猗音醫叶於何反赫赫師尹不平謂何天方薦音荐瘥音差喪去聲亂弘多民言無嘉叶居何反憯音慘莫懲嗟叶遭哥反○典也有實其猗未詳其義傳曰實

○衍義傚弦曰、維周之氐、是君身之安危、國祚之存亡、皆其所自出也。秉國之均、是操政之利病、生民之休戚、二者其所爲也。大概是則天子待之不爲不加矣、四海望之不爲不至矣。是宜爲下爲民、爲上爲德、以荅天意可也。又不然、奉身而退、以避賢。

滿。猗長也。箋云、猗倚也。言草木滿其旁倚之畎谷也。或以爲草木之實猗猗然。皆不甚通。薦。荐。通重也。瘥病。弘大。憯曾。懲創也。○節彼南山、則有實其猗矣。赫赫師尹、而不平其心、則謂之何哉。蘇氏曰、爲政者不平其心、則下之榮瘁勞佚、有大相絕者矣。是以神怒而重之以喪亂、人怨而謗讟其上。然尹氏曾不懲創咨嗟、求所以自改也。

○尹氏大音泰師、維周之氐。音底、叶都黎反 秉國之均。四方是維、天子是毗。音琵 俾民不迷。不弔昊天、不宜空我師。叶霜夷反 ○賦也。氐本。均平。維持。毗輔。弔愍。空窮。師衆也。○言尹氏大師、維周之氐、而秉國之均、則是宜有以維持四方、毗輔天子、而使民不迷、乃其職

路亦可也今乃久在其位以空我師謂之何哉

○衍義輔氏曰小人而濫居要職躐處高位其智識既不能以照察幾微其才能又不能以總理事務其勢必至于分理姻婭以任政而小人得以並進矣若能平其心視所任之人有不當者則已之瑣瑣姻婭悉皆屏去無使汙縉紳而濫名器則何至于危殆哉

也。今乃不平其心而既不見懲苐於昊天矣。則不宜久在其位使天降禍亂而我衆并及空窮也。

○弗躬弗親庶民弗信叶斯人反弗問弗仕勿罔君子叶奬里反式夷式已無小人殆叶養里反瑣瑣姻亞則無膴音武仕。賦也。仕事。罔欺也。君子指王也。夷平。已止。殆危也。瑣瑣小貌。壻之父曰姻。兩壻相謂曰亞。膴厚也。○言王委政於尹氏。尹氏又委政於姻婭之小人。而以其未嘗問。未嘗事者。欺其君也。故戒之曰汝之弗躬弗親。庶民已不信矣。其所弗問弗事。則豈可以罔君子哉。當平其心。視所任之人。有不當者。則已之。無以小人之故。而至於危殆其國也。瑣瑣姻婭。而必皆膴仕。則小人進矣。

○大全華谷嚴氏曰羅師尹之禍而歸之於天曰降此鞠訩降此大戾謂天生小人以禍天下也

○昊天不傭(敕龍反)降此鞠(音菊)訩(音凶)昊天不惠降此大戾君子如屆(音戒叶居例反)俾民心闋(音缺叶苦桂反)君子如夷惡(去聲)怒是違

賦也。傭,均。鞠,窮。訩,亂。戾,乖。屆,至。闋,息。違,遠也。○言昊天不均,而降此窮極之亂;昊天不順,而降此乖戾之變。然所以靖之者,亦在夫人而已。君子無所苟而用其至,則必躬必親,而民之亂心息矣。君子無所偏而平其心,則式夷式已,而民之惡怒遠矣。傷王與尹氏之不能也。夫爲政不平以召禍亂者,人也,而詩人以爲天實爲之者,蓋無所歸咎,而歸之天也。抑有以見君臣隱諱之義焉,有以見天人合一之理焉。後皆放此。

○不弔昊天叶鐵因反亂靡有定叶唐丁反式月斯生叶桑經反俾民不寧憂心如酲音呈誰秉國成不自爲政叶諸盈反卒勞百姓叶桑經反○賦也酒病曰醒成平卒終也○蘇氏曰天不之恤故亂未有所止而禍患與歲月增長君子憂之曰誰秉國成者乃不自爲政而以付之姻婭之小人其卒使民爲之受其勞弊以至此也○

○駕彼四牡四牡項領我瞻四方蹙蹙音蹴靡所騁音逞○賦也項大也蹙蹙縮小之貌○言駕四牡而四牡項領可以騁矣而視四方則皆昏亂蹙蹙然無可往之所亦將何所騁哉東萊呂氏曰本根病則枝葉皆瘁是

○大全華谷嚴氏曰家父駕此四牡其四牡大領非不肥壯然視四方蹙蹙然縮小無可馳騁之地是以留而不去蓋世亂則若見天地之狹也

○衍義徽兹曰不懲其心欲尹氏之正其心也式訛爾心欲王之格其心也皆推本亂之所由也究者窮

以無可徃之地也。

○方茂爾惡相去聲爾矛矣既夷既懌如相醻音酬矣。賦也。茂盛。相視。懌悦也。○言方盛其惡以相加則視其矛戟如欲戰鬬。及既夷平悦懌則相與歡然如賓主而相醻酢。不以爲怪也。蓋小人之性無常而習於鬬亂。其喜怒之不可期如此。是以君子無所適而可也。

○昊天不平我王不寧不懲其心覆音福怨其正。叶諸盈反。○賦也。尹氏之不平若天使之然。故曰昊天不平。若是則我王亦不得寧矣。然尹氏猶不自懲創其心。乃反怨人之正己者。則其爲惡何時而已哉。

其前日之非詭者化
其前日之患

○劉補云前九章刺尹氏以不平之心而致亂末則窮亂本而歸之王心有思治之意也

○衍義云家父即魯桓時桓王使來聘求車者此詩爲東遷後詩或然而序以爲幽王時詩豈以黍離之後亡雅與

○家父音甫作誦叶疾容反以究王訩式訛爾心以畜萬邦叶卜工反○賦也家氏父字周大夫也究窮訛化畜養也○家父自言作爲此誦以窮究王政昏亂之所由冀其改心易慮以畜養萬邦也陳氏曰尹氏厲威使人不得戲談而家父作詩乃復自表其出於已以身當尹氏之怨而不辭者蓋家父周之世臣義與國俱存亡故也東萊呂氏曰篇終矣故窮其亂本而歸之王心焉致亂者雖尹氏而用尹氏者則王心之蔽也李氏曰孟子曰人不足與適也政不足與間也惟大人爲能格君心之非蓋用人之失政事之過雖皆君之非然不必先論也惟格君心之非則政事無不善矣用人皆得其當矣

〇衍義呂東萊曰凡譸張爲幻以罔上惑衆者皆謂之訛言
〇先正曰癙從鼠病則憂在究內已獨憂之而衆皆不察故謂之幽憂

節南山十章章八句四章章四句

序以此爲幽王之詩而春秋桓十五年有家父來求車於周爲桓王之世上距幽王之終已七十五年不知其人之同異大抵序之時世皆不足信今姑闕焉可也

正音政月繁霜我心憂傷民之訛言亦孔之將念我獨兮憂心京京叶居良反哀我小心癙音鼠憂以痒音羊〇賦也正月夏之四月謂之正月以純陽用事爲正陽之月也繁多訛僞將大也京京亦大也癙憂幽憂也痒病也〇此詩亦大夫所作言霜降失節不以其時既使我心憂傷矣而造爲姦僞之言以惑羣

聽者又方甚大然衆人莫以爲
憂故我獨憂之以至於病也。
○父母生我胡俾我瘉音庾不自我先不自我
後。叶下五反好言自口叶孔五反莠音酉言自口憂心愈
愈是以有侮醜也。瘉病。自從。莠醜也。愈愈益甚之意。○疾痛故呼父母而傷
已適下是時也訛言之人虛僞反覆言之好醜皆不出於心而但出於口是以我之憂心
益甚而反見侵侮也。
○憂心惸惸音煢念我無祿民之無辜并去聲其
臣僕哀我人斯于何從祿瞻烏爰止于誰之

○衍義輔氏曰君子之處亂世彼以爲是而已以爲非彼以爲樂而已以爲憂動與衆違此所以反見侵侮也

○衍義謝疊山曰忠臣不事二君義士不食周粟所可哀者下世之人不知從何人而受
祿乎

○同下義云周之興也有烏流于屋之瑞今周道亡不知其瑞當復見于誰之屋也此非意存以備覽

○書尚書微子篇有

之

屋。賦也。惸惸憂意也。無祿猶言不幸爾。辜。罪。幷。俱也。古者以罪人爲臣僕。亡國所虜亦以爲臣僕。箕子所謂商其淪喪。我罔爲臣僕是也。○言不幸而遭國之將亡。與此無罪之民將俱被囚虜而同爲臣僕。未知將復從何人而受祿。如視烏之飛。不知其將止於誰之屋也

○瞻彼中林。侯薪侯蒸。民今方殆。視天夢夢。音蒙叶莫登反 既克有定。靡人弗勝。勝音升 有皇上帝。伊誰云憎。興也。中林林中也。侯維。殆危也。夢夢不明也。皇大也。上帝天之神也。程子曰以其形體謂之天。以其主宰謂之帝。○言瞻彼中林。則維薪維蒸分明可見也。民今方危殆。疾痛號訴於天。而視天反夢夢然。若無

○史記云吳子入楚伍子胥鞭平王尸申包胥使人謂之曰子之報讎其以甚乎吾聞人衆則勝天天定亦能勝人

急於分別善惡者然此特値其未定之時爾及其既定則未有不爲天所勝者也夫天豈有所私而禍淫之乎福善禍淫亦自然之理而已申包胥曰人衆則勝天天定亦能勝人疑出於此

○謂山蓋卑爲岡爲陵民之訛言寧莫之懲召彼故老訊(音信)之占夢(叶莫登反)具曰予聖誰知烏之雌雄(叶胡陵反○賦也山脊曰岡廣平曰陵懲止也故老舊臣也訊問也)占夢官名掌占夢者也具俱也烏之雌雄相似而難辨者也○謂山蓋卑而其實則岡陵之崇也今民之訛言如此矣而王猶安然莫之止也及其詢之故老訊之占夢則又皆自以爲聖人亦誰能別其言之是非乎子思言

○子思言於衛侯曰云云此語資治通鑑有之

○爾雅云蠑螈蜥蜴蝘蜓守宮疏云一物而四名在草澤中者名蠑螈蜥蜴在壁名蝘蜓守宮也

於衛侯曰君之國事將日非矣公曰何故對曰有由然焉君出言自以爲是而卿大夫莫敢矯其非卿大夫出言亦自以爲是而士庶人莫敢矯其非君臣既自賢矣而羣下同聲賢之賢之則順而有福矯之則逆而有禍如此則善安從生詩曰具曰予聖誰知烏之雌雄抑亦似君之君臣乎

○謂天蓋高不敢不局叶居亦反謂地蓋厚不敢不蹐音積維號音豪斯言有倫有脊哀今之人胡爲虺音毁蜴音易○賦也局曲也蹐累足也號長言之也脊理也蜴螈也虺蜴皆毒螫之蟲也○言遭世之亂天雖高而不敢不局地雖厚而不敢不蹐其所號呼而爲此言

○行義傚弦曰彼求我則非直欲取以爲法不過備其聲望以爲己之重也如不我得必欲其得不憂其不得也執我仇仇亦不我力彼此牽制使不得展其手也如此則前之所以求之真用之之意哉大抵亂世之於賢人多如此

者文皆有倫理而可考也哀今之人胡爲肆毒以害人而使之至此乎

○瞻彼阪音反田有菀音鬱其特天之扤音兀我如不我克彼求我則如不我得執我仇仇亦不我力興也阪田崎嶇墝埆之處菀茂盛之貌特特生之苗也扤動也力謂用力○瞻彼阪田猶有菀然之特而天之扤我如恐其不我克何哉亦無所歸咎之詞也夫始而求之以爲法則惟恐不我得也及其得之則又執我堅固如仇讎然然終亦莫能用也求之甚艱而棄之甚易其無常如此

○心之憂矣如或結之今茲之正胡然厲叶力

○大全朱子曰，褒人有罪，入此女以贖罪，是爲褒姒。幽王爲廢申后及太子，而立以爲后。

集反

矣。燎之方揚，寧或滅之。赫赫宗周，褒姒音似烕呼悅反之。

賦也。正，政也。厲，暴惡也。火田爲燎。揚，盛也。宗周，鎬京也。褒姒，幽王之嬖妾。褒，國。姒，姓也。烕亦滅也。○言我心之憂，如結者，爲國政之暴惡故也。燎之方盛之時，則寧有能撲而滅之者乎。然赫赫然之宗周，而一褒姒足以滅之。蓋傷之也。時宗周未滅，以褒姒淫妬讒諂，而王惑之，知其必滅周也。或曰，此東遷後詩也。時宗周已滅矣。其言褒姒烕之，有監戒之意，而無憂懼之情，似亦道已然之事，而非慮其將然之詞。今亦未能必其然否也。

○終其永懷，又窘陰雨。其車既載，音在乃棄爾

○衍義詩紀云載輸爾載將伯助予如唐太宗敗于高麗乃思魏徵唐玄宗蒙塵于蜀乃思張九齡不用而思之亦晚矣

輔。叶扶雨反 載音如字 輸爾載音在 將音搶 伯助予。叶演汝反 ○比也。陰雨則泥濘而車易以陷也。載車所載也。輔如今人縛杖於輻以防輔車也。輸墮也。將請也。伯或者之字也。○蘇氏曰王爲淫虐譬如行險而不知止君子永思其終知其必有大難故曰終其永懷又窘陰雨王又不虞難之將至而棄賢臣焉故曰乃棄爾輔君子求助於未危故難不至苟其載之既墮而後號伯以助予則無及矣。

○無棄爾輔員音云于爾輻。叶筆力反 屢顧爾僕不輸爾載。叶節力反 終踰絕險曾是不意。叶乙力反 ○比也。員益也。輔所以益輻也。屢數顧視也。僕將車者也。○此承上章言若能無棄爾輔以益其輻

○衍義朱豐城曰輻以固載輔以益輻僕以將車三者皆備然後可以不墮所載坑井旨只宜重輔與僕此作三平似未是

○太全華谷嚴氏曰魚相忘於江湖者也今在池沼非所樂矣喻君子立亂朝亦非所樂也

○孔叢子論勢篇子順曰燕雀處堂云云

而又數數顧視其僕則不覆爾所載而踰於絕險若初不以爲意者蓋能謹其初則厥終無難也。一說上曾不以是爲意乎。

○魚在于沼音灼亦匪克樂音洛潛雖伏矣亦孔之炤音灼憂心慘慘念國之爲虐。比也。沼池也。炤明易見也。○魚在于沼其爲生已蹙矣其潛雖深然亦炤然而易見言禍亂之及無所逃也。

○彼有旨酒又有嘉殽音爻洽比音鼻其鄰昏姻孔云念我獨兮憂心慇慇。賦也。洽比皆合也。云旋也。慇慇疢痛也。○言小人得志有旨酒嘉殽以合比其鄰里怡懌其昏姻而我獨憂心至於疢痛也。昔

順名斌孔子六世孫
時相魏安僖王

○衍義云上鄰里婚
姻此佌佌蔌蔌皆是
得志之小人蓋合爲
一黨貪祿固位而禍
國家者也其實皆人
君失道所致不可不
知

○删補云前十章議
論言見用而賢人見
棄末三章重傷小人
之得志而亂之甚也

人有言燕雀處堂母子相安自以爲樂也突
決棟焚而怡然不知禍之將及其此之謂乎
○佌佌音此彼有屋蔌蔌音速方有穀民今之無
祿天天音腰是椓音卓叶都木反哿音可矣富人哀此惸
獨賦也佌佌小貌蔌蔌窶陋貌指王所用之佌
小人也穀祿天禍椓害哿可獨單也○佌
佌然之小人既已有屋矣蔌蔌窶陋者又將
有穀矣而民今獨無祿者是天禍椓喪之耳
亦無所歸咎之詞也亂至於此富人猶或可
勝惸獨甚矣此孟子所以言文王發政施仁
必先鰥寡
孤獨也

正月十三章八章章八句五章章六句

〇小序云大夫刺幽王也

〇行義謂叠山日月衆陽之本而爲陰所蝕其惡甚矣非日之醜乃天之變國之災也國亡則民受禍烈矣今此下民 亦可哀之甚也

十月之交朔日辛卯叶莫後反日有食之亦孔之醜彼月而微此日而微今此下民亦孔之哀叶於希反〇賦也十月以夏正言之建亥之月也交日月交會謂晦朔之間也曆法周天三百六十五度四分度之一左旋於地一晝一夜則其行一周而又過一度日月皆右行於天一晝一夜則日行一度月行十三度十九分度之七故日一歲而一周天月二十九日有奇而一周天又逐及於日而與之會一歲凡十二會方會則月光都盡而爲晦已會則月光復蘇而爲朔朔後晦前各十五日日月相對則月光正滿而爲望晦朔而日月之合東西同度南北同道則月揜日而日爲之食望而日月之對同度同道則月亢日而月

○衍義杜預曰春秋二百四十二年日蝕三十六唐二百九十年日蝕百餘者此所謂雖交而不食或頻交而食者也在乎人君行事之所感召耳

爲之食。是皆有常度矣。然王者脩德行政用賢去奸能使陽盛足以勝陰陰衰不能侵陽則日月之行雖或當食而月常避日故其遲速高下必有參差而不正相合不正相對者所以當食而不食也若國無政不用善使臣子背君父妾婦乘其夫小人陵君子夷狄侵中國則陰盛陽微當食必食雖曰行有常度而實爲非常之變矣。蘇氏曰日食天變之大者也然正陽之月古尤忌之夏之四月爲純陽故謂之正月十月純陰疑其無陽故謂之陽月純陽而食陽弱之甚也純陰而食陰壯之甚也微虧也彼月則宜有時而虧矣此日不宜虧而今亦虧是亂亡之兆也

○日月告凶不用其行叶戸郎反四國無政不用

〇衍義云左傳昭公七年晉侯問於士文伯曰詩所謂彼日而食于何不臧何也對曰不善政之謂也國無政不用善則自取謫于日月之災故政不可不愼也務三而已一曰擇人二曰愛人三曰用善此說與此稍異

〇衍義云周幽王野三川皆震伯陽父曰周將亡矣昔伊洛竭而夏亡河竭而商亡今周若二代之季其川源必塞必竭

其良。彼月而食。則維其常。此日而食。于何不臧。

賦也。行道也。〇凡日月之食。皆有常度矣。而以爲不用其行者。月不避日。失其道也。然其所以然者。則以四國無政。不用善人故也。如此則日月之食皆非常矣。而以月食爲其常。日食爲不臧者。陰亢陽而不勝。猶可言也。陰勝陽而揜之。不可言也。故春秋日食必書。而月食則無紀焉。亦以此爾。

〇燁燁（音曄）震電。不寧不令。（叶盧經反）百川沸騰。山冢崒崩。高岸爲谷。深谷爲陵。哀今之人。胡憯（音慘）莫懲。

賦也。燁燁。電光貌。震。雷也。寧。安徐也。令。善。沸。出。騰。乘也。山頂曰冢。崒。崔嵬也。高岸崩陷。故爲谷。深谷塡塞。故爲陵。憯。曾也○言非但日食而已。十月而雷電，山崩水溢，亦災異之甚者。是宜恐懼脩省，改紀其政，而幽王曾莫之懲也。董子曰：國家將有失道之敗，而天乃先出災異以譴告之；不知自省，又出怪異以警懼之；尚不知變，而傷敗乃至。此見天心仁愛人君而欲止其亂也。

○皇父音甫卿士，番維司徒，家伯冢宰，仲允膳夫，棸音鄒子內史，蹶音愧維趣七走反馬滿補反，楀音矩維師氏，豔音艷妻煽音扇方處。賦也。皇父、家伯、仲允，皆字也。番、棸、蹶、楀，皆氏也。卿士，六卿之外，更爲都官，以總六官之事也。或曰：卿士，蓋卿之士。周禮太宰之屬，有上中下士。公羊所謂宰士，左氏所謂周公以蔡仲爲己卿士是也。蓋以宰屬而兼總

○行義疏云：皇父卿士即不用其良一句而詳言之，蓋推原災異之故而歸之實禍者，但是詩專爲皇父而作，先數之以爲罪之魁也

○周禮太宰卿一人，宰夫上士八人，中士十六人，下士三十二人

○公羊傳隱公元年謂宰咺爲宰士也

○左傳定公四年云：蔡仲改行帥德，周公舉之以爲己卿士

○周禮天官太宰卿一人地官大司徒卿一人○天官膳夫上士二人膳雖內也羞有滋味者也○春官內史中大夫一人掌王之八柄之法○地官師氏中大夫一人居虎門之左司王朝掌國得失之事諫云司猶察也察王之視朝諫君得失者也

○行義胡氏曰三代之君不敢輕棄其民以從己之欲毋有興作譏及庶民如盤庚遷殷登進厥民而告之三代世守此道故曰胡爲我作不即我

六官位卑而權重也。司徒掌邦教，冢宰掌邦治，皆卿也。膳夫上士掌王之飲食膳羞者也。內史中大夫掌爵祿廢置殺生予奪之法者也。趣馬中士掌王馬之政者也。師氏亦中大夫掌司朝得失之事者也。美色曰豔，豔妻即褒姒也。煽，熾也。方處，言居其所未變徙也。○言所以致變異者，由小人用事於外，而嬖妾蠱惑王心於內，以爲之主故也。

○抑此皇父，豈曰不時。胡爲我作，不即我謀。叶謨悲反。徹我牆屋，田卒汙音烏萊。叶陵之反。曰予不戕，音牆。禮則然矣。叶於姬反。○賦也。抑，發語辭。時，農隙之時也。作，動。即，就。卒，盡也。汙，停水也。萊，草穢也。戕，害也。○言皇父不自以爲不時，欲動我以從，而不與我謀，乃遽徹

誌

○舒義云此詩始而又言日蝕災異之變終而歸咎女寵小人之惡亦欲其恐懼脩省去好遠色改其政也夫何幽王不謹天戒而褒姒皇父之寵如故信乎難免乎驪山之禍矣

我牆屋使我田不獲治卑若汙而高者萊又曰非我戕汝乃下供上役之常禮耳

○皇父音甫孔聖作都于向去聲擇三有事亶侯多藏去聲不憖魚覲反遺一老俾守我王叶于放反擇有車馬以居徂向賦也孔甚也聖通明也都大邑也周禮畿内大都方百里小都方五十里皆天子公卿所封也向地名在東都畿内今孟州河陽縣是也三有事三卿也亶信侯維藏蓄也憖者心不欲而自強之詞有車馬者亦富民也徂往也○言皇父自以爲聖而作都則不求賢而但取富人以爲卿又不自強留一人以衛天子但有車馬者則悉與俱往不忠於上而但知貪利以自私也

○刪補云首二章言災異之繁興下則推由于王之用小人寵嬖妾而又謔著皇父之惡爲病民也

○黽音敏勉從事不敢告勞無罪無辜讒口囂囂音鰲下民之孽音櫱匪降自天叶鐵因反噂音樽沓音遝背音佩憎職競由人。賦也。囂囂，衆多貌。孽，災害也。噂，聚也。沓，重複也。職，主。競，力也。○言黽勉從皇父之役，未嘗敢告勞也，猶且無罪而遭讒，然下民之孽，非天之所爲，噂噂沓沓，多言以相說，而背則相憎，專力爲此者，皆由讒口之人耳。

○悠悠我里，亦孔之痗。音妹叶呼洧反四方有羨，徐面反我獨居憂。民莫不逸，我獨不敢休。天命不徹，叶直質反我不敢傚我友自逸。賦也。悠悠，憂也。里，居。痗，病。羨，餘。

逸樂徹均也。○當是之時。天下病矣。而獨憂
我里之甚病。且以爲四方皆有餘。而我獨憂
衆人皆得逸豫。而我獨勞者。以皇父病之。而
被禍尤甚故也。然此乃天命之不均。吾豈
敢不安於所遇而必傚我友之自逸哉。

十月之交八章章八句

浩浩昊天。不駿其德。降喪饑饉。音覲 斬伐四
國。叶于逼反 旻天疾威。弗慮弗圖。舍音赦 彼有罪。既
伏其辜。若此無罪。淪胥以鋪。叶平聲 ○賦也。浩
浩廣大貌。昊亦
廣大之意。駿大。德惠也。穀不熟曰饑。蔬不熟
曰饉。疾威。猶暴虐也。慮圖皆謀也。舍置。淪陷。
胥相。鋪徧也。○此時饑饉之後。羣臣離散。其

○衍義云以爾無正
名篇章脚歐陽氏說
可玩
○同劉氏曰元氣廣
大則稱昊天仁覆愍下
爲旻天故此章以昊
天言不駿其德以旻
天言其疾威天非有
二也朱氏曰此章始爲怨天之詞以發端也

○行義徽弦曰上有明察脩行之君而雲漢之詩且有散無友紀之言況上有覆明爲惡之主而凡百君子能無蕩析離居之念詩人之言雖以責其臣寔以告其君也

不去者作詩以責去者故推本而言昊天不大其惠降此饑饉而殺伐四國之人如何昊天曾不思慮圖謀而遽爲此乎彼有罪而饑死則是既伏其辜矣舍之可也此無罪者亦相與而陷於死亡則如之何哉

○周宗既滅靡所止戾正大夫離居莫知我勩音異三事大夫莫肯夙夜叶弋灼反邦君諸侯莫肯朝夕叶祥龠反庶曰式臧覆音福出爲惡賦也宗族姓也戾定也正長也周官八職一曰正謂六官之長皆上大夫也離居蓋以饑饉散去而因以避讒譖之禍也我不去者自我也勩勞也三事三公也大夫六卿及中下大夫也臧善覆反也○言將有易姓之禍其兆已見而天變

○大全安成劉氏曰
三章言王不見聽而
已亦不可忘其忠敬也

人離叛如此庶幾曰王改而爲善乃覆出
爲惡而不悛也或曰疑此亦東遷後詩也
○如何昊天叶鐵因反辟言不信叶斯人反如彼行邁
則靡所臻凡百君子各敬爾身胡不相畏不
畏于天賦也如何昊天呼天而訴之也辟法
臻至也凡百君子指羣臣也○言如
何乎昊天也法度之言而不聽信則如彼行
往而無所底至也然凡百君子豈可以王之
爲惡而不敬其身哉不敬爾身
不相畏也不相畏不畏天也
○戎成不退叶吐類反飢成不遂曾音層我暬音薛御
憯憯音慘日瘁音悴凡百君子莫肯用訊叶息悴反聽

○易大壯卦上六爻云羝羊觸藩不能退不能遂

○國語楚語有之

詩云朁近也

○前義云漢侍中與郎日入侍天子故曰侍中朱豐城說王之近臣任灑養薰術之責者也

○同云巧言如流惟口俾躬處休不責其失於人也亦云可

言則答譖言則退。賦也。戎兵。遂進也。易曰不能退不能遂是也。朁御近侍也。國語曰居寢有朁御之箴。蓋如漢侍中之官也。憯憯憂貌。瘁病。訊告也。○言戎兵已成而王之爲惡不退。飢饉已成而王之遷善不遂。使我朁御之臣憂之而憯憯日瘁也。凡百君子莫肯以是告王者。雖王有問而欲聽其言則亦答之而已。不敢盡言也。一有譖言及己則皆退而離居。莫肯夙夜朝夕於王矣。其意若曰王雖不善而君臣之義豈可以若是恝乎。

○哀哉不能言。匪舌是出音脆。維躬是瘁。哿音可矣能言。巧言如流。俾躬處休。賦也。出出之也。瘁病。哿可也。○言之忠者當世之所謂不能言者也。故非但

使讒曰惡及朋友不
責其失足於人也詩
人之忠厚如是

詩經王　三十七

出諸口而適以瘁其躬佞人之言當世所謂
能言者也故巧好其言如水之流無所凝滯
而使其身處於安樂之地蓋亂世昏主惡忠
直而好諛佞類如此詩人所以深歎之也

○維曰于仕孔棘且殆叶養里反云不可使得罪
于天子叶獎里反亦云可使怨及朋友叶羽已反○賦也于
往棘急殆危也○蘇氏曰人皆曰往仕曾
不知仕之急且危也當是之時直道者王之
所謂不可使而枉道者王之所謂可使也直
道者得罪于君而枉道者見怨于友此仕之
所以難也

○謂爾遷于王都曰予未有室家叶古胡反鼠思

○衍義孔氏曰人淚必因悲聲而出若血出則不由聲也今無聲而淚出如血之出故曰
泣血

○冊補云首一章傷飢饉之後群臣離散三四章責其離散之非五六章又休其欲去之情末則曲道以退居之義也

去聲泣血。叶虛屈反無言不疾。昔爾出居。誰從作爾室。

賦也。爾謂離居者。鼠思猶言癙憂也。○當是時。言之難能而仕之多患如此。故羣臣有去者。有居者。居者不忍王之無臣。已之無徒。則告去者使復還於王都。去者不聽。而托於無家以拒之。至於憂思泣血。有無言而不痛疾者。蓋其懼禍之深至於如此。然所謂無家者。則非其情也。故詰之曰。昔爾之去也。誰爲爾作室者。而今以是辭我哉。

雨無正七章。二章章十句。二章章八句。三章章六句。歐陽公曰。古之人於詩多不命題。而篇名往往無義例。其或有命名者。則必述詩之意。如巷伯常武之類是也。今雨無正之名。據序

○韓詩韓嬰之所傳
也

所言。與詩經異。當闕其所疑。元城劉氏
曰。常讀韓詩。有雨無極篇。序云雨無極
正大夫刺幽王也。至其詩之文。則比毛
詩篇首多雨無其極傷我稼穡八字。愚
按劉說似有理。然第一二章本皆十句
今遽增之。則長短不齊。非詩之例。又此
詩實正大夫離居之後。暬御之臣所作。
其曰正大夫刺幽王者。亦非是。且其爲
幽王詩。亦未
有所考也

祈父之什十篇六十四章四百二十
六句

小旻之什二之五

○衍義豊城朱氏曰謀臧不從所謂惡人之所好也不臧覆用所謂好人之所惡也此之謂拂人之性菑必逮夫身故我視其謀猶亦甚病也

旻天疾威敷于下土謀猶回遹何日斯沮遹音聿沮上聲謀臧不從不臧覆用叶丁封反我視謀猶亦孔之邛邛音筇○賦也旻幽遠之意敷布猶謀回邪遹辟沮止臧善覆反邛病也○大夫以王惑於邪謀不能斷以從善而作此詩言旻天之疾威布于下土使王之謀猶邪辟無日而止謀之善者則不從而其不善者反用之故我視其謀猶亦甚病也

○潝潝音吸訿訿音紫亦孔之哀叶於希反謀之其臧則具是違謀之不臧則具是依我視謀猶伊于胡底音抵叶都黎反○賦也潝潝相和也訿訿相詆也具俱底至也○言小人

○衍義輔氏曰洪範云謀及卜筮夫謀貴乎博故謀及卿士謀及庶民今乃以謀夫孔多是用不集者蓋彼之所以謀不過盡衆人之情而主之者則一人而已而此之所謂謀夫則是各主其謀故是非相奪莫知適從終亦無所成就也

同而不和其慮深矣然於謀之善者則違之其不善者則從之亦何能有所定乎。

我龜既厭不我告猶叶于救反謀夫孔多是用不集叶疾救反發言盈庭誰敢執其咎叶巨九反如匪行邁謀是用不得于道叶徒候反○賦也集成也○卜筮數則瀆而龜厭之故不復告其所圖之吉凶謀夫衆則是非相奪而莫適所從故所謀終亦不成蓋發言盈庭各是其是無肯任其責而決之者猶不行不邁而坐謀所適謀之雖審而亦何得於道路哉。

○哀哉為猶匪先民是程匪大猶是經維邇

言是聽叶平聲 維邇言是爭叶側陘反 如彼築室于道謀是用不潰于成 賦也。先民古之聖賢也。程法猶道經常潰遂也。○言哀哉今之爲謀不以先民爲法不以大道爲常其所聽而爭者皆淺末之言。以是相持如將築室而與行道之人謀之人人得爲異論其能有成也哉古語曰作舍道邊三年不成蓋出於此。

洪範五事一曰貌二曰言三曰視四曰聽五曰思貌曰恭言曰從視曰明聽曰聰思曰睿恭作肅從作乂明作哲聰作謀睿作聖

○國雖靡止或聖或否叶補美反 民雖靡膴音呼 或哲或謀叶莫徙反 或肅或艾音乂 如彼泉流無淪胥以敗叶蒲寐反 ○賦也。止定也。聖通明也。膴大也多也。艾與乂同治也。淪陷胥相也。

○言國論雖不定，然有聖者焉，有否者焉；民雖不多，然有哲者焉，有謀者焉，有肅者焉，有艾者焉。但王不用善，則雖有善者，不能自存，將如泉流之不反，而淪胥以至於敗矣。聖哲謀肅艾，即洪範五事之德，豈作此詩者亦傳箕子之學也與。

○不敢暴虎，不敢馮河。叶皮冰反人知其一，莫知其他。音拖戰戰兢兢，如臨深淵。叶均反如履薄冰。

賦也。徒搏曰暴，徒涉曰馮，如馮几然也。戰戰，恐也。兢兢，戒也。如臨深淵，恐墜也。如履薄冰，恐陷也。○衆人之慮，不能及遠。暴虎馮河之患近而易見，則知避之。喪國亡家之禍，隱於無形，則不知以為憂也。故曰戰戰兢兢，如臨深淵，如履薄冰，懼及其禍之詞也。

○删補云：凢五章言王惑邪謀而弃善末，則惧禍之深也。

○行義輔氏曰兄弟相戒以免禍則發言而首及于父母者宜也

小旻六章三章章八句三章章七句蘇氏曰小旻小宛小弁小明四詩皆以小名篇所以別其爲小雅也其在小雅者謂之小故其在大雅者謂之召旻大明獨宛弁闕焉意者孔子刪之矣雖去其大而其小者猶謂之小蓋即用其舊也

宛音死 彼鳴鳩翰飛戾天叶鐵因反 我心憂傷念昔先人明發不寐有懷二人 興也宛小貌鳴鳩斑鳩也翰羽戾至也明發謂將旦而光明開發也二人父母也○此大夫遭時之亂而兄弟相戒以免禍之詩故言彼宛然之小鳥亦翰飛而至于天矣則我心之憂傷豈能不念昔之先人哉是以

○衍義或云天命屬
禍福說言敬則天命
集否則天命去已去
則將不復來而禍及
矣此說似欠切註

明發不寐而有懷乎父母
也言此以爲相戒之端
○人之齊聖飲酒温克彼昏不知壹醉日富
叶筆力反各敬爾儀天命不又叶夷益反○賦也齊肅也聖通明也
克勝也富猶甚也又復也○言齊聖之人雖
醉猶温恭自持以勝所謂不爲酒困也彼昏
然而不知者則一於醉而日甚矣於是言各
敬謹爾之威儀天命已去將不復來不可以
不恐懼也時王以酒敗德臣下
化之故此兄弟相戒首以爲說
○中原有菽音叔庶民采之叶此禮反螟音冥蛉音零有
子蜾音果蠃音裸負叶蒲美反之教誨爾子式穀似叶養

○行義輔氏曰善道人皆可行不似者可教而似同上　秉氣故也

里反之興也。中原，原中也。菽，大豆也。螟蛉，桑上小青蟲也，似步屈。蜾蠃，土蜂也，似蜂而小腰，取桑蟲負之於木空中，七日而化為其子。式，用。穀，善也。○中原有菽，則庶民采之矣。以興善道人皆可行也。螟蛉有子，則蜾蠃負之。以興不似者可教而似也。教誨爾子，則用善而似之可也。善也，似也，終上文兩句所興而言也。戒之以不惟獨善其身，又當教其子使為善也。

○題音弟彼脊令音零，載飛載鳴。我日斯邁，而月斯征。夙興夜寐，無忝爾所生。叶桑經反○興也。題，視也。脊令飛則鳴，行則搖。載，則。而，汝。忝，辱也。○視彼脊令，則且飛而且鳴矣。我既日斯邁，則汝亦月斯征矣。言當各務努力，不可暇逸取禍，恐不

○刪補云首章念親以發相戒之端二章之謹儀三章之教子四章之及時自勉正求無辱于親末二章則我卑神傷于心總爲求自善之道以免禍于我也

及相救恤也夙興夜寐各求無忝於父母而已

○交交桑扈音戶率場啄粟哀我塡寡音顚宜岸宜獄握粟出卜自何能穀興也。交交往來之貌。桑扈竊脂也。俗呼青背肉食不食粟。塡與瘨同。病也。岸亦獄也。韓詩作犴。鄉亭之繫曰犴朝廷曰獄。○扈不食粟。而今則率場啄粟矣。病寡不宜岸獄今則宜岸宜獄矣。言王不恤鰥寡喜陷之於刑辟也。然不可不求所以自善之道。故握持其粟出而卜之。曰何自而能善乎。言握粟以見其貧窶之甚

○溫溫恭人。如集于木。惴惴音贅小心。如臨于

○衍義云此詩本叙其哀痛迫切之情故首章憂之一字乃一篇之綱領章內凡七言之

谷戰戰兢兢如履薄氷 賦也。溫溫和柔貌。如集于木恐隊也。如臨于谷恐隕也。

小宛六章章六句 此詩之詞最爲明白而意極懇至說者必欲爲刺王之言故其說穿鑿破碎無理尤甚今悉改定讀者詳之

弁音盤彼鸒音豫斯叶先齊反歸飛提提音匙民莫不穀我獨于罹何辜于天我罪伊何心之憂矣云如之何 興也。弁飛拊翼貌。鸒雅烏也。小而多羣腹下白江東呼爲鵯烏。斯語詞也。提提羣飛安閒之貌。穀善。罹憂也。○舊說幽王太子宜臼被廢而作此詩言弁彼鸒斯則

○衍義謂登山曰惄焉如擣深悲至痛加有物之擣其心也事關心者憂中亦長吁故曰假寐永嘆憂愁多者年少而髮白故曰維憂用老

歸飛提提矣民莫不善而我獨于憂則鷽斯之不如也何辜于天我罪伊何者怨而慕也舜號泣于旻天曰父母之不我愛於我何哉蓋如此矣心之憂矣云如之何則知其無可奈何而安之之詞也

○踧踧音笛周道叶徒苟反鞫音菊為茂草叶此苟反我心憂傷惄音溺焉如擣音搗叶丁口反假寐永嘆維憂用老叶魯口反心之憂矣疢音趁如疾首興也踧踧平易也周道大道也鞫窮也惄思也擣舂也不脫衣冠而寐曰假寐疢猶疾也○踧踧周道則將鞫為茂草矣我心憂傷則惄焉如擣矣精神憒眊至於假寐之中而不忘永嘆憂之之深是以未老而老也疢如疾首則又憂之甚矣

○衍義孔氏曰太子爲父所放耳所言所者以人皆有父母之恩故連言之

○同孔氏曰見物之大者無所不容以興

○維桑與梓叶獎里反必恭敬止靡瞻匪父靡依匪母叶滿彼反不屬音燭于毛不離于裏天之生我我辰安在叶此里反○興也桑梓二木古者五畝之宅樹之牆下以遺子孫給蠶食具器用者也瞻者尊而仰之依者親而倚之屬連也毛膚體之餘氣末屬也離麗也裏心腹也辰猶時也○言桑梓父母所植尚且必加恭敬況父母至尊至親宜莫不瞻依也然父母之不我愛豈我不屬于父母之毛乎豈我不離于父母之裏乎無所歸咎則推之於天曰豈我生時不善哉何不祥至是也

○菀音鬱彼柳斯鳴蜩音條嘒嘒有漼千罪反者淵

今王乃不能容其子
使如舟之流于水中
而無所屆何哉

○同孔氏曰鹿之奔
走其勢宜疾今乃維
足伎伎然安舒而遲
留以待其牝鹿而俱
走也

萑音丸葦淠淠音譬譬彼舟流不知所屆音戒心之
憂矣不遑假寐興也菀茂盛貌蜩蟬也嘒嘒
聲也漼深貌淠淠衆也屆至
遑暇也○菀彼柳斯則鳴蜩嘒嘒矣有漼者
淵則萑葦淠淠矣今我獨見棄逐如舟之流
于水中不知其何所至乎是以憂
之之深昔猶假寐而今不暇也
○鹿斯之奔維足伎伎音祁雉之朝雊音姤尚求
其雌叶千西反譬彼壞音瘣木疾用無枝心之憂矣
寧莫之知興也伎伎舒貌宜疾而舒留其羣
也雊雉鳴也壞瘣傷病也寧猶何也
○鹿斯之奔則足伎伎然雉之朝雊亦知求
其妃匹今我獨見棄逐如傷病之木憔悴而

○衍義云五章以前、多爲自怨之詞此及下章則雖自怨而寔怨其親矣但註中隱約之意且勿露出

無枝、是以憂之、而人莫之知也。

○相去聲彼投兔、尚或先之去聲叶蘇薦反。行有死人、尚或墐音覲之。君子秉心、維其忍之。心之憂矣、涕既隕音蘊之。興也。相、視。投、奔。行、道。墐、埋。秉、執。隕、墜也。○相彼被逐而投人之兔、尚或有哀其窮而先脫之者。道有死人、尚或有哀其暴露而埋藏之者。蓋皆有不忍之心焉。今王信讒、棄逐其子、曾視投兔死人之不如。則其秉心亦忍矣。是以心憂而涕隕也。

○君子信讒、如或醻叶市救反之。君子不惠、不舒究之。伐木掎音己叶居何反矣、析薪杝音侈叶湯何反矣。舍

○劉補云首章傷見弃而自反二章至六章詳道被弃之情末二章外其信讒以弃子而又戒其輕言以起讒也

音捨彼有罪子之佗音唾叶湯何反矣賦而興也。酬報。惠愛。舒緩。究察也。掎倚也。以物倚其巔也。杝隨其理也。佗加也。○言王惟讒是聽如受酬爵得即飲之曾不加惠愛舒緩而究察之夫苟舒緩而究察之則讒者之情得矣伐木者尚倚其巔析薪者尚隨其理皆不妄挫折之今乃捨彼有罪之譖人而加我以非其罪曾伐木析薪之不若也此則興也。

○莫高匪山叶所旃反莫浚音濬匪泉君子無易去聲由言耳屬音燭于垣無逝我梁無發我笱我躬不閱遑恤我後。賦而比也。山極高矣而或陟其巔泉極深矣而或入其底

○孟子告子下篇有之

故君子不可易於其言恐耳屬于垣者有所觀望左右而生讒譖也王於是卒以褒姒爲后伯服爲太子故告之曰毋逝我梁毋發我笱我躬不閱遑恤我後蓋比詞也東萊呂氏曰唐德宗將廢太子而立舒王李泌諫之且曰願陛下還宮勿露此意左右聞之將樹功於舒王太子危矣此正君子無易由言耳屬于垣之謂也小弁之作太子既廢矣而猶云爾者蓋推本亂之所由生言語以爲階也

小弁八章章八句

幽王娶於申生太子宜臼後得褒姒而惑之生子伯服信其讒黜申后逐宜臼而宜臼作此以自怨也序以爲太子之傅述太子之情以爲是詩不知其何所據也傳曰高子曰小弁小人之詩也孟子曰何以言之曰怨曰固哉高叟之爲詩

○孟子註云磯水激石也不可磯言微激之而遽怒也

○衍義云詩柄傷于讒二句只管首章非通篇之詞也

也有人於此越人關弓而射之則已談笑而道之無他疏之也其兄關弓而射之則已垂涕泣而道之無他戚之也小弁之怨親親也親親仁也固矣夫高叟之爲詩也曰凱風何以不怨曰凱風親之過小者也小弁親之過大者也親之過大而不怨是愈疏也親之過小而怨是不可磯也愈疏不孝也不可磯亦不孝也孔子曰舜其至孝矣五十而慕

悠悠昊天曰父母且音疽**無罪無辜亂如此憮**音呼**昊天已威**叶紆胃反**予愼無罪**叶音悴**昊天泰憮予愼無辜**

賦也悠悠遠大之貌且語詞憮大也已泰皆甚也愼審也○太夫傷於讒無所控告而訴之於天曰悠悠昊天爲

○衍義嚴氏曰次章亂生于讒讒生于優游不斷所謂懷狐疑之心者求讒邪之口持不斷之意者開群枉之門也今忠讒不分是以邪正混淆是非易位而亂不干也

人之父母胡爲使無罪之人遭亂如此其大也昊天之威已甚矣我審無罪也昊天之威甚大矣我審無辜也此自訴而求免之詞也

○亂之初生僭音譖始既涵音含亂之又生君子信讒君子如怒叶奴五反亂庶遄音椽沮上聲君子如祉音恥亂庶遄已賦也僭始不信之端也涵容受也君子指王也遄疾沮止也祉猶喜也○言亂之所以生者由讒人以不信之言始入而王涵容不察其眞僞也亂之又生者則既信其讒言而用之矣君子見讒人之言若怒而責之則亂庶幾遄沮矣見賢者之言若喜而納之則亂庶幾遄已矣今涵容不斷讒信不分是以讒者益勝而君子益病也蘇氏曰小人爲讒於其君必以漸入

○良藥苦口云云　孔子家語并史記張良傳有之

○行義云堲讒見書經堲音即註云疾也

之其始也進而嘗之君容之而不拒知言之無忌於是復進既而君信之然後亂成。

○君子屢盟叶謨郎反亂是用長上聲叶直良反君子信盜亂是用暴盜言孔甘亂是用餤音談匪其止共音恭維王之邛音筇○賦也屢數也盟邦國有疑則殺牲歃血告神以相要束也盜指讒人也餤進也邛病也○言君子不能已亂而屢盟以相要則亂是用長矣君子不能堲讒而信盜以爲虐則亂是用暴矣讒言之美如食之甘使人嗜之而不厭則亂是用進矣然此讒人不能供其職事徒以爲王之病而已夫良藥苦口而利於病忠言逆耳而利於行維其言之甘而悅焉則其國豈不殆哉。

○衍義呂東萊曰作之而曰君子見得惟王盡制莫之而曰聖人見得惟聖盡倫亦是此意

○奕奕寢廟君子作之秩秩大猷聖人莫之他人有心予忖度之躍躍音笛毚音殘兔遇犬獲之叶黃郭反

興而比也。奕奕大也。秩秩序也。猷道也。莫定也。躍躍跳疾貌。毚狡也。○奕奕寢廟則君子作之。秩秩大猷則聖人莫之。以興他人有心則予得而忖度之。而又以躍躍毚兔遇犬獲之比焉。反覆興比以見讒人之心。我皆得之。不能隱其情也。

○荏音忍染柔木君子樹叶上主反之往來行言心焉數之蛇蛇音移碩言出自口叶孔五反矣巧言如簧顏之厚叶胡五反矣

興也。荏染柔貌。柔木桐梓之屬可用者也。行言行道

○行義輔氏曰。東萊以爲非特賤之。且言其本亦易驅除。特王不悟耳。爲惡者務黨惡者寡。是以易驅除者也

之言也。數辯也。蛇蛇安舒貌。碩大也。謂善言也。顏厚者頑不知恥也。○荏染柔木則君子樹之矣。往來行言則心能辨之矣。若善言出於口者宜也。巧言如簧則豈可出於口哉。言之徒可羞愧。而彼顏之厚不知以爲恥也。孟子曰。爲機變之巧者無所用恥焉。其斯人之謂與。

○彼何人斯。居河之麋。音眉無拳音權無勇。職爲亂階。叶居奚反既微且尰。市勇反爾勇伊何。爲猶將多。爾居徒幾。音紀何。賦也。何人斥讒人也。此必有所指矣。賤而惡之。故爲不知其姓名而曰何人也。斯語辭也。水草交謂之麋。拳力。階梯也。骭瘍爲微。腫足爲尰。猶謀。將大也。○言此讒人居下濕之地。雖無拳

○闕補云首章訴其傷于讒二章三章推信讒之所以致亂四章著讒人之心易知五章著讒人之言易辨末章著讒人之本最除總見王之所當拒而不信也

○衍義葉臺山曰此詩上七章皆詳其反側之實末章表巳作詩以究其反側也大抵此詩一篇以極反側一言盡矣語暴公之為人不過反側二字究暴公之心術則孔艱二字盡之故首發端而以為言也此

勇可以為亂而讒口交鬬專為亂之階梯又有微尰之疾亦何能勇哉而為讒謀則大且多如此是必有助之者矣然其所與居之徒衆幾何人哉言亦不能甚多也

巧言六章章八句以五章巧言二字名篇

彼何人斯其心孔艱叶銀反胡逝我梁不入我門叶眉貧反伊誰云從維暴之云

賦也何人亦若不知其姓名也孔甚艱險也我舊說以為蘇公也暴暴公也皆畿內諸侯也○舊說暴公為卿士而譖蘇公故蘇公作詩以絕之然不欲直斥暴公故但指其從行者而言彼何人者其心甚險胡為往我之梁而不入我之門乎既而問其所從則暴公也夫以從暴公而不入我門則暴

說亦好

公之譖已也明矣但舊說於詩無明文可考未敢信其必然耳

○二人從行誰爲此禍胡逝我梁不入唁我始者不如今云不我可○賦也二人暴公與其徒也唁弔失位也○言二人相從而行不知誰譖已而禍之乎既使我得罪矣而其逝我梁也又不入而唁我汝始者與我親厚之時豈嘗如今不以我爲可乎

○彼何人斯胡逝我陳我聞其聲不見其身不愧于人不畏于天叶鐵因反○賦也陳堂塗也堂下至門之徑也○在我之陳則又近矣聞其聲而不見其身言其蹤跡之詭秘也不愧于人則以人爲可

欺也。天不可欺。女獨不畏于天乎。奈何其譖我也。

○彼何人斯。其爲飄風。叶孚愔反 胡不自北。胡不自南。叶尼心反 胡逝我梁。祇攪我心。祇音支 攪音絞 賦也。飄風暴風也。攪擾亂也。○言其往來之疾。若飄風然。自北自南。則與我不相値也。今則逝我之梁。則適所以攪亂我心而已。

○爾之安行。亦不遑舍。叶商居反 爾之亟行。亟音棘 遑脂爾車。壹者之來。云何其盱。音吁 ○賦也。安徐。遑暇。舍息。亟疾。盱望也。字林云。盱張目也。易曰。盱豫悔。二都賦云。盱衡而誥。是也。○言爾平時徐行猶

○字林七卷。晉呂忱撰。

○音釋云。盱豫見豫卦六三。上視。九四以取悅也。盱衡舉目揚眉也。眉上曰衡。

今盥按。誥一本作語。

○衍義云上數意反覆以其不見爲疑猶有不忍絶之意此與下章始言其諸己而深致其絶之之詞

不暇息而況亟行則何暇脂其車哉今脂其車則非亟也乃託以亟行而不入見我則非其情矣何不一來見我如何使我望汝之切乎

○爾還而入我心易（去聲叶以支反）也還而不入否難知也壹者之來俾我祇也（賦也還反易說祇安也○言爾之往也既不入我門矣儻還而入則我心猶庶乎其說也還而不入則爾之心我不可得而知矣何不一來見我而使我心安乎董氏曰是詩至此其詞益緩若不知其爲譖矣）

○伯氏吹壎（音塤）仲氏吹篪（音池）及爾如貫諒不我知出此三物以詛（側助反）爾斯（叶先齊反○賦也伯仲兄

○刪補云前六章屢致疑于蘇公之不見七章終其相知而相詛正反側之情卒章表已作歌以窮其情也

○衍義云蜮如狐三足陸璣曰一名射影含沙射影其聲如豕

弟也。俱為王臣則有兄弟之義矣。樂器土曰壎大如鵝子銳上平底似稱錘六孔竹曰篪長尺四寸圍三寸七孔一孔上出徑三分凡八孔橫吹之如貫如繩之貫物也言相連屬也諒誠也三物犬豕雞也刺其血以詛盟也○伯氏吹壎而仲氏吹篪言其心相親愛而聲相應和也與汝如物之在貫豈誠不我知而譖我哉苟曰誠不我知則出此三物以詛之可也。

○為鬼為蜮音域則不可得有靦音腆面目視人罔極作此好歌以極反側賦也蜮短狐也江淮水皆有之能含沙以射水中人影其人輒病而不見其形也靦面見人之貌也好善也反側反覆不正直也○言汝為鬼為蜮則不可得而見矣女乃

人也。靦然有面目與人相視無窮極之時豈其情終不可測哉。是以作此好歌以究極爾反側之心也。

何人斯八章章六句

此詩與上篇文意相似疑出一手但上篇先刺聽者此篇專責讒人耳。王氏曰暴公不忠於君不義於友所謂大故也。故蘇公絕之然其絕之也不斥暴公言其從行而已不著其讒也。亦以所疑而已。既絕之矣而猶告以壹者之來俾我祇也。蓋君子之處已也忠其遇人也恕使其由此悔悟更以善意從我固所願也。雖其不能如此我固不為已甚豈若小丈夫然哉。一與人絕則醜詆固拒唯恐其復合也。

○劉氏鴻書云萋斐兮成是貝錦文如貝謂之貝錦言讒人因寺人之近嫌而成其罪猶之因萋斐之形而文致之則成是貝錦也

○衍義云巷伯奄官之長寺人其屬也周禮奄官上士四人掌中宮之巷道故云巷伯

○同豐城朱氏曰萋斐以成貝錦比讒人能因細小而飾大罪也哆侈以成南箕比讒人能因疑似而構成實罪也

○同徵盛曰君能聽吾之言亦能聽人之

萋音妻兮斐兮成是貝錦彼譖人者亦已大音泰甚

比也萋斐小文之貌貝水中介蟲也有文彩似錦○時有遭讒而被宮刑爲巷伯者作此詩言因萋斐之形而文致之以成貝錦以比讒人者因人之小過而飾成大罪也彼爲是者亦已大甚矣

○哆昌者反兮侈兮成是南箕彼譖人者誰適音的與謀叶謨悲反

○比也哆侈微張之貌南箕四星二爲踵二爲舌其踵狹而舌廣則大張矣適主也誰適與謀言其謀之閟也

○緝緝翩翩音篇叶批賓反謀欲譖人愼爾言也謂

言君能以吾之言加罪於人亦能以人之言加罪於吾且不以誠相與而惟以詐相領則聽者之心固不能保其終不吾疑矣故曰謂爾不信既其女遷亦自古譖人者之常理也

爾不信。叶斯人反○賦也。緝緝口舌聲。或曰緝緝人之罪也。或曰有條理貌。皆通。翩翩往來貌。譖人者自以爲得意矣。然不愼爾言。聽者有時而悟。且將以爾爲不信矣。

○捷捷幡幡音翻叶芬邅反謀欲譖言豈不爾受既其女汝音遷賦也。捷捷儇利貌。幡幡反覆貌。王氏曰。上好譖則固將受女。然好譖不已。則遇譖之禍。亦既遷而及女矣。曾氏曰。上章及此。皆忠告之詞。

○驕人好好勞人草草蒼天蒼天。叶鐵因反視彼驕人。矜此勞人。賦也。好好樂也。草草憂也。驕人譖行而得意。勞人遇譖而失度。其狀如此。

〇行義劉氏曰竆北之地多寒不生菁木五穀投棄讒人于彼使凍飢之也此說似太深恐只是投之四裔之意耳

〇禮記緇衣篇云好賢如緇衣惡惡如巷伯則爵不瀆而民慐刑不試而民咸服

〇彼譖人者（叶掌與反）誰適與謀（叶滿補反）取彼譖人投畀豺虎豺虎不食投畀有北有北不受（叶承呪反）投畀有昊（叶許候反）〇賦也再言彼譖人者誰適與謀者甚嫉之故重言之也或曰衍文也投棄也北北方寒凉不毛之地也不食不受言讒譖之人物所共惡也昊昊天也投畀昊天使制其罪〇此皆設言以見欲其死亡之甚也故曰好賢如緇衣惡惡如巷伯

〇楊園之道猗（音倚）于畝丘（叶法奇反）寺人孟子作爲此詩凡百君子敬而聽之（興也楊園下地也猗加也畝丘

〇刪補云前六章極言讒人之無忌而訴之于天末則長巳之作歌而示人之知所讒也

〇衍義云陳氏曰巧言何人斯巷伯三篇其述讒人之禍與譖人之情狀可謂極矣

〇同孔氏曰司馬遷以良史之材所坐非罪及其列述典故詞多慷慨是以班固云小雅巷伯之倫焉

〇三輔黄圖云永巷長也宮中之長巷幽閉宮女之有罪者武帝時改爲掖庭周官土美后嘗侍罪永巷是也

高地也寺人内小臣。蓋以讒被宮而爲此官也。孟子其字也〇楊園之道而猗于畝丘以興賤者之言或有補於君子也。蓋譖始於微者而其漸將及於大臣。故作詩使聽而謹之也。劉氏曰其後王后太子及大夫。果多以讒廢者

巷伯七章四章章四句一章五句一章八句一章六句

巷是宮内道名。秦漢所謂永巷是也。伯長也。主宮内道官之長。即寺人也。故以名篇。班固司馬遷贊云。迹其所以自傷悼小雅巷伯之倫。其意亦謂巷伯本以被譖而遭刑也。而楊氏曰。寺人内侍之微者。出入於王之左右。親近於王。而日見之。宜無間之可伺矣。今也亦傷於讒。則疏遠

○冊補云：上二章興安危之異，情未嘗殊，德怨之不審也。

○衍義謝疊山曰：寘予于懷，是進人者將加諸膝；棄予如遺，是退人者若將墜諸

者可知。故其詩曰：凡百君子，敬而聽之。使在位知戒也。其說不同，然亦有理，姑存於此云。

習習谷風，維風及雨。將恐將懼，維予與女。音汝將安將樂，音洛女轉棄予。叶演女反○興也。習習，和調貌。谷風，東風也。將，且也。恐懼，謂危難憂患之時也。○此朋友相怨之詩，故言習習谷風，則維風及雨矣；將恐將懼之時，則維予與女矣；奈何將安將樂，而女轉棄予哉？

○習習谷風，維風及穨。將恐將懼，寘予于懷。叶胡隈反將安將樂，棄予如遺。叶夷回反○興也。穨，風之焚輪者也。

渦

○爾雅云焚輪謂之頹註暴風從上下疏云回風從上下

○衍義呂藍田曰急則相求緩則相棄恩厚不知怨小必記皆小人之交也

寘與置同置于懷親之也如遺忘去而不復存省也

○習習谷風維山崔嵬無草不死無木不萎叶於回反忘我大德思我小怨○比也崔嵬山巔也崔嵬則風之所被者廣矣然猶無不死之草無不萎之木況於朋友豈可以忘大德而思小怨乎○或曰興也

谷風三章章六句

蓼蓼者莪匪莪伊蒿哀哀父母生我劬勞比也蓼蓼長大貌莪美菜也蒿賤草也○人民勞苦孝子不得終養而作此詩言昔謂之

○衍義云玩詩柄人民勞苦及下不得終養以死句蓋是孝子行役父母在家無人侍養或飢寒疾病以死故不得終其身而養之也

○同朱氏曰陟岵鴇羽思念父母于尚存之日蓼莪之詩感傷於父母既没之後噫哀哀父母俱存者猶未知是將之悲也若父母既沒而不三復流涕者是亦非人子也

我而今非我也特蒿而已以比父母生我以爲美材可賴以終其身而今乃不得其養以死於是乃言父母生我之劬勞而重自哀傷也

○蓼蓼者莪匪莪伊蔚音尉哀哀父母生我勞瘁比也蔚牡菣也三月始生七月始華如胡麻華而紫赤八月爲角似小豆角銳而長瘁病也

○缾之罄矣維罍之恥鮮上聲民之生不如死之久叶舉里反矣無父何怙無母何恃出則銜恤入則靡至比也缾小罍大皆酒器也罄盡鮮寡恤憂靡無也○言缾資於罍而罍資缾猶父母與子相依爲命也故缾罄矣乃罍之恥猶父母不得其所乃子之責所以

窮獨之民生不如死也。蓋無父則無所怙。無
母則無所恃。是以出則中
心銜恤入則如無所歸也
〇父兮生我母兮鞠我拊音撫我畜音旭我長上聲
我育我顧我復我出入腹我欲報之德昊天
罔極。〇賦也。生者本其氣也。鞠。畜。皆養也。拊。
循也。育。覆育也。顧。旋視也。復。反覆也。腹。
懷抱也。罔。無。極。窮也。〇言父母之恩如此。欲
報之以德而其恩之大如
天無窮。不知所以爲報也
〇南山烈烈飄風發發民莫不穀我獨何害
叶音曷〇興也。烈烈。高大貌。發發。疾貌。穀。善
也。〇南山烈烈。則飄風發發矣。民莫不善。而

〇衍義謝疊山曰此
章形容父母愛子之
心盡矣人能深思
之凡之人必不忘父
母之恩也

〇刪補云首二章各己而傷親二章正各己之意四章正傷親之意末二章則重致不卒
之哀也

〇魏志云魏司馬昭爲監軍以吳戰敗昭問曰今日之事誰任其咎司馬王儀對曰責在元帥昭怒曰司馬欲委罪於孤耶遂斬之裒痛父非命隱居敎授三徵七辟皆不就廬其墓側嘗至墓前拜跪悲號每讀詩至此三復流涕後昭之篡魏裒終身未嘗西向而坐以示不臣也

我獨何爲遭此害也哉

〇南山律律飄風弗弗叶分聿反民莫不穀我獨不卒。興也律律猶烈烈也弗弗猶發發也卒終也言終養也

蓼莪六章四章章四句二章章八句晋王裒以父死非罪每讀詩至哀哀父母生我劬勞未嘗不三復流涕受業者爲廢此篇詩之感人如此

有饛音蒙簋音軌飧音孫有捄音求棘七音比周道如砥音紙其直如矢君子所履小人所視叶善止反睠音眷

○衍義云按譚國在京師之東告病猶告明之意

○楊朱菴集四十二有小東大東之論與朱子註義異也文長故畧之

○凡詩篇名多採章首二字此詩名獨越首章而取次章不曰有饛而曰大東者不知作者名之與删定者名之與有旨哉

言顧之潸音山焉出涕音體○興也饛滿簋貌以棘爲匕所以載鼎肉而升之於俎也砥礪石言平也矢言直也君子在位履行小人下民也睠反顧也潸涕下貌○序以爲東國困於役而傷於財譚大夫作此以告病言有饛簋飧則有捄棘匕周道如砥則其直如矢是以君子履之而小人視焉今乃顧之而出涕者則以東方之賦役莫不由是而西輸於周也

○小東大東叶都郎反杼音佇柚音逐其空叶枯郎反糾糾葛屨可以履霜佻佻音挑公子行彼周行叶戸郎反既往既來叶六直反使我心疚叶訖力反○賦也小東大東東方小

○行義鹿野曰興意言其薪尚不可浸況其契契之寤歎者寧非可哀之憚人乎殊是簡明

大之國也自周視之則諸侯之國皆在東方杼柚持緯者也柚受經者也空盡也佻佻輕薄不奈勞苦之貌公子諸侯之貴臣也周行大路也疚病也○言東方小大之國杼柚皆已空矣至於以葛屨履霜而其貴戚之臣奔走往來不勝其勞使我心憂而病也

○有洌音列氿音軌泉叶才勻反無浸穫薪契契音器寤歎哀我憚丁佐反人薪是穫薪尚可載也叶節力反哀我憚人亦可息也興也洌寒意也側出曰氿泉穫艾也契契憂苦也憚勞也尚庶幾也載載以歸也○蘇氏曰薪已穫矣而復漬之則腐民已勞矣而復事之則病故已艾則庶其載而畜之已勞則庶其息而安之

○行義鹿野曰首二句言東人之臣民憂勞下六句言西人之享其逸總見賦役不均而群小得志由賦役不均致之此說以東人提起不與西人平重亦有見

○同孔氏曰漢水之精也氣發而升精光浮上究轉隨流名曰天河

○東人之子職勞不來音賚叶六直反西人之子粲粲衣服叶蒲北反舟人之子熊羆是裘叶渠之反私人之子百僚是試叶申之反○賦也東人諸侯之人也職專主也來慰撫也西人京師人也粲粲鮮盛貌舟人舟楫之人也熊羆是裘言富也私人私家皂隷之屬也僚官試用也舟人私人皆西人也○此言賦役不均群小得志也

○或以其酒不以其漿鞙鞙音涓佩璲音遂不以其長維天有漢監音鑒亦有光跂彼織女終日七襄賦也鞙鞙長貌璲瑞也漢天河也跂隅貌織女星名在漢旁三星跂然如隅也

○輯補云：前四章傷東人見困于西人，而甚嘆其不均；下三章望天之見助，而并天之見棄。則其情之切，而川乎無奈也。

七襄未詳。傳曰：反也。箋云：駕也。駕謂更其肆也。蓋天有十二次，日月所止舍，所謂肆也。經星一晝一夜左旋一周而有餘，則終日之間自卯至酉，當更七次也。○言東人或饋之以酒，而西人曾不以爲漿；東人或與之以鞙然之佩，而西人曾不以爲長。維天之有漢，則庶乎其有以監我；而織女之七襄，則庶乎其能成文章以報我矣。無所赴愬而言。維天庶乎其恤我耳。

○楊升菴集四十二云：詩緝李氏曰：啓明、門太白長庚，不知何星。毛氏云一星也。世因之，遂以長庚爲太白。故李白母夢長庚

○雖則七襄，不成報章。睆音莞彼牽牛，不以服箱。東有啓明，叶謨郎反西有長庚。叶古郎反有捄天畢，載施之行。音杭○賦也。睆，明星貌。牽牛，星名。服，駕也。箱，車箱也。啓明、長庚皆金

名白字太白鄭樵曰啓明金星長庚水星金在日西故日將出則東見水在日東故日將沒則西見實一星也今誤一與二字畫多少之間誤耳元註二星也

星也以其先日而出故謂之啓明以其後日而入故謂之長庚蓋金水二星常附日行而或先或後但金大水小故獨以金星爲言也天畢畢星也狀如掩兔之畢行行列也○言彼織女不能成報我之章牽牛不可以服我之箱而啓明長庚天畢者亦無實用但施之行列而已至是則知天大亦無若我何矣

○維南有箕不可以簸波我反揚維北有斗不可以挹揖音酒漿維南有箕載翕吸音其舌維北有斗西柄之揭音訐○賦也箕斗二星以夏秋之間見於南方云北斗者以其在箕之北也或曰北斗常見不隱者也翕引也舌下二星也南斗柄固指西若北斗而西柄則亦秋時也○言南箕既不可以簸

○衍義董氏曰箕其踵似箕且有舌斗其方如斗且有柄箕星二爲踵二爲舌踵狹而舌廣故曰翕斗四星爲斗三星爲柄凡詩有情景意象若此之類只可兼情講意而景與象則無也不然則安有吸舌柄揭之事哉

○衍義范華陽曰言夏秋冬獨不及春蓋天也氣和暢萬物發育治之象自古治世少亂世多觀四時可知矣

揚糠粃北斗既不可以挹酌酒漿而箕引其舌反若有所吞噬斗西揭其柄反若有所挹取於東是天非徒無若我何乃亦若助西人而見困甚怨之詞也

大東七章章八句

四月維夏叶後五反六月徂暑先祖匪人胡寧忍予叶演女反○興也。徂往也。四月六月亦以夏正數之。建巳建未之月也。○此亦遭亂自傷之詩。言四月維夏。則六月徂暑矣。我先祖豈非人乎。何忍使我遭此禍也。無所歸咎之詞也

○秋日淒淒。百卉具腓。亂離瘼音莫矣。奚其適歸○興也。淒淒涼風也。卉草。腓病。離憂。瘼病。奚何。適之也。○秋日淒淒則百卉俱腓矣。亂

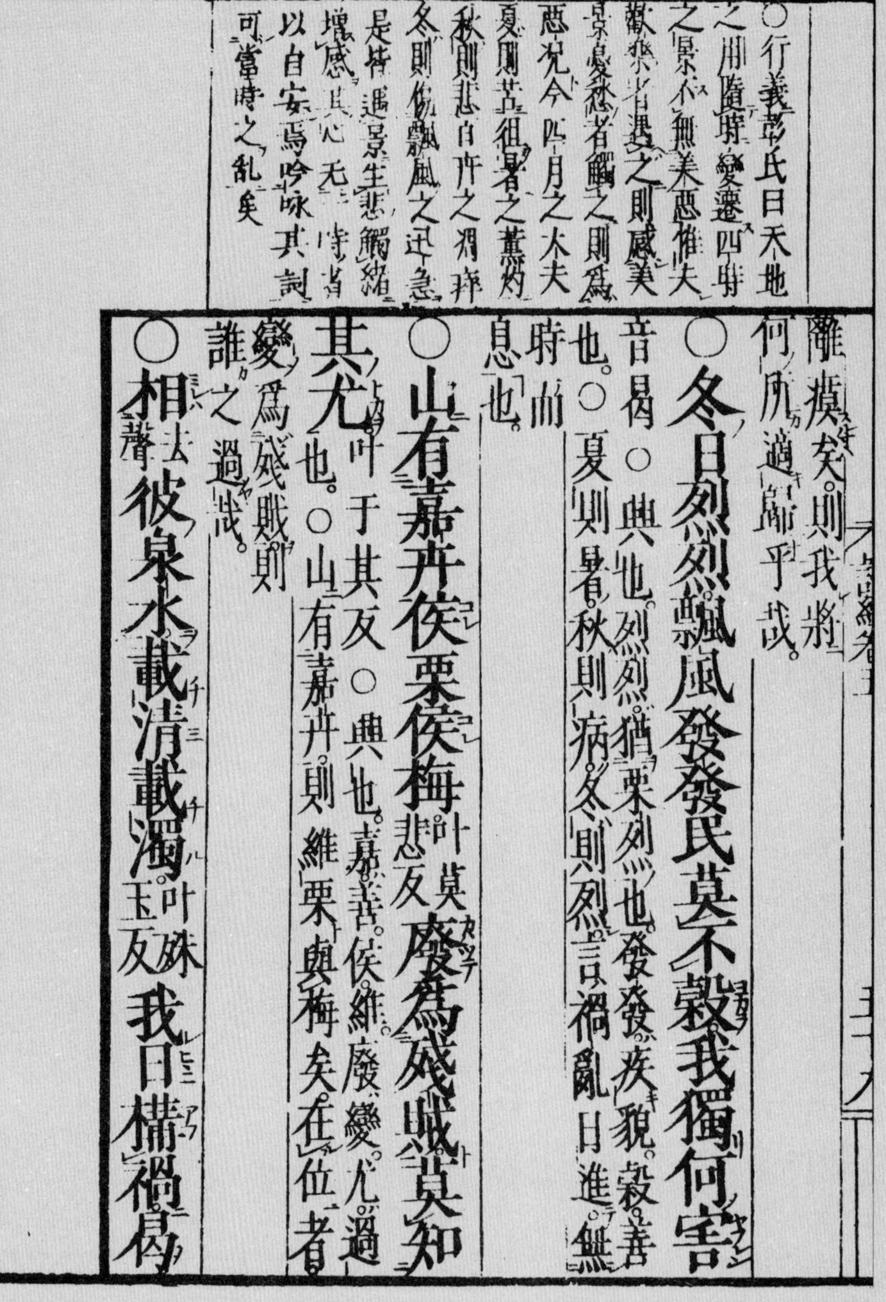

○刪補云總是叙已遭亂之因而表作詩之情也

○行義輔氏曰此章本亦興体但有所托之物而無所興之詞故不可謂之興又有四个匪字故亦不可謂之比而只得以爲賦也

云能穀。興也。相視。載則。構合也。○相彼泉水猶有時而清有時而濁。而我乃日日遭害。則曷云能善乎。

○滔滔江漢南國之紀。盡瘁以仕。寧莫我有。叶羽巳反○興也。滔滔。大水貌。江漢。二水名。紀。綱紀也。謂經帶包絡之也。瘁。病也。有。識有也。○滔滔江漢。猶爲南國之紀。今也盡瘁以仕。而王何其不我有哉。

○匪鶉音團匪鳶音沿叶以旬反翰飛戾天叶鐵因反匪鱣音亶匪鮪潛逃于淵叶一均反○賦也。鶉。鵰也。鳶。亦鷙鳥也。其飛上薄雲漢。鱣鮪。大魚也。○鶉鳶則能翰飛戾天。鱣鮪則能潛逃于淵。我非是四者。則亦無所逃矣

○行義安哉劉氏曰此章可見詩人忠孝之心也
○音釋云爾雅曰桋赤楝則桋輞音罔車輪之牙也
○字彙云車輪外匡曰輞

○山有蕨薇隰有杞桋音夷君子作歌維以告哀叶於希反○興也杞枸檵也桋赤楝也樹葉細而岐銳皮理錯戾好叢生山中中爲車輞○山則有蕨薇隰則有杞桋君子作歌則維以告哀而已

四月八章章四句

小旻之什十篇六十五章四百十四句

北山之什二之六

陟彼北山言采其杞偕偕士子叶獎里反朝夕從

○衍義云一章叙已從事之勞而貽憂于親二章言王之役使不均而以已爲獨賢也三章正言其獨賢之故末二章歷叙其不均之意

事叶上止反王事靡盬憂我父母叶滿彼反○賦也偕偕強壯貌士子詩人自謂也○大夫行役而作此詩自言陟北山而采杞以食者皆強壯之人而朝夕從事者也蓋以王事不可以不勤是以貽我父母之憂耳○

○溥音普天之下叶後五反莫非王土率土之濱莫非王臣大夫不均我從事獨賢叶下珍反○賦也溥大率循濱涯也○言土之廣臣之衆而王不均平使我從事獨勞也不斥王而曰大夫不言獨勞而曰獨賢詩人之忠厚如此

○四牡彭彭叶鋪郎反王事傍傍音崩叶布光反嘉我未

○衍義云此二章皆是詳不均之實然亦不過以大已之勞逸不同相形爲言而太天之獨賢自見

詩經卷五

老鮮我方將旅力方剛經營四方。賦也。彭彭然不得息也。傍傍然不得已也。嘉善。鮮少也。以爲少而難得也。將壯也。旅與膂同。○言王之所以使我者善我之未老而方壯旅力可以經營四方耳。猶上章之言獨賢也。

○或燕燕居息或盡瘁事國。叶越逼反或息偃在牀或不已于行。叶戶郎反○賦也。燕燕安息貌。瘁病。已止也。○言役使之不均也。下章放此。

○或不知叫號音豪或慘慘劬勞或棲音西遲偃仰或王事鞅音快掌。賦也。不知叫號深居安逸不聞人聲也。鞅掌失容也。

○衍義云諸或字以彼此對言猶言同一臣也或如此或如彼耳

言事煩勞不暇爲儀容也

○或湛音耽樂飲酒或慘慘畏咎或出入風音諷議叶魚羈反或靡事不爲

賦也咎猶罪過也出入風議言親信而從容也

北山六章三章章六句三章章四句

無將大車祇音支自塵兮無思百憂祇自疧兮

興也將扶進也大車平地任載之車駕牛者也祇適疧病也○此亦行役勞苦而憂思者之作言將大車則塵汚之思百憂則病及之也

○無將大車維塵冥冥叶莫迥反無思百憂不出

于頖音耿○興也冥冥昏晦也頖與耿同小明也在憂中耿耿然不能出也

○無將大車維塵雝上平二聲兮無思百憂祇自重上平二聲兮興也雝猶蔽也重猶累也

無將大車三章章四句

明明上天照臨下土我征徂西至于艽音求野叶上與反二月初吉載離寒暑心之憂矣其毒大音泰苦念彼共音恭人涕零如雨豈不懷歸畏此罪罟音古○賦也征行徂往也艽野地名蓋遠荒之地也二月亦以夏正數之建卯

○大全孔氏曰君子舉事尚早故以朔為吉周禮正月之吉亦謂朔日也

○大全輔氏曰明明上天照臨下土宜無不察也故呼而訴之

月也初吉朔日也毒言心中如有藥毒也共人僚友之處者也懷思罟網也○大夫以二月西征至于歲暮而未得歸故呼天而訴之復念其僚友之處者且自言其畏罪而不敢歸也

○昔我往矣日月方除去聲曷云其還歲聿云莫念我獨兮我事孔庶心之憂矣憚丁佐反我不暇叶胡故反念彼共人睠睠懷顧豈不懷歸畏此譴怒賦也除除舊生新也謂二月初吉也庶衆憚勞也睠睠勤厚之意譴怒罪責也○言昔以是時往今未知何時可還而歲已莫矣蓋身獨而事衆是以勤勞而不暇也

○行義許氏曰詩言其毒太苦憚我不暇可謂甚矣其三章只言自詒伊戚不敢咎其上而歸自咎后二章是皆其友勸職親賢以忠其上詩人之忠厚也

○昔我往矣日月方奥音郁曷云其還政事愈蹙音蹴歲聿云莫采蕭穫菽心之憂矣自詒伊戚叶子六反念彼共人興言出宿豈不懷歸畏此反覆音福○賦也奥煖蹙急詒遺戚憂興起也反覆傾側無常之意也○言以政事愈急是以至此歲莫而猶不得歸又自咎其不能見幾遠去而自遺此憂至於不能安寢而出宿於外也

○嗟爾君子無恒安處靖共爾位正直是與神之聽之式穀以女音汝○賦也君子亦指其僚友也恒常也靖與

○刪補云上三章自傷而念友末一章則致忠告之意也

○大全輔氏曰懷允不忘言其傷今思古而信之不能忘也

靜同與猶助也穀祿也以猶與也○上章既自傷悼此章又戒其僚友曰嗟爾君子無以安處爲常言當有勞時勿懷安也當靖共爾位惟正直之人是助則神之聽之而以穀祿與女矣

嗟爾君子無恒安息靖共爾位好是正直神之聽之介爾景福叶筆力反○賦也息猶處也好是正直愛此正直之人也介景皆大也

小明五章三章章十二句二章章六句

鼓鐘將將音鏘淮水湯湯憂心且傷淑人君子懷允不忘○賦也將將聲也淮水出信陽軍桐柏山至楚州漣水軍入海湯湯沸

騰之貌。淑，善。懷，思。允，信也。○此詩之義未詳。王氏曰：幽王鼓鍾淮水之上，爲流連之樂，久而忘反。聞者憂傷而思古之君子，不能忘也。

○鼓鍾喈喈（音皆，叶居奚反），淮水湝湝（音諧，叶賢雞反）。憂心且悲。淑人君子，其德不回（叶乎爲反）。○賦也。喈喈，猶將將。湝湝，猶湯湯。悲，猶傷也。回，邪也。

○鼓鍾伐鼛（音高，叶居尤反），淮有三洲。憂心且妯（音抽）。淑人君子，其德不猶。賦也。鼛，大鼓也。周禮作皐。云：皐鼓尋有四尺。三洲，淮上地。蘇氏曰：始言湯湯，水盛也；中言湝湝，水流也；終言三洲，水落而洲見也。言幽王

○衍義傚弦曰：始而水盛，中而水流，終而水落，言其時之久，而樂不已矣。

○周禮考工記韗人文也。

○衍義輔氏曰將將喈喈伐鼛言其樂之盛也湯湯湝湝三洲言其時之久也曰傷曰悲且妯言其憂之甚也樂之甚作之久也而民心之憂益甚則與古之王者憂民之憂樂民之樂者異矣

○劉補云首三章閔樂而思古末則惜其徒有古之樂也

之久於淮上也妯動猶若也言不若今王之荒亂也

○鼓鐘欽欽鼓瑟鼓琴笙磬同音以雅以南叶尼心反以籥音藥不僭叶七心反○賦也欽欽亦聲也磬樂器以石爲之琴瑟在堂笙磬在下同音言其和也雅二雅也南二南也籥籥舞也僭亂也言三者皆不僭也○蘇氏曰言幽王之不德豈其樂非古歟樂則是而人則非也

鼓鐘四章章五句此詩之義有不可知者今姑釋其訓詁名物而略以王氏蘇氏之說解之未敢信其必然也

楚楚者茨言抽其棘自昔何爲我蓺音藝黍稷

我黍與與。音餘我稷翼翼我倉既盈我庾維億。
以爲酒食以饗以祀叶逸織反以妥以侑音又叶夷益反
以介景福叶音璧○賦也。楚楚盛密貌。茨蒺
藜也。抽除也。我爲有田祿而奉祭
祀者之自稱也。與與翼翼皆蕃盛貌。露積曰
庾。十萬曰億。饗獻也。妥安坐也。禮曰詔妥尸。
蓋祭祀筮族人之子爲尸。既奠迎之使處神
坐而拜以安之也。侑勸也。恐尸或未飽祝侑
之曰皇尸未實也。介大也。景亦大也。○此詩
述公卿有田祿者力於農事以奉其宗廟之
祭。故言蒺藜之地有抽除其棘者古人何乃
爲此事乎。蓋將使我於此蓺黍稷也。故我之
黍稷既盛。倉庾既實。則爲酒
食以饗祀妥侑而介大福也

○禮記郊特牲篇
註云尸始入祝則詔
主人拜安尸使之坐
○衍義云曲禮爲人
子者祭祀不爲尸則
尸蓋無父者皆用孫
之倫有爵者爲之

○行義劉氏曰門內待賓之所恐卽廟門之內屏蔽之外人君生時守之見賓之地在寢謂之宁在廟謂之祊恐其神或在此亦如生時接賓客一般故使祝祭于此處也祭卽所以求之也

○楚辭東君云靈保兮賢姱

○濟濟上聲蹌蹌音槍絜爾牛羊以往烝嘗或剝或亨音烹叶鋪郎反或肆或將祝祭于祊音崩叶補光反祀事孔明叶謨郎反先祖是皇神保是饗叶虛良反孝孫有慶叶祛羊反報以介福萬壽無疆

賦也濟濟蹌蹌言有容也冬祭曰烝秋祭曰嘗剝解剝其皮也亨煮熟之也肆陳之也將奉持而進之也祊廟門內也孝子不知神之所在故使祝博求之於門內待賓客之處也孔甚也明猶備也著也皇尊大也君也保安也神保蓋尸之嘉號楚詞所謂靈保亦以巫降神之稱也孝孫主祭之人也慶猶福也

○新義輔氏曰莫莫有沖漠之意惟清靜而敬之至者方有此意愚曰君婦者君即主也又所以尊稱之也

○又云祭飲而有笑語者古者于旅也語恩澤行于禮法之中和樂生于誠敬之餘也笑語而不敢肆故曰卒獲

○執爨音竄踖踖音積叶七略反為俎孔碩叶常約反或燔音煩或炙音隻叶陟略反君婦莫莫音麥叶木各反為豆孔庶叶陟略反為賓為客叶克各反獻酬交錯禮儀卒度叶徒洛反笑語卒獲叶黃郭反神保是格叶剛鶴反報以介福萬壽攸酢

賦也爨竈也踖踖敬也俎所以載牲體也碩大也燔燒肉也炙炙肝也皆所以從獻也特牲主人獻尸賓長以肝從主婦獻尸兄弟以燔從是也君婦主婦也莫莫清靜而敬至也豆所以盛肉羞庶羞主婦薦之也庶多也賓客筵而戒之使助祭者既獻尸而遂與之相獻酬也主人酌賓曰獻賓飲主人曰酢主人又自飲而復飲賓曰酬

○儀禮特牲饋食禮云主人洗爵酌酳尸賓長以肝從主婦洗爵酌亞獻尸兄弟以燔從

○衍義云初祭時主人酌ニ而后主婦亞獻賓客三獻畢主人遂酌以飲賓行旅酬禮此是旅酬以后事可以見其久也

○左傳定公元年

賓受之奠於席前而不舉至旅而後少長相勸而交錯以徧也卒盡也度法度也獲得其宜也格來酢報也

○我孔熯音善矣式禮莫愆叶起巾反工祝致告徂賚孝孫叶須倫反苾音泌芬孝祀叶逸織反神嗜飲食卜爾百福叶筆力反如幾音機如式既齊既稷既匡既敕永錫爾極時萬時億

賦也熯竭也善其事曰工苾芬香也卜予也幾期也春秋傳曰易幾而哭是也式法齊整稷疾匡正敕戒極至也○禮行既久筋力竭矣而式禮莫愆敬之至也於是祝致神意以嘏主人曰爾飲食芳潔故報爾以福祿使

○儀禮少牢嘏辭
註云嘏大也予主人
以大福也工官也承
猶傳也來讀曰釐釐賜
也

其來如幾。其多如法。爾禮容莊敬故報爾以
衆善之極。使爾無一事而不得乎此。各隨其
事而報之。以其類也。少牢嘏詞曰皇尸命工
祝。承致多福無疆。于女孝孫。來女孝孫。使女
受祿于天。宜稼于田。眉壽萬
年。勿替引之。此大夫之禮也。

○禮儀既備。叶蒲比反鐘鼓既戒。叶訖力反孝孫徂位。
叶力入反工祝致告。叶古得反神具醉止。皇尸載起。鼓
鐘送尸。神保聿歸。諸宰君婦。廢徹不遲。諸父
兄弟。備言燕私。叶息夷反○賦也。戒。告也。徂
往。祭事既畢。主人往阼階下
西面之位也。致告。祝傳尸意告利成於主人。
言孝子之利養成畢也。於是神醉而尸起。送

○行義云誥告利成利訓爲順成訓爲畢言順養禮畢以安孝子之心也禮儀鐘鼓即是
利養既備既戒即成畢蓋向也未備未戒則不可以言利成今既備既戒則田祿之奉有
以盡尊祖敬宗之禮而利養成畢矣

○輔補云首章槩言力田奉祭獲福之意二章言禮周而獲福三章言合敬而獲福四章指其獲福之定皆以類應末二章則言祭畢燕私而又有以獲福也

尸而神歸矣曰皇尸者尊稱之也鼓鍾者尸出入奏肆夏也鬼神無形言其醉而歸者誠敬之至如見之也諸宰家宰非一人之稱也廢去也不遲以疾爲敬亦不留神惠之意也祭畢既歸賓客之俎同姓則留與之燕以盡私恩所以尊賓客親骨肉也

○樂具入奏音族以綏後祿爾殽既將莫怨具慶叶祛羊反既醉既飽叶補苟反小大稽首神嗜飲食使君壽考叶去九反孔惠孔時維其盡叶子忍反之子子孫孫勿替引之賦也凡廟之制前廟以奉神後寢以藏衣冠祭於廟而燕於寢故於此將燕而祭時之樂皆入奏於寢也且於祭既受祿矣故以燕爲將受後

詩經卷五　七十八

祿而綏之也。爾殽既進，與燕之人，無有怨者，而皆歡慶醉飽，稽首而言曰：向者之祭，神既嗜君之飲食矣。是以使君壽考也。又言君之祭祀甚順甚時，無所不盡。子子孫孫當不廢而引長之也。

楚茨六章，章十二句。呂氏曰：楚茨，極言祭祀所以事神受福之節，致詳致備。所以推明先王致力於民者盡，則致力於神者詳。觀其威儀之盛，物品之豐，所以交神明，逮羣下，至於受福無疆者，非德盛政修，何以致之？

信彼南山，維禹甸音殿，叶徒鄰反之。畇畇音匀原隰，曾孫田叶地因反之。我疆我理，南東其畝。叶滿彼反○賦也。南

○周禮土田之制，百畝爲夫，夫間有遂；十夫有溝，遂則深廣各二尺，溝則深廣各四尺

〇衍義云優饒裕也以地之廣言如上原下濕彼疆此界無所不及也渥浸漬也以地之厚言如土膏地

山終南山也何治也昀昀墾辟貌曾孫主祭者之稱曾祖以至無窮皆得稱之也疆者爲之大界也理者定其溝塗也畝壟也長樂劉氏曰其遂東入于溝則其畝東矣其遂南入于溝則其畝南矣〇此詩大指與楚茨略同此即其篇首四句之意也言信乎此南山者本禹之所治故其原隰墾闢而我得田之於是爲之疆理而順其地勢水勢之所宜或南其畝或東其畝也

〇上天同雲雨去聲雪雰雰益之以霡音麥霂音木既優既渥烏谷反既霑既足生我百穀賦也同雲雲一色也將雪之候如此雰雰雪貌霡霂小雨貌優渥霑足皆饒洽之意也冬有積雪春而益

脉無所不入也霡霂在地之面上見得水土滲和燥濕相成也足是浸潤之久而彼此各足也

○衍義禮云凡天地之所生長苟可薦者莫不咸在示盡物也正此之謂

之以小雨潤澤則饒洽矣

○疆場音亦翼翼黍稷彧彧音郁叶于逼反曾孫之穡以爲酒食畀音祕我尸賓壽考萬年叶泥因反○賦也場畔也翼翼整飭貌彧彧茂盛貌畀與也○言其田整飭而穀茂盛者皆曾孫之穡也於是以爲酒食而獻之於尸及賓客也陰陽和萬物遂而人心歡悅以奉宗廟則神降之福故壽考萬年也

○中田有廬疆場音亦有瓜叶攻乎反是剝是菹側居反獻之皇祖曾孫壽考叶孔五反受天之祜音戶○賦

○刪補云首二章叙力穡之事三章奉黍稷而獲福四章奉瓜菹而獲福末二章奉犧牲以周祀事而獲福也

○禮記郊特牲篇

也中田田中也菹酢菜也祜福也○一井之田其中百畝爲公田內以二十畝分八家爲廬舍以便田事於畔上種瓜以盡地利瓜成剝削淹漬以爲菹而獻皇祖貴四時之異物順孝子之心也

○祭以清酒從以騂音觲牡享于祖考叶去久反執其鸞刀以啓其毛取其血膋音聊叶音勞○賦也清酒清潔之酒鬱鬯之屬也騂赤色周所尚也祭禮先以鬱鬯灌地求神於陰然後迎牲執者主人親執也鸞刀刀有鈴也膋脂膏也啓其毛以告純也取其血以告殺也取其膋以升臭也合之黍稷實之於蕭而燔之以求神於陽也記曰周人尚臭灌用鬯臭鬱合鬯臭陰達於

〇衍義云旣尊然後
焫蕭合羶香臭未熟
荐時也焫音熱羶薌
即馨香也

淵泉灌以圭璋用玉氣也旣灌然後迎牲致
陰氣也蕭合黍稷臭陽達於墻屋故旣奠然
後焫蕭合羶薌凡祭愼諸此魂氣歸于
天形魄歸于地故祭求諸陰陽之義也
〇是烝是享叶虛良反苾苾芬芬祀事孔明叶謨郎反
先祖是皇報以介福萬壽無疆賦也烝進也或曰冬祭名

信南山六章章六句

倬音卓彼甫田叶地因反歲取十千叶倉新反我取其陳
食音嗣我農人自古有年叶泥因反今適南畝叶滿彼反
或耘或耔音子叶奬里反黍稷薿薿音蟻攸介攸止烝

○衍義傚弦曰此詩以爲民爲主首二章時事是祈祭於田而因以省民未了前畢收成無多而欲神之報乎民也

○國語管仲曰農之子恒爲農野處而不暱其秀民之能爲士者必足賴也　註云暱近也秀民民之秀出者也

我髦音毛**士**。賦也。倬明貌。甫大也。十千謂一成之田。地方十里爲田九萬畝而以其萬畝爲公田。蓋九一之法也。我食祿主祭之人也。陳舊粟也。農人私百畝而養公田者也。有年豐年也。適往也。耘除草也。耔雝本也。蓋后稷爲田。一畝三畎。廣尺深尺而播種於其中。苗葉以上。稍耨壠草因隤其土以附苗根。壠盡畎平。則根深而能風與旱也。薿茂盛貌。介大。烝進。髦俊也。俊士秀民也。古者士出於農。而工商不與焉。管仲曰農之子恒爲農野處而不暱。其秀民之能爲士者必足賴也。即謂此也。○此詩述公卿有田祿者力於農事以奉方社田祖之祭。故言於此大田歲取萬畝之入以爲祿食。及其積之久而有餘則又存其新而散其舊。以食農人。補不足助不給也。蓋以自古有年。是以陳陳相因所積如此然其用之之節又合宜而有序如此所以粟雖甚多而無紅腐不可食之患也又言自古既有年矣今適南畝農人方且或耘或耔而其黍稷又已茂盛則是又將復有年矣故於其所美大止息之處進我髦士而勞之也

○以我齊音咨明叶謨郎反與我犧羊以社以方我田既臧農夫之慶叶祛羊反琴瑟擊鼓以御牙嫁反田祖以祈甘雨以介我稷黍以穀我士女賦也齊與粢同曲禮曰稷曰明粢此言齊明便文以協韻耳犧羊純色之羊也社后土也以句龍氏配方秋祭四方報成萬物周禮所謂羅弊獻禽以祀祊是也臧善慶福御迎也田祖

○衍義云后土以句龍氏配共工氏有子曰句龍爲后土后土官名也能平九州死以爲社神而祭之周禮羅弊致禽以祀祊註云羅細也弊止也以細捕獸獸盡而細止則獻獲禽以祭四方之神蓋秋獵之禮如此祊即方字

○周禮夏官大司馬羅弊致禽以祀祊 註云秋田主用網祊音方秋祭四方報成萬物也

先嗇也。謂始耕田者。卽神農也。周禮籥章凡國祈年于田祖則吹豳雅擊土鼓以樂田畯是也。穀養也。又曰善也。言倉廩實而知禮節也。○言奉其齊盛犧牲以祭方社而曰我田之所以善者非我之所能致也。乃賴農夫之福而致之耳。又作樂以祭田祖而祈雨庶有以大其稷黍而養其民人也。

○曾孫來止。以其婦子。叶獎里反 饁音曄彼南畝。叶滿彼反 田畯音俊至喜。攘音穰其左右。叶羽已反 嘗其旨否。叶補美反 禾易長畝。終善且有。叶羽已反 曾孫不怒。農夫克敏。叶母鄙反 ○賦也。曾孫主祭者之稱。非獨宗廟爲然。曲禮外事曰曾孫某

○書武成篇云底商之罪告于皇天后土所過名山大川曰惟有道曾孫周王發將有大正于商云云

侯其武王禱名山大川曰有道曾孫周王發是也饁餉攘取旨美易治長竟有多敏疾也○曾孫之來適見農夫之婦子來饁耘者於是與之偕至其所而田畯亦至而喜之乃取其左右之饋而嘗其旨否言其上下相親之甚也既又見其禾之易治竟畝如一而知其終當善而且多是以曾孫不怒而其農夫益以敏於其事也

○曾孫之稼如茨如梁曾孫之庾如坻音池如京叶居良反乃求千斯倉乃求萬斯箱黍稷稻粱農夫之慶叶祛羊反報以介福萬壽無疆賦也茨屋蓋言其密比也梁車梁言其穹隆也坻水中之高地也京高丘也箱車箱也○此言收成之後

○衍義云第二章則言我田既臧此則言稼庾倉箱之富又以報以介福萬壽無疆則所以厚民非待爲民報爲民祈也故以此爲中一章之意

禾稼既多，則求倉以處之，求車以載之，而言凡此黍稷稻粱，皆賴農夫之慶而得之，是宜報以大福，使之萬壽無疆也。其歸美於下而欲厚報之如此。

甫田四章章十句

○衍義方山曰：此詩農夫頌美其在上之意。首章言苗生盛而順曾孫之所欲，下二章言其去除其螟螣者，所以順曾孫之欲也。末章是皆歛而薦禮獲福之本也。此與前篇互相發明。

大田多稼，既種上聲既戒，既備乃事。叶上止反以我覃耜音似叶養里反，俶載南畝。叶滿彼反播厥百穀，叶工洛反既庭且碩，叶常約反曾孫是若。

賦也。種，擇其種也。戒，飭其具也。覃，利也。俶，始。載，事。庭，直。碩，大。若，順也。○蘇氏曰：田大而種多，故於今歲之冬，具來歲之種，戒來歲之事。凡既備矣，然後事之，取其利耜而始事於南畝，既耕而播之，其耕之也勤，而種之也

則故其生者皆佑而大以順曾孫之所欲此詩爲農夫之詞以頌美其上君者以於前篇之意也

○既方既皁叶子苟反既堅既好叶許苟反不稂音郎不莠音酉去其螟音冥螣音特及其蟊賊無害我田穉音稚田祖有神秉畀炎火叶虎委反○賦也方房也謂孚甲始生而未合時也實未堅者曰皁稂童粱莠似苗皆害苗之草也食心曰螟食葉曰螣食根曰蟊食節曰賊皆害苗之蟲也穉幼禾也○言其苗既盛矣又必去此四蟲然後可以無害田中之禾然非人力所及也故願田祖之神爲我持此四蟲而付之炎火之中也姚崇遣使捕蝗引此爲證夜中設火火邊掘坑且

○音釋云房謂米外之房米生於中若人之房舍孚者米外之稃皮甲者以稃米外殼甲也

○唐書云山東大蝗姚崇奏秉畀炎火此除蝗之義云云

焚、且瘞。蓋古之遺法如此。

〇有渰音掩萋萋音妻、興雨祁祁。雨我公田、遂及我私。叶息夷反。彼有不穫穉、此有不斂穧音嚌。彼有遺秉、此有滯穗。伊寡婦之利。賦也。渰、雲興貌。萋萋、盛貌。祁祁、徐也。雲欲盛、盛則多雨。雨欲徐、徐則入土。公田者、方里而井、井九百畝、其中為公田、八家皆私百畝、而同養公田也。穧、束。秉、把也。滯、亦遺棄之意也。言農夫之心、先公後私。故望此雲雨而曰、天其雨我公田、而遂及我之私田乎。冀怙君德、而蒙其餘惠。使收成之際、彼有不及穫之穉禾、此有不及斂之穧束、彼有遺棄之禾把、此有滯漏之禾穗。而寡婦尚得取

〇新義云、此章見天下澤待君德而降、則私田之澤因君之澤也。地利得天澤而益、則寡婦之利亦君之利。由是民之所以利於于上者亦多。其如此說、力見得須美意。鹿野亦云、通章言者以蒙君之澤言。

○劉補云首章重農事以悅君二三章願君德以除蟊之害徼天之利末則省斂而擬報之也

之以爲利也此見其豐成有餘而不盡取又與鰥寡共之既足以爲不費之惠而亦不棄於地也不然則粒米狼戾不殆於輕視天物而慢棄之乎

○曾孫來止以其婦子饁彼南畝田畯至喜來方禋音因祀叶逸織反以其騂黑與其黍稷以享以祀同上以介景福叶筆力反○賦也精意以享謂之禋○農夫相告曰曾孫來矣於是與其婦子饁彼南畝之穫者而田畯亦至而喜之也曾孫之來又禋祀四方之神而賽禱焉四方各用其方色之牲此言騂黑舉南北以見其餘也以介景福農夫欲曾孫之受福也

○行義云此詩總見僕順君心恬君德皆頌美之意而有賴之心夫惟有以增之故欲有以報之非盛德何以致然

輯補云首章言其既洽而講武下二章言其講武而保洽此皆美之非祝之也

大田四章二章章八句二章章九句

前篇有擊鼓以御田祖之文。故或疑此楚茨信南山甫田大田四篇即爲豳雅。其詳見於豳風之末。亦未知其是否也。然前篇上之人以我田既臧爲農夫之慶。而欲報之以介福。此篇農夫以雨我公田遂及我私。而欲其享祀以介景福。上下之情所以相賴而相報者如此。非盛德其孰能之。

瞻彼洛矣。維水泱泱。音秧君子至止。福祿如茨。韎音昧韐音閤有奭。音赩以作六師。

賦也。洛水名。在東都會諸侯之處也。泱泱深廣也。君子指天子也。茨積也。韎茅蒐所染色也。韐韠也。合韋爲之。周官所謂

○衍義云此三章未歸重講武上講武事而不忘武備乃所以久福祿而保國家之道也

韋弁兵事之服也奭赤貌作猶起也六師六軍也天子六軍○此天子會諸侯于東都以講武事而諸侯美天子之詩言天子至此洛水之上御戎服而起六師也

○瞻彼洛矣維水泱泱君子至止鞞補頂琫音奉有珌音必君子萬年保其家室賦也鞞容刀之鞞今刀鞘也琫上飾珌下飾亦戎服也

○瞻彼洛矣維水泱泱君子至止福祿既同君子萬年保其家邦叶卜工反○賦也同猶聚也

瞻彼洛矣三章章六句

○衍義其首卷曰四章平看者全無意趣須以首章爲主下皆推心寫之故

裳裳者華，其葉湑上聲兮。我覯之子，我心寫叶想與反兮。我心寫兮，是以有譽處兮。○興也。裳裳，猶堂堂。董氏云：古本作常常，棣也。湑，盛貌。覯，見。處，安也。○此天子美諸侯之詞，蓋以答瞻彼洛矣也。言裳裳者華，則其葉湑然而美盛矣。我覯之子，則其心傾寫而悅樂之矣。夫能使見者悅樂之如此，則其有譽處宜矣。此章與蓼蕭首章文勢全相似。

○裳裳者華，芸其黃矣。我覯之子，維其有章矣。維其有章矣，是以有慶叶虛羊反矣。○興也。芸，黃盛也。章，文章也。有文章，斯有福慶矣。

○劉補云前三章屢美其來朝之所以當君心者末章則深著其才德之備也

○裳裳者華或黄或白叶僕各反我覯之子乘其四駱乘其四駱六轡沃若興也言其車馬威儀之盛

○左叶祖戈反之左同上之君子宜叶牛何反之右叶羽已反之右同上之君子有叶羽已反之維其有同上之是以似叶養里反之賦也言其才全德備以左之則無所不宜以右之則無所不有維其有之於內是以形之於外者無不似其所有也

裳裳者華四章章六句

北山之什十篇四十六章三百三十

○合義荆川曰首章是[illegible]
[illegible]
[illegible]
[illegible]故後[illegible]
章皆以敬爲受福之
本此說意甚聯屬

四句

桑扈之什二之七

交交桑扈音戶有鶯其羽君子樂音洛胥叶思呂反受天之祜

音戶○興也交交飛往來之貌桑扈竊脂也鶯然有文章也君子指諸侯胥語詞祜福也○此亦天子燕諸侯之詩言交交桑扈則有鶯其羽矣君子樂胥則受天之祜矣頌禱之詞也

○交交桑扈有鶯其領君子樂胥萬邦之屏

音內○興也領頸屏蔽也言其能爲小國之藩衛蓋任方伯連帥之職者也

○同方山曰之屏是諸侯見成事蓋任方伯連帥之職而文武惟其所用征伐惟其所事有以藩衛乎萬邦故美之此說亦可

○之屏之翰，叶胡見反百辟音壁為憲。不戢音緝不難，受福不那。叶乃多反

賦也。翰，幹也。所以當牆兩邊障土者也。辟，君。憲，法也。言其所統之諸侯皆以之為法也。戢，斂。難，慎。那，多也。不戢，戢也。不難，難也。不那，那也。蓋曰豈不斂乎。豈不慎乎。其受福豈不多乎。古語聲急而然也。後放此。

○兕觥其觩，音求旨酒思柔。彼交匪敖，去聲萬福來求。

賦也。兕觥，爵也。觩，角上曲貌。旨，美也。思，語詞也。敖，傲通。交際之間無所傲慢，則我無事於求福，而福反來求我矣。

桑扈四章，章四句

○刪補云首章頌其德之格天二章美其德之衛人三章不矜功而獲福末章不怙寵而獲福皆褒美而祝頌之意也

○行義八音曰戢左翼以相依于内者棲宿之得所也飾右翼以防患于外者恐懼之
存也作文只單講戢其左翼句不可泥飾其右翼句來蓋左翼少戢自然而戢也君子
之得遐福似之故以爲興故也

鴛鴦于飛。畢之羅之。君子萬年。福祿宜之。叶牛何反

興也。鴛鴦，匹鳥也。畢，小網長柄者也。羅，網之也。君子，指天子也。○此諸侯所以答桑扈也。鴛鴦于飛，則畢之羅之矣。君子萬年，則福祿宜之矣。亦頌禱之詞也。

○鴛鴦在梁。戢其左翼。君子萬年。宜其遐福。叶筆力反

○興也。石絕水爲梁。戢，斂也。張子曰：禽鳥並棲，一正一倒。戢其左翼以相依於内，舒其右翼以防患於外。蓋左不用而右便故也。遐，遠也，久也。

○乘上去聲馬在廐音救，摧音剉之秣音末，叶莫佩反之。君子萬年。福祿艾叶魚肺反之。

興也。摧，莝。秣，粟。艾，養也。蘇氏曰：艾，老也。言以福

○劉備云綏是頌君祿之文忠愛無已之心也

祿終其身也亦通○乘馬在廐則摧之秣之矣君子萬年則福祿艾之矣

○乘馬在廐秣之摧之叶如字又音剉君子萬年福祿綏之叶如字又士果反○興也綏安也

鴛鴦四章章四句

有頍音蹞者弁實維伊何爾酒既旨爾殽既嘉叶居何反豈伊異人兄弟匪他音拖蔦音鳥與女蘿音羅施音異于松柏叶逋莫反未見君子憂心奕奕叶弋灼反既見君子庶幾說音悅懌叶弋灼反○賦而興又比也頍弁貌或曰

○衍義孔氏曰弁者冠之大名爵弁士祭服韋弁即戎服非常服也惟皮弁上下通用之故知此為皮弁也

[illegible]云綴以叙燕王[illegible]親之人而曲道相親之意也

興也。頍弁貌。弁皮弁。嘉旨，皆美也。匪他，非他人也。蔦，寄生也，葉似當盧，子如覆盆子，赤黑甜美。女蘿，兎絲也，蔓連草上，黄赤如金。此則比也。君子，兄弟爲賓者也。奕奕，憂心無所薄也。○此亦燕兄弟親戚之詩。故言有頍者弁，實維伊何乎。爾酒既旨，爾殽既嘉，則豈伊異人乎。乃兄弟而匪他也。又言蔦蘿施于木上，以比兄弟親戚纏綿依附之意。是以未見而憂，既見而喜也。

○有頍者弁，實維何期。爾酒既旨，爾殽既時。豈伊異人，兄弟具來。叶陵之反 蔦與女蘿，施于松上。叶時亮反 未見君子，憂心怲怲。音柄，叶兵旺反 既見君

詩經卷之五　二十九

〇行義云此章較前二章更深前但言親親之情此及死喪之感則意愈切矣

〇同云易曰日昃之離不鼓缶而歌則大耋之嗟亦與此同意

溫按摶而一本作而摶恐是

于庶幾有臧叶才浪反〇賦而興又比也何期猶伊何也時善具俱也怲怲憂盛滿也臧善也

〇有頍者弁實維在首爾酒既旨爾殽既阜豈伊異人兄弟甥舅如彼雨去聲雪先集維霰音線死喪去聲無日無幾音巳相見樂酒今夕君子維宴賦而興又比也阜猶多也甥舅謂甥姑姊妹妻族也霰雪之始凝者也將大雨雪必先微溫雪自上下遇溫氣摶而謂之霰久而寒勝則大雪矣言霰集則將雪之候以比老至則將死之徵也故卒言死喪無日不能久相見矣但當樂飲以盡今夕之歡篤親親之意也

○補義云方山解譽字爲樂蓋從韓奕之訓敝弦桂山依此說恐未穩

頍弁三章章十二句

間關車之舝兮思孌音攣季女逝兮匪飢匪渴德音來括雖無好友叶羽已反式燕且喜賦也。間關設舝聲也。舝車軸頭鐵也。無事則脫行則設之。昏禮親迎者乘車。孌美貌。逝往。括會也。○此燕樂其新昏之詩。故言間關然設此車舝者。蓋思彼孌然之季女。故乘此車往而迎之也。匪飢也。匪渴也。望其德音來括而心如飢渴耳。雖無他人。亦當燕飲以相喜樂也。

○依彼平林有集維鷮音驕辰彼碩女令德來教叶居效反式燕且譽去聲好爾無射音亦叶都故反○興也。依

○行義或說云燕以
或禮以情而不以物
故今日推荃其豐儉
之人不計也妻以配己
其德而不輕德故今
日雖荃其賢愚之人相
忘也可無以樂其之
樂耶此數語覺婉而
切

茂木貌。鷮雉也。微小於翟走而且鳴其尾長
肉甚美。辰時。碩大也。爾即季女也。射厭也。○依
彼平林則有集維鷮辰彼碩女則以令德來配
己而教誨之是以式燕且譽而悅慕之無厭也
○雖無旨酒式飲庶幾雖無嘉殽式食庶幾
雖無德與女。音汝式歌且舞
賦也。旨嘉皆美也。女汝指季女也。○
言我雖無旨酒嘉殽美德以與女
女亦當飲食歌舞以相樂也
○陟彼高岡析音錫其柞音昨薪叶音[illegible]析其柞薪
其葉湑聲上兮鮮我覯爾我心寫叶想羽反兮興也。陟登。
柞櫟。湑盛。鮮少。覯見也。○陟岡而析薪則
其葉湑兮矣。我得見爾則我心寫兮矣

〇劉瑾云首章未見而望之切也二章既見而樂之深末則總其始終之意通章皆從好德之心而詠歌也

〇衍義云註引表記非詩本旨鹿野本記好仁意説似作比体決不可從

〇高山仰止，仰叶五剛反景行行止。行叶戶郎反四牡騑騑，騑音霏六轡如琴。覯爾新昏，以慰我心。

興也。仰，瞻望也。景行，大道也。如琴，謂六轡調和如琴瑟也。慰，安也。〇高山則可仰，景行則可行，馬服御良則可以迎季女而慰我心也。此又舉其始終而言也。表記曰：小雅曰高山仰止，景行行止。子曰：詩之好仁如此。鄉道而行，中道而廢，忘身之老也，不知年數之不足也，俛焉日有孳孳，斃而後已。

車舝五章，章六句

營營青蠅，止于樊。音煩叶汾乾反豈弟君子，無信讒言。

比也。營營，往來飛聲，亂人聽也。青蠅，汚穢能變白黑。樊，藩也。君子，謂王也。〇詩人以

○衍義劉氏曰首章以青蠅與君子對言故知以蠅聲比讒言下二章以青蠅與讒人對言故知屬以交亂四國言讒人毀譽能亂天下之是非也也構我二人言讒人構己于君使之得罪也

王好聽讒言。故以青蠅飛聲比之。而戒王以勿聽也

○營營青蠅。止于棘讒人罔極交亂四國叶越逼反○興也棘所以爲藩也。極猶已也。

○營營青蠅。止于榛讒人罔極構音姤我二人

興也構合也猶交亂也。已與聽者爲二人。

青蠅三章章四句

賓之初筵左右秩秩。籩豆有楚殽核維旅酒既和旨飲酒孔偕。音皆叶舉里反鐘鼓既設叶書質反舉

○儀禮云樂人宿縣于阼階東豊所以承爵豐形似豆而卑觶罰爵也奠于豊上飲則徹之拾更也拾發更代發矢也

醻音酬逸逸大侯既抗叶居郎反弓矢斯張射夫既同獻爾發功發彼有的叶丁藥反以祈爾爵

賦也。初筵初即席也。左右筵之左右也。秩秩有序也。楚列貌。殽豆實也。核籩實也。旅陳也。和旨調美也。孔甚也。偕齊一也。設宿設而又遷于下也。大射樂人宿縣厥明將射乃遷樂于下以避射位。是也。舉醻舉所奠之醻爵也。逸逸往來有序也。大侯君侯也。天子熊侯白質。諸侯麋侯赤質。大夫布侯畫以虎豹。士布侯畫以鹿豕。天子侯身一丈。其中三分居一。白質畫熊。其外則丹地。畫以雲氣。抗張也。凡射張侯而不繫左下綱中掩束之。至將射。司馬命張侯弟子脫束遂繫下綱也。大侯張而弓矢亦張節也。射夫既同比其耦也。射禮選群臣為三耦三耦之外其餘各自取匹謂之衆耦獻猶奏也發發矢也的質也祈求也爵射不中者飲豐上之觶也○衛武公飲酒悔過而作此詩此章言因射而飲者初筵禮儀之盛酒既調美而飲者齊一至於設鍾鼓舉醻爵抗大侯張弓矢而衆耦拾發各心競云我以此求爵汝也

○籥舞笙鼓樂既和奏叶宗五反烝衎音看烈祖以洽百禮百禮既至有壬有林錫爾純嘏子孫其湛音耽叶持林反其湛曰樂音洛各奏爾能叶奴金反賓載手仇音拘叶音求其室人入又叶音由怡酌彼康爵以

○衍義云儀禮主人酌賓曰獻賓既酢主人主人又自飲而獻賓曰醻賓受之奠席而不舉至旅而遂舉所奠之觶矣錯以偏也○或謂賓與室人皆是佐主人以奉祭者故當三獻禮成之后各行獻尸之禮是多此獻尸之禮故謂加爵此以賓客室人進作獻尸說徼弦依此●

○禮記玉藻篇註云，崇，高也。爲高坫，抗所受圭奠于上焉。

奏爾時。叶音時　○賦也。籥舞，文舞也。烝，進。衎，樂。烈，業。洽，合也。百禮，言其備也。壬，大。林，盛也。言禮之盛大也。錫，神錫之也。爾，主祭者也。嘏，福。湛，樂也。各奏爾能，謂子孫各酌獻尸，尸酢而卒爵也。仇讀曰𣪠。室人，有室中之事者，謂佐食也。又，復也。賓手挹酒，室人復酌爲加爵也。康，安也。酒所以安體也。或曰康讀曰抗。記曰崇坫康圭，此亦謂坫上之爵也。時，時祭也。蘇氏曰，時物也。○此言因祭而飲者，始時禮樂之盛如此也。

○賓之初筵，溫溫其恭。其未醉止，威儀反反。叶分邅反　曰既醉止，威儀幡幡。叶分邅反　舍音捨其坐遷，屢舞僊僊。其未醉止，威儀抑抑。曰既醉止，威

○莊子人間世篇云以禮飲酒者始乎治常卒乎亂云云

○行義云晏子辭景公曰詩云側弁之俄言失德也屢舞傞傞言失容也既醉而出並受其福賓主之禮也醉而不出賓之罪也臣已卜其日未卜其夜公曰善舉酒祭之再拜而出

儀怭怭音弼是曰既醉不知其秩賦也反反顧禮也幡幡輕數也遷徙屢數也僊僊軒舉之狀抑抑愼密也怭怭媟嫚也秩常也○此言凡飲酒者常始乎治而卒乎亂也

○賓既醉止載號音毫載呶音鐃亂我籩豆屢舞僛僛音欺是曰既醉不知其郵叶于其反側弁之俄屢舞傞傞音娑既醉而出並受其福叶筆力反醉而不出是謂伐德飲酒孔嘉叶居何反維其令儀叶牛何反○賦也號呼呶讙也僛僛傾側之狀郵與尤同過也側傾也俄傾貌傞傞不止也出

○衍義東萊呂氏曰立之監即執法也鄉射註所謂立司正以察儀法者也佐之史即御史也董氏所謂佐之[illegible]史以書之者也淳于髡曰賜酒大王之前執法在傍御史在後此人君燕飲之制猶存于戰國者也○儀禮鄉飲酒禮鄉射禮皆云相爲司正

去。伐害。孔甚。令善也。○此章極言醉者之狀。因言賓醉而出則與主人俱有美譽。醉至若此是害其德也。飲酒之所以甚美者以其有令儀爾。今若此則無復有儀矣。

○凡此飲酒。或醉或否。叶補美反既立之監。或佐之史。彼醉不臧。不醉反恥。式勿從謂。無俾大音泰怠。叶養里反匪言勿言。匪由勿語。由醉之言。俾出童羖。音古三爵不識。叶失志反矧敢多又。叶夷益夷豉二反

○賦也。監史。司正之屬。燕禮鄉射。恐有解倦失禮者。立司正以監之。察儀法也。謂。告。由。從也。童羖。無角之羖羊。必無之物也。識。記也。○言飲酒者或醉或不醉。故既立監而佐之

燕禮云射人爲司立○删補云首二章纔舉其飲之善者三章以下則詳著不善之失而深致戒也

以史則彼醉者所爲不善而不自知使不醉者反爲之羞愧也安得從而告之使勿至於大怠乎告之若曰所不當言者勿言所不當從者勿語醉而妄言則將罰汝使出童羖矣設言必無之物以恐之也女飲至三爵已昏然無所記矣況敢又多飲乎又丁寧以戒之也

賓之初筵五章章十四句　毛氏序曰衛武公刺幽王也韓氏序曰衛武公飲酒悔過也今按此詩意與大雅抑戒相類必武公自悔之作當從韓義

魚在在藻有頒音焚其首王在在鎬豈音愷樂音洛飲酒興也藻水草也頒大首貌豈亦樂也○此天子燕諸侯而諸侯美天子之詩也

○衍義云每章以魚得所依興王安所處也那居須廣說言其樂已無爲安享太平之盛意章末要補與燕之臣幸有以躬逢其盛而同與其休意

◐剛補云總是周王御極而會天下之全福也

言魚何在乎在乎藻也則有頒其首矣王何在乎在乎鎬京也則豈樂飲酒矣

○魚在在藻有莘其尾王在在鎬飲酒樂豈叶去幾反○

興也莘長也

○魚在在藻依于其蒲王在在鎬有那其居

興也那安居處也

魚藻三章章四句

采菽采菽筐音匡之筥音舉之君子來朝音潮何錫予音與之雖無予之路車乘去聲馬叶滿補反又何予之

之玄袞及黼黼音甫○典也。菽大豆也。君子謂諸侯也。路車金路以賜同姓象路以賜異姓也。玄袞玄衣而畫以卷龍也。黼如斧形刺之於裳也。周制諸公袞冕九章已見九罭篇。侯伯鷩冕七章則自華蟲以下。子男毳冕五章衣自宗彝以下而裳黼黻。孤卿絺冕三章則衣粉米而裳黼黻。大夫玄冕則玄衣黻裳而已。○此天子所以答魚藻也。采菽采菽則必以筐筥盛之。君子來朝則必有以錫予之。又言今雖無以予之，然已有路車乘馬玄袞及黼之賜矣。其言如此者，好之無已。意猶以爲薄也。

○觱音必沸音弗檻胡覽反泉叶才勻反言采其芹音勤君子來朝言觀其旂音祈叶巨斤反其旂淠淠音譬鸞聲

○行義云玄袞而畫以袞龍維上公有之玄衣則通乎太夫皆有之黼黻則子男孤卿皆有之黻裳則太夫而已鷩雉也毳罽也織毛爲之絺綉也言玄袞及黼則鷩衣毳衣絺衣而藏冕皆在其中矣已上制度不必滞泥要知如此耳

〇衍義云赤芾所以蔽膝芾者蔽也行以蔽前上廣一尺下廣二尺天子朱芾諸侯赤芾曰在股者蓋股在膝之上膝股近赤芾服於腰而垂于股止所以蔽膝也邪幅所以束服幅即偪束之之束其脛自足至

嘒嘒載驂載駟君子所屆叶居氣反〇興也觱沸泉出貌檻泉正出也芹水草可食淠淠動貌嘒嘒聲也屆至也〇觱沸檻泉則言采其芹諸侯來朝則言觀其旂見其旂聞其鸞聲又見其馬則知君子之至於是也

〇赤芾音弗在股邪幅在下叶後五反彼交匪紓音舒叶上與反天子所予音與樂音洛只音止君子天子命之叶彌幷反樂只君子福祿申之賦也股脛本曰股邪幅偪也邪纏於足如今行縢所以束脛在股下也交交際也紓緩也〇言諸侯服此芾偪見于天子恭敬齊遬不敢紓緩則爲天子所與而申之以福祿也

滕故曰在下在下在殷之下也今布襪即邪幅遺制也

○删補云首章來朝而錫予二章幸其始至之意三章表其能敬而獲君之福之隆四章著其獲福之宜然未章著其獲福之必然皆本其敬而言也

○維柞之枝其葉蓬蓬樂只君子殿多見反天子之邦叶十工反樂只君子萬福攸同平平音便左右亦是率從興也柞見車舝篇蓬蓬盛貌殿鎮也平平辯治也左右諸侯之臣也率循也○維柞之枝則其葉蓬蓬然樂只君子則宜殿天子之邦而爲萬福之所聚又言其左右之臣亦從之而至此也

○汎汎芳劍反楊舟紼音弗纚音黎維之樂只君子天子葵之樂只君子福祿膍音毗之優哉游哉亦是戾叶郎之反矣興也紼繂也纚維皆繫也言以大索纚其舟而繫之也葵

○衍義云詩柄使字最重一篇之旨只在使字上

揆也。揆猶度也。膍厚。戾至也。○汎汎楊舟則必以紼纚維之。樂只君子則天子必葵之福祿必膍之。於是又歎其優游而至於此也。

采菽五章章八句

騂騂音觲角弓翩音篇其反叶分邅反矣兄弟昏姻無胥遠叶於圓反矣興也。騂騂弓調和貌。角弓以角飾弓也。翩反貌。弓之爲物張之則內向而來。弛之則外反而去。有似兄弟昏姻親疏遠近之意。胥相也。○此刺王不親九族而好讒佞使宗族相怨之詩言騂騂角弓既翩然而反矣。兄弟昏姻則豈可以相遠哉

○爾之遠同前矣。民胥然矣。爾之教矣。民胥傚

○同云大全胡新安人五章毋教之者爲東此章爾之教矣之義而禁止之甚是

矣賦也爾王也上之所爲下必有甚者

○此令兄弟綽綽有裕預與二音不令兄弟交相爲瘉同上○賦也令善綽寬裕饒瘉病也○言雖王化之不善然此善兄弟則綽綽有裕而不變彼不善之兄弟則由此而交相病矣蓋指讒已之人而言也

○民之無良相怨一方受爵不讓叶如羊反至于已斯亡賦也一方彼一方也○相怨者各據其一方耳若以責人之心責己愛己之心愛人使彼己之間交見而無蔽則豈有相怨者哉况兄弟相怨相讒以取爵位而不知遜讓終亦必亡而已矣

〇劉補云然見親之當厚而傷王之以薄令也

〇行義 呂東萊曰上之化下速于影響導之以惡既易如此况有善道以化之小人其有不與屬者乎

〇老馬反爲駒叶去聲不顧其後叶下故反如食音嗣宜饇音飫如酌孔取叶音娶〇比也饇飽孔甚也〇言其但知讒害人以取爵位而不知其不勝任如老馬憊矣而反自以爲駒不顧其後將有不勝任之患也又如食之已多而宜饇矣酌之所取亦已甚矣

〇毋教猱升木如塗塗附君子有徽猷小人與屬音蜀叶殊遇反〇比也猱獼猴也性善升木不待教而能也塗泥附著徽美猷道屬附也〇言小人骨肉之恩本薄王又好讒佞以來之是猶教猱升木又如於泥塗之上加以泥塗附之也苟王有美道則小人將反爲善以附之不至於如此矣

○行義王臨川曰粲然有義以相接懽然有恩以相愛中國之道也中國道失則如蠻如髦矣是大亂之道也故我是用憂也

○書牧誓篇云庸蜀羌髳微盧彭濮人

○雨去聲雪瀌瀌音標見晛音現曰消莫肯下去聲遺式居婁音慮驕 比也瀌瀌盛貌晛日氣也張子曰讒言遇明者當自止而王甚信之不肯貶下而遺棄之更益以長慢也

○雨雪浮浮見晛曰流如蠻如髦叶莫侯反我是用憂 比也浮浮猶瀌瀌也流流而去也蠻南蠻也髦夷髦也書作髳言其無禮義而相殘賊也

角弓八章章四句

有菀音鬱者柳不尚息焉上帝甚蹈無自暱焉

○戰國策魯仲連曰齊威王率諸侯朝周周貧且微諸侯莫朝而齊獨朝之居歲餘周烈王崩齊後往周怒於齊曰天崩地坼天子下席東藩之臣田嬰後至則斮之

俾予靖之後予極焉比也柳茂木也尚庶幾也上帝指王也蹈當作神言威靈可畏也暱近靖定也極求之盡也○王者暴虐諸侯不朝而作此詩言彼有菀然茂盛之柳行路之人豈不庶幾欲就止息乎以比人誰不欲朝事王者而王甚威神使人畏之而不敢近耳使我朝而事之以靖王室後必將極其所欲以求於我蓋諸侯皆不朝而已獨至則王必責之無已如齊威王朝周而後反爲所辱也或曰興也下章倣此

○有菀者柳不尚愒器焉上帝甚蹈無自瘵音債叶子例反焉俾予靖之後予邁叶力制反焉比也愒息瘵病也邁過也求之過其分也

○詩義云首二章喻已欲朝王而不敢朝末一章又興王貪求之無厭而著已之所以不朝也

○有鳥高飛亦傅（音附）于天（叶鐵因反）彼人之心于何其臻曷予靖之居以凶矜。興也傅臻皆至也彼人斥王也居猶徒然也凶矜遭凶禍而可憐也○鳥之高飛極至於天耳彼王之心於何所極乎言其貪縱無極求責無已人不知其所至也如此則豈予能靖之乎乃徒然自取凶矜耳

菀柳三章章六句

桑扈之什十篇四十三章二百八十二句

都人士之什二之八

○劉補云凡所述士女之美皆從王化之所漸濡而來至于不見而發思則今昔感歎之意多矣

彼都人士狐裘黃黃其容不改出言有章行歸于周萬民所望叶音亡○賦也都王都也黃黃狐裘色也不改有常也章文章也周鎬京也○亂離之後人不復見昔日都邑之盛人物儀容之美而作此詩以歎惜之也

○彼都人士臺笠緇撮叶祖悅反彼君子女綢直如髮叶方月反我不見兮我心不說音悅○賦也臺夫須也緇撮緇布冠也其制小僅可撮其髻也君子女都人貴家之女也綢直如髮未詳其義然以四章五章推之亦言其髮之美耳

○彼都人士充耳琇音秀實彼君子女謂之尹

○衍義劉氏曰晉之江左王謝唐之山東崔盧皆一時之望族爲世所稱也

○同云東漢光武爲司隷背入洛陽吏上見其僚屬皆喜不自勝老吏或垂涕曰不圖今日復見漢官威儀此其云見之意與是詩願見意同

吉我不見兮我心苑音鬱結叶繳質反○賦也琇美石也以美石爲瑱尹吉未詳鄭氏曰吉讀爲姞尹氏姞氏周之昏姻舊姓也人見都人之女咸謂尹氏姞氏之女言其有禮法也李氏曰所謂尹吉猶晉言王謝唐言崔盧也苑猶屈也積也

○彼都人士垂帶而厲落蓋反彼君子女卷音權髮如蠆瘥我不見兮言從之邁賦也厲垂帶之貌卷髮鬢傍短髮不可斂者曲上卷然以爲飾也蠆螫蟲也尾末揵然似髮之曲上者邁行也蓋曰是不可得見也得見則我從之邁矣思之甚也

○匪伊垂之帶則有餘匪伊卷之髮則有旟

○輯補云、首章、稱其將歸。二章、訴其過期。三章、四章、則疑其歸而致相親之意。此婦人之至情也。

我不見兮、云何盱矣。賦也。旟、揚也。盱、望也。說見何人斯篇。○此言士之帶、非故垂之也。帶自有餘耳。女之髮、非故卷之也。髮自有旟耳。言其自然閑美、不假脩飾也。然不可得而見矣。則如何而不望之乎。

都人士五章、章六句

終朝采綠、不盈一匊。匊音菊。予髮曲局、薄言歸沐。賦也。自旦及食時爲終朝。綠、王芻也。兩手曰匊。局、卷也。猶言首如飛蓬也。○婦人思其君子、而言終朝采綠、而不盈一匊者、思念之深、不專於事也。又念其髮之曲局、於是舍之而歸沐、以待其君子之還也。

○衍義輔氏曰韔弓綸繩本非婦人之事然望之切思之深設言其如此以見其欲無往而不與之俱是雖夫婦之正情然宜其形于言焉則愁嘆甚矣

○終朝采藍不盈一襜尺占反叶都甘反五日爲期六日不詹音占叶多甘反○賦也藍染草也衣蔽前謂之襜即蔽膝也詹與瞻同五日爲期去時之約也六日不詹過期而不見也

○之子于狩音獸言韔其弓音暢叶姑弘反之子于釣言綸之繩○賦也之子謂其君子也理絲曰綸言君子若歸而欲往狩耶我則爲之韔其弓欲往釣耶我則爲之綸其繩望之切思之深欲無往而不與之俱也

○其釣維何維魴音房及鱮音敘叶音湑維魴及鱮薄言觀者叶掌與反○賦也於其釣而有獲也又將從而觀之亦上章之意也

○衍義蕭南曰上三章言感大臣之勞而樂于勤功下歸美其成功也嶧山云此說亦有見然只疊疊說下勿分更妥

采綠四章章四句

芃芃（蓬）黍苗，陰雨膏（去聲）之。悠悠南行，召伯勞（去聲）之。

興也。芃芃，長大貌。悠悠，遠行之意。○宣王封申伯於謝，命召穆公往營城邑，故將徒役南行，而行者作此。言芃芃黍苗，則唯陰雨能膏之；悠悠南行，則唯召伯能勞之也。

○我任（音壬）我輦，我車我牛（叶魚其反）。我行既集，蓋云歸哉（叶將黎反）。

賦也。任，負任者也。輦，人輓車也。牛，所以駕大車也。集，成也。營謝之役既成而歸也。

○我徒我御，我師我旅。我行既集，蓋云歸處。

○左傳定公四年有
之

○劉補云首章感召伯之勞已二章三章擬盡力以赴已四章五章則歸功于召伯之辭也

賦也。徒步行者。御乘車者。五百人為旅。五旅為師。春秋傳曰。君行師從。卿行旅從。

○肅肅謝功。召伯營之。烈烈征師。召伯成之。

賦也。肅肅。嚴正之貌。謝。邑名。申伯所封國也。今在鄧州信陽軍。功。工役之事也。營。治也。烈烈。威武貌。征。行也。

○原隰既平。泉流既清。召伯有成。王心則寧。

賦也。土治曰平。水治曰清。○言召伯營謝邑。相其原隰之宜。通其水泉之利。此功既成。宣王之心則安也。

黍苗五章章四句　此宣王時詩。與大雅崧高相表裏。

隰桑有阿。其葉有難。那音 既見君子。其樂洛音如

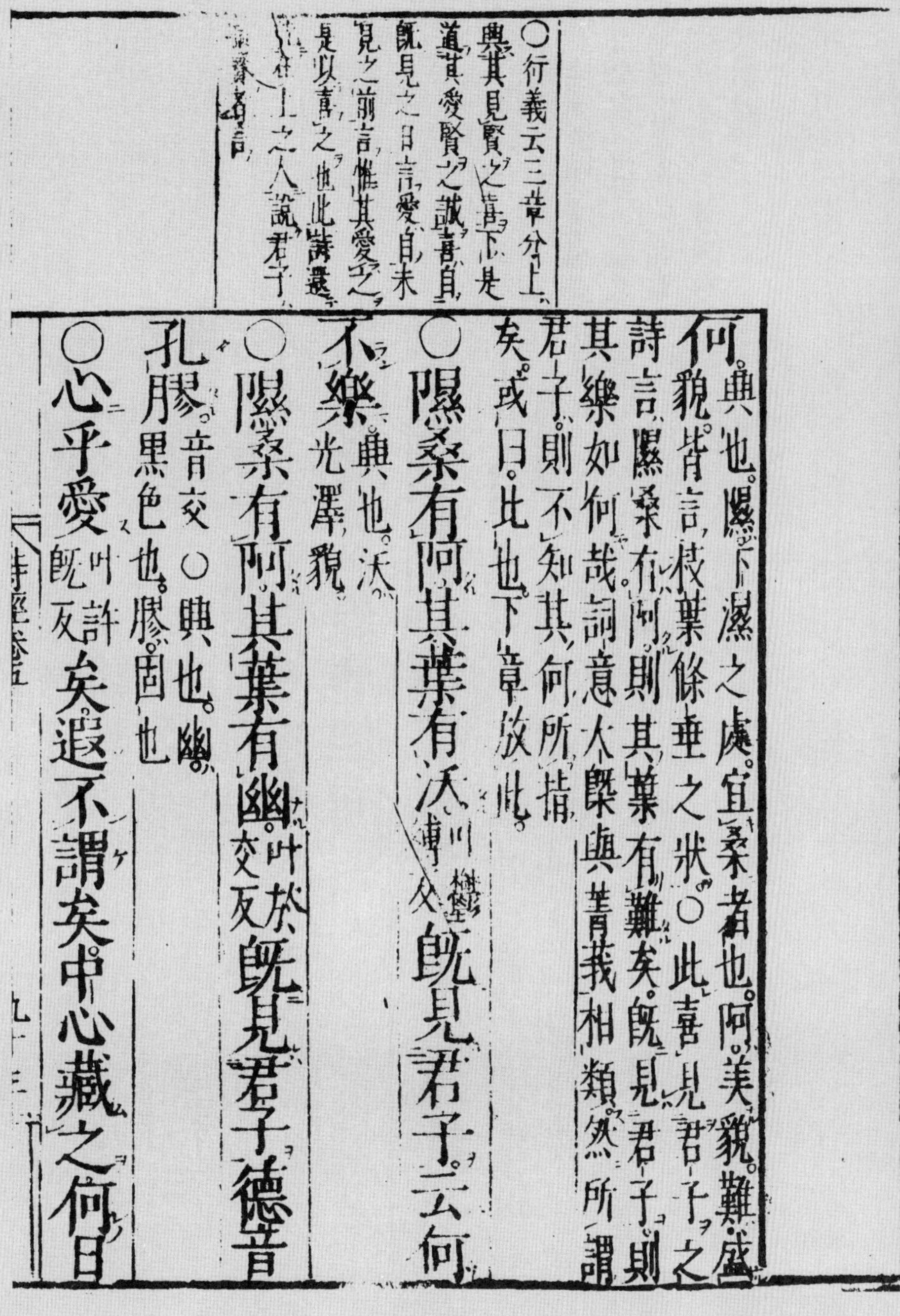

○行義云三章分上。與其見賢之喜。下是道其愛賢之誠。喜自既見之日言。愛自未見之前言。惟其愛之是以喜之也。此詩還在上之人說君子……者言

何。興也。隰下濕之處。宜桑者也。阿美貌。難盛貌。皆言枝葉條垂之狀。○此喜見君子之詩。言隰桑有阿。則其葉有難矣。既見君子。則其樂如何哉。詞意大槩與菁菁者莪相類。然所謂君子。則不知其何所指矣。或曰。比也。下章放此。

○隰桑有阿。其葉有沃。叶鬱縛反既見君子。云何不樂。興也。沃光澤貌。

○隰桑有阿。其葉有幽。叶於交反既見君子。德音孔膠。音交○興也。幽黑色也。膠固也

○心乎愛矣。叶許既反遐不謂矣。中心藏之。何日

忘之賦也遐與何同表記作瑕鄭氏註曰瑕
之言胡也謂猶言也○言我中心誠愛
君子而旣見之則何不遂以告之而但中心
藏之將使何日而忘之邪楚辭所謂思公子
兮未敢言意蓋如此愛之根於
中者深故發之遲而存之久也

隰桑四章章四句

白華音花菅音姦兮白茅束兮之子之遠俾我獨
兮比也白華野菅也已漚爲菅之子斥幽王
也俾使也我申后自我也○幽王娶申女
以爲后又得褒姒而黜申后故申后作此詩
言白華爲菅則白茅爲束二物至微猶必相
須爲用何之子之
遠而俾我獨耶

○行義云疏義白華
緑衣同一怨也緑衣
能思古人以自處白
華則未有聞也誠使
處之有道寧不能已
申侯之亂乎然其事
一之心則可取是以
夫子錄之

○英英白雲，露彼菅茅。叶莫侯反 天步艱難，之子不猶。

比也。英英，輕明之貌。白雲，水土輕清之氣，當夜而上騰者也。露，即其散而下降者也。步，行也。天步，猶言時運也。猶，圖也。或曰猶，如也。○言雲之澤物，無微不被。今時運艱難，而之子不圖，不如白雲之露菅茅也。

○滮符彪反池北流，浸彼稻田。叶地因反 嘯歌傷懷，念彼碩人。

比也。滮，流貌。北流，豐鎬之間，水多北流。碩人，尊大之稱，亦謂幽王也。○言小水微流，尚能浸灌，王之尊大，而反不能通其寵澤，所以使我嘯歌傷懷而念之也。

○樵彼桑薪，卬音昂烘于煁。音忱 維彼碩人，實勞

○行義孔氏曰：無釜之竈，其上燃火謂之

烘即今火爐也

○同程子曰此章自傷其誠意之不能動王也懆懆然憂戚而申后不能感動視我邁邁而去

我心比也樵采也桑薪薪之善者也卬我烘燎也煁無釜之竈可燎而不可亨飪者也○桑薪宜以亨飪而但爲燎燭以比嫡后之尊而反見卑賤也

○鼓鐘于宮聲聞音問于外念子懆懆音慅視我邁邁比也懆懆憂貌邁邁不顧也○鼓鐘于宮則聲聞于外矣念子懆懆而反視我邁邁何哉

○有鶖音秋在梁有鶴在林維彼碩人實勞我心比也鶖禿鶖也梁魚梁也○蘇氏曰鶖鶴皆以魚爲食然鶴之於鶖清濁則有間矣今鶖在梁而鶴在林鶖則飽而鶴則飢矣幽王進褒姒而黜申后譬之養鶖而棄鶴也

○劉補云譬喻王之失德而致傷念之情也

○鴛鴦在梁戢其左翼之子無良二三其德

比也戢其左翼言不失其常也良善也二三其德則鴛鴦之不如也

○有扁斯石履之卑兮之子之遠俾我疧

音抵叶兮比也扁卑貌俾使疧病也○有扁喬移反然而卑之石則履之者亦卑矣如妾之賤則寵之者亦賤矣是以之子之遠而俾我疧也

白華八章章四句

緜蠻黃鳥止于丘阿道之云遠我勞如何飲去聲之食音嗣之教之誨之命彼後車謂之載之

○衍義云通篇作于進之言蓋以賢者窮居陋巷于仕進之途甚遠故止乎蓬蒿而不能進安得當今之君飲食教誨命后車以載之乎所于進非義行也而況非其時

此也。緜蠻鳥聲。阿曲阿也。後車副車也○此微賤勞苦而思有所託者爲鳥言以自比也箋云。緜蠻之黄鳥自言止於丘阿而不能前蓋道遠而勞甚矣當是時也有能飲之食之教之誨之文命後車以載之者乎

○緜蠻黄鳥止于丘隅豈敢憚行畏不能趨飲之食之教之誨之命彼後車謂之載之比也

隅角憚畏也。趨疾行也。

○緜蠻黄鳥止于丘側豈敢憚行畏不能極飲之食之教之誨之命彼後車謂之載之比也

○删補云皆喩己處困之極而重有望於人也

側。傍。極。至也。國語云。齊朝駕則夕極于魯國。

緜蠻三章章八句

幡幡音翻瓠葉。采之亨叶鋪郎反之。君子有酒。酌言嘗之。賦也。幡幡。瓠葉貌。○此亦燕飲之詩。言幡幡瓠葉。采之亨之。至薄也。然君子有酒。則亦以是酌而嘗之。蓋述主人之謙詞。言物雖薄而必與賓客共之也。

○有兎斯首。炮音庖之燔音煩叶汾乾反之。君子有酒酌言獻叶虛言反之。賦也。有兎斯首。一兎也。猶數魚以尾也。毛曰炮。加火曰燔。亦薄物也。獻。獻之於賓也。

○行義謝疊山曰瓠葉以爲菹不必嘉蔬也。兎以爲殽不必肥餼也。先王之燕賓客。貴德實意而已矣。豐以燕賓者魚麗是也。薄以燕賓者瓠葉是也。在易鼎之彖曰大亨以養聖賢。損之彖曰二簋可用享。知易之意則知詩之旨矣

○劉補云屢言不以薄而廢禮此其辭之謙定其意之誠也

○有兔斯首燔之炙音隻叶陟略反之君子有酒酌言酢之賦也炕火曰炙謂以物貫之而舉於火上以炙之酢報也賓既卒爵而酌主人也。

○有兔斯首燔之炮叶蒲侯反之君子有酒酬言醻之醻音酬賦也醻導飲也

瓠葉四章章四句

漸漸音巉之石維其高矣山川悠遠維其勞矣武人東征不遑朝叶直高反矣賦也漸漸高峻之貌武人將帥也遑

○劉補云首二章險遠之勞末章遇雨之困皆不堪之意也

暇也。言無朝旦之暇也。○將帥出征，經歷險遠，不堪勞苦，而作此詩也。

○漸漸之石，維其卒音萃矣。山川悠遠，曷其沒叶莫筆反矣。武人東征，不遑出矣。賦也。卒，崔嵬也。謂山巔之末也。曷，何。沒，盡也。言所登歷，何時而可盡也。不遑出，謂但知深入，不暇謀出也。

○有豕白蹢音的，烝涉波矣。月離于畢，俾滂沱矣。武人東征，不遑他音拖矣。賦也。蹢，蹄。烝，衆也。離，月所宿也。畢，星名。豕涉波，月離畢，將雨之驗也。○張子曰：豕之負塗曳泥，其常性也。今其足皆白，衆與涉波而去，水患之多可知矣。此言久役又逢大雨，甚勞苦，而不暇及他事也。

○埤雅云：馬喜風，豕喜雨，故天將雨則豕進涉水波。朱氏曰：畢星好雨，月，水之精也。月宿畢而雨，星象相感如此，故詩皆以爲將雨驗。

○衍義徽㳘曰苕華一詩不盈數句而三覆一過則國勢之危迫人情之愁苦物色之凋耗皆藹然在目蓋其情見乎詞故不覺其言之慨切也

○何云牂羊句見芻牧不充非復蕃羊之盛三星句見水族不產非復魚麗之時

漸漸之石三章章六句

苕音條之華音花芸音云其黃矣心之憂矣維其傷矣比也苕陵苕也本草云即今之紫葳蔓生附於喬木之上其華黃赤色亦名凌霄○詩人自以身逢周室之衰如苕附物而生雖榮不久故以爲比而自言其心之憂傷也

○苕之華其葉青青音精知我如此不如無生叶桑經反○比也青青盛貌然亦何能久哉

○牂音臧羊墳音焚首三星在罶音柳人可以食鮮上聲可以飽叶補苟反○賦也牂羊牝羊也墳大也羊瘠則首大也罶笱也罶中

○衍義云此詩反覆傷己征役之不息也首章言役之重困二章言失其室家之樂三章傷其自同於物四章傷其物之不如也通章重詩柄一苦字

無魚而水靜但見三星之光而已○言饑饉之餘百物彫耗如此苟且得食足矣豈可望其飽哉

苕之華三章章四句

陳氏曰此詩其詞簡其情哀周室將亡不可救矣詩人傷之而已

何草不黃何日不行叶戶郎反何人不將經營四方興也草衰則黃將亦行也○周室將亡征役不息行者苦之故作此詩言何草而不黃何日而不行何人而不將以經營於四方也哉

○何草不玄叶胡勻反何人不矜音鰥哀我征夫獨爲匪民興也玄赤黑色也既黃而玄也無妻曰矜言從役過時而不得歸失其室

○删補云前篇見君者無生全樂此篇見行者有奔逐勞此人情怨咨國勢將亡之徵也

○衍義孔氏曰上乘棧車庶人乘役車此有棧是車之狀非士所乘之棧車也

家之樂也哀我征夫豈獨爲非民哉

○匪兕匪虎率彼曠野叶上與反哀我征夫朝夕不暇叶後五反○賦也率循也曠空也○言征夫非兕非虎何爲使之循曠野而朝夕不得閒暇也

○有芃音蓬者狐與車叶率彼幽草有棧士板反之車行彼周道興也芃尾長貌棧車役車也周道大道也言不得休息也

何草不黄四章章四句

都人士之什十篇四十三章二百句

詩經五卷終

再刻頭書詩經集註

六

詩經卷之六　　朱熹集傳

大雅三 說見小雅

文王之什三之一

文王在上。於音烏下同昭于天。叶鐵因反周雖舊邦。其命維新。有周不顯。帝命不時。叶上紙反文王陟降。在帝左右。叶羽已反○賦也。於，歎辭。昭，明也。命，天命也。不顯，猶言豈不顯也。帝，上帝也。不時，猶言豈不時也。左右，旁側也。○周公追述文王之德，明周家所以受命而代商者，皆由於此，以戒成王。此章言文王既沒，而其神在上，昭明于天，是以周邦雖自后稷

○衍義云：按人之死，各返其根。魄體陰也，故降而在下；魂氣陽也，故升而在上。況聖人清明在躬，志氣如神，故其沒也，精神在天，與天爲一，此神之所獨昭也。

○左傳昭公七年云。衛襄公卒。王（景王也）使郕簡公如衛弔。且追命襄公云云

始封千有餘年。而其受天命則自今始也。夫文王在上。而昭于天。則其德顯矣。周雖舊邦而命則新。則其命時矣。故又曰。有周豈不顯乎。帝命豈不時乎。蓋以文王之神在天。一升一降。無時不在上帝之左右。是以子孫蒙其福澤。而君有天下也。春秋傳。天王追命諸侯之詞。曰。叔父陟恪在我先王之左右。以佐事上帝。語意與此正相似。或疑恪亦降字之誤。理或然也。

○亹亹（音尾）文王。令聞（音問）不已。陳錫哉周。侯文王孫子。（叶奬里反）文王孫子。本支百世。凡周之士。不顯亦世。○賦也。亹亹。強勉之貌。令聞。善譽也。陳。猶敷也。哉。語辭。侯。維也。本。宗子

○衍義徵按曰天生一代興王之君則必生一代興王之佐良相碩輔之生皆聖人興王之福所致凡建勳立業之士皆精文王之福而生則其子孫之能效忠以光世

也。支庶子也。○文王非有所勉也。純亦不已。而人見其若有所勉耳。其德不已。故今既沒而其令聞猶不已也。令聞不已。是以上帝敷錫于周。維文王孫子。則使之本宗百世爲天子。支庶百世爲諸侯。而又及其臣子。使凡周之士亦世世修德與周匹休焉。

○世之不顯。厥猶翼翼。思皇多士。生此王國。叶于逼反王國克生。維周之楨。音貞濟濟多士。文王以寧。賦也。猶謀。翼翼勉敬也。思語辭。皇美。楨榦也。濟濟多貌。○此承上章而言。其傳世豈不顯乎。而其謀猷皆能勉敬如此也。美哉此衆多之賢士而生於此文王之國也。文王之國能生此衆多之士則足以爲國

者亦以文王福澤之流衍也

之餘而文王亦賴以爲安矣蓋言文王得人之盛而宜其傳世之顯也

○穆穆文王於緝熙敬止假上聲哉天命有商孫子商之孫子其麗不億上帝既命侯于周服叶蒲北反○賦也穆穆深遠之意緝續熙明亦不已之意止語辭假大麗數也不億不止於億也侯維也○言穆穆然文王之德不已其敬如此是以大命集焉以有商孫子觀之則可見矣蓋商之孫子其數不止於億然以上帝之命集於文王而今皆維服于周矣

○侯服于周天命靡常殷士膚敏祼音灌將于

○衍義云常服黼冔出此題有二意一是存先代之典而不毀見忠厚之至意二是為常代之監而不敢忽見念慮之深意

○左傳襄公四年云敢告僕夫註告僕夫不敢斥尊之也

京叶居良反 厥作祼將常服黼音甫冔音許王之藎音盡臣無念爾祖

賦也諸侯之大夫入天子之國曰某士則殷士者商孫子之臣屬也膚美敏疾也祼灌鬯也將行也酌而送之也京周之京師也黼黼裳也冔殷冠也蓋先代之後統承先王修其禮物作賓于王家時王不敢變焉而亦所以為戒也王指成王也藎進也言其忠愛之篤進進無已也無念猶言豈得無念也爾祖文王也○言商之孫子而侯服于周以天命之不可常也故殷之士助祭於周京而服商之服也於是呼王之藎臣而告之曰得無念爾祖文王之德乎蓋以戒王而不敢斥言猶所謂敢告僕夫云爾劉向曰孔子論詩至於殷士膚敏祼將于京喟然歎曰大哉天命善不可不傳于後嗣是

○行義徵茲曰：念祖乃所以修德，當修德乃所以配天命。所謂多福即在配命之中。周公告成王，但一念嘗在于法祖以自修其德，然所以修德者必常與天理合，然後多福之求反之一身而有餘。若使修德之儀一有間斷，則有愧于祖，即有愧于天，而福不可求矣。

以富貴無常。蓋傷微子之事，周而痛殷之亡也。

○無念爾祖。聿修厥德。永言配命。自求多福。叶筆力反殷之未喪去聲師。克配上帝。宜鑒于殷。駿音峻命不易。去聲○賦也。聿，發語辭。永，長。配，合也。命，天理也。師，衆也。上帝，天之主宰也。駿，大也。不易，言其難也。○言欲念爾祖，在於自修其德，而又常自省察，使其所行無不合於天理，則盛大之福自我致之，有不外求而得矣。又言殷未失天下之時，其德足以配乎上帝矣。今其子孫乃如此，宜以爲鑒而自省焉，則知天命之難保矣。大學傳曰：得衆則得國，失衆則失國。此之謂也。

○衍義胡氏曰天無聲無臭之可尋文王陟降在帝左右文王即天矣但以爾祖文王爲法則萬邦自孚信之庶乎其可保不至爾躬而遏絶也

○命之不易無遏爾躬叶姑弘反宣昭義問有虞殷自天叶鐵因反上天之載無聲無臭叶初尤反儀刑文王萬邦作孚叶房尤反○賦也遏絶宣布昭明義善也問聞通有又通虞度載事儀象刑法孚信也○言天命之不易保故告之使無若紂之自絶于天而布明其善譽於天下又度殷之所以廢興者而折之於天然上天之事無聲無臭不可得而度也惟取法於文王則萬邦作而信之矣子思子曰維天之命於穆不已蓋曰天之所以爲天也於乎不顯文王之德之純蓋曰文王之所以爲文也純亦不已夫知天之所以爲天又知文王之所以爲文則夫與天同德者可得而言矣是詩首言文王在上於昭于天文

○輔廣云首章言文王以顯德而受時命二章三章言文王感天而福及于周之子孫臣族皆得以澤四五章言文王德感天而禍及于商之子孫臣族皆歸于周六章言當法文而鑒殷末章言當鑒殷以法文皆啓嗣王以修文王之德而保文王之命也

上陟降在帝左右而終之以戒其亡乃深矣。

文王七章章八句

東萊呂氏曰。呂氏春秋引此詩以爲周公所作。味其詞意。信非周公不能作也。○今按此詩。一章言文王有顯德而上帝有成命也。二章言天命集於文王。則不唯尊榮其身。又使其子孫百世爲天子諸侯也。三章言命周之福。不唯及其子孫。而又及其羣臣之後嗣也。四章言天命既絕於商。則不唯誅罰其身。又使其子孫亦來臣服于周也。五章言絕商之禍。不唯及其子孫。而又及其羣臣之後嗣也。六章言周之子孫臣庶。當以文王爲法。而以商爲監也。七章又言當以商爲監。而以文王爲法也。其於天人之際興亡之理，丁寧反覆，至深切矣。故立之樂官，而因以爲天子諸侯朝會之樂，蓋將以戒乎後世之君臣，而又以昭先王之德於天下也。國語以爲兩君相見之樂，特舉其一端而言耳。然此詩之首章言文王之昭于天，而不言其所以昭。次章言其令聞不已，而不言其所以聞。至於四章，然後所以昭明而不已者，乃可得而見焉。然亦多詠嘆之言，而語其所以爲德之實，則不越乎敬之一字而已。然則後章所謂修厥德而儀刑之者，豈可以他求哉。亦勉於此而已矣。

明明在下，赫赫在上。叶辰羊反 天難忱斯，音諶 不易去聲 維王。天位殷適，音的 使不挾四方。子燮反 賦也。明明，

○列女傳曰大任端莊誠一惟德之是行及其娠文王目不視惡色耳不聽惡聲口不出敖言生文王而明聖太任教之以一而識百周宗君子謂太任能胎教焉

德之明也赫赫命之顯也忱信也不易難也天位天子之位也殷適殷之適嗣也挾有也○此亦周公戒成王之詩將陳文武受命故先言在下者有明明之德則在上者有赫赫之命達于上下去就無常此天之所以難忱而爲君之所以不易也紂居天位爲殷嗣乃使之不得挾四方而有之蓋以此爾

○摯音至仲氏任音壬自彼殷商來嫁于周曰嬪音貧于京叶居良反乃及王季維德之行叶戶郎反大音泰任有身叶尸羊反生此文王賦也摯國名仲中女也任摯國姓也殷商商之諸侯也嬪婦也京周京也曰嬪于京疊言以釋上句之意猶曰釐降二女于嬀汭嬪于虞也王季文王父也身懷孕也○將言文

王之聖、而追本其所從來者如此。蓋曰自其父母而已然矣。

○維此文王、小心翼翼。昭事上帝、聿懷多福。叶筆力反。厥德不回、以受方國。叶越逼反。○賦也。小心翼翼、恭慎之貌。即前篇之所謂敬也。文王之德、於此爲盛。昭、明。懷、來。回、邪也。方國、四方來附之國也。

○天監在下、有命既集。叶昨合反。文王初載、天作之合。在洽之陽、在渭之涘。音士。叶羽已反。文王嘉止、大邦有子。叶獎禮反。○賦也。監、視。集、就。載、年。合、配也。洽、水名。本在今同州郃陽夏陽縣。今流已絕。故去水而加邑。渭水亦逕此入河也。嘉、婚禮也。大邦、莘國也。子、大姒也。

○將言武王伐商之事故此文推其本而言天之監照實在於下其命旣集於周矣故於文王之初年而默定其配所以洽陽渭涘當文王將婚之期而大邦有子也蓋曰非人之所能爲矣

○大邦有子俔牽遍反天之妹文定厥祥親迎去聲于渭造舟爲梁不顯其光賦也俔磬也韓詩作磬說文云俔譬也孔氏曰如今俗語譬喻物曰磬作然也文禮祥吉也言卜得吉而以納幣之禮定其祥也造作梁橋也作船於水比之而加版於其上以通行者即今之浮橋也傳曰天子造舟諸侯維舟大夫方舟士特舟張子曰造舟爲梁文王所制而周世遂以爲天子之禮也

○音釋云造舟比其舟而渡維舟中央左右相維持方舟併兩船特舟一舟又曰維舟連四舟維舟以下皆水上浮而行之

△温按一本有註末不顯顯也之四字恐脫文

○行義輔氏曰征伐本非和者之事而曰燮伐與應天順人之師非暴虐之舉易所謂剛中而直行險而順也

○有命自天命此文王于周于京叶居良反纘女維莘長上聲子維行叶戸郎反篤生武王保右音祐命爾燮伐大商賦也纘繼也莘國名長子長女大姒也行嫁篤厚也言既生文王而又生武王也右助燮和也○言天既命文王於周之京矣而克纘大任之女事者維此莘國以其長女來嫁于我也天又篤厚之使生武王保之助之命之而使之順天命以伐商也

○殷商之旅其會如林矢于牧野維予侯興叶音歆上帝臨女音汝無貳爾心賦也如林言衆也書曰受率其旅若林矢陳也牧野在朝歌南七十里侯維

○衍義劉氏曰武王誓師曰受有臣億萬惟億萬心予有臣三千惟一心商罪貫盈天命誅之又曰朕夢協朕卜襲于休祥伐商必克又曰雖有周親不如仁人觀是語也則武王固知上帝之監臨矣固知衆寡之不足疑矣

貳疑也爾武丨也○此章言武王伐紂之時紂衆會集如林以拒武王而皆陳于牧野則維我之師爲有興起之勢耳然衆心猶恐武王以衆寡之不敵而有所疑也故勉之曰上帝臨女毋貳爾心蓋知天命之必然而贊其決也然武王非必有所疑也設言以見衆心之同非武王之得已耳

○牧野洋洋檀車煌煌駟騵彭彭音元叶鋪郎反維師尚父時維鷹揚涼音亮彼武王肆伐大商會朝清明叶謨郎反○賦也洋洋廣大之貌檀堅木宜爲車者也煌煌鮮明貌駵馬白腹曰騵彭彭強盛貌師尚父太公望爲太師而號尚父也鷹揚如鷹之飛揚而將擊言其猛也涼漢書作亮佐助也肆縱兵也會朝

○前漢書王莽傳注云亮助也

○行義彭氏曰、當商辛之日、俟天休命之前、猶有如陰黶之中。及甲子昧爽一戰之后、民情大悅、向者昏亂汚濁之氣一洗而清之、豈不快哉。

○輯補云、首章言天命係于王德、二三章推本文王之生而述其有德以基命之意、自四章至末推本武王之生而詳其伐商以膺命之事。

會戰之旦也。○此章言武王師衆之盛、將帥之賢、伐商以除穢濁、不崇朝而天下清明。所以終首章之意也。

大明八章、四章章六句、四章章八句。名義見小旻篇。一章言天命無常、惟德是與。二章言王季太任之德、以及文王。三章言文王之德。四章五章六章言文王太姒之德、以及武王。七章言武王伐紂。八章言武王克商、以終首章之意。其章以六句八句相間。又國語以此及下篇皆爲兩君相見之樂、說見上篇。

緜緜瓜瓞。音垤。民之初生、自土沮音疽漆。音七古公

○衍義方山曰註其國甚小自太王居邠以前言至文王而後大自太王遷岐以后至文王時言不可以先小單指太王後大專指文王蓋太王遷岐時國勢已蕆甚著詩稱因之二字可見府大亦由于太王矣

亶父音甫陶音桃復音福陶穴叶戶未有家室。比也。緜緜不絶貌。大曰瓜。小曰瓞。瓜之近本初生者常小。其蔓不絶。至末而後大也。民周人也。自從。土地也。沮漆二水名。在豳地。古公號也。亶父名也。或曰字也。後乃追稱太王焉。陶窰竈也。復重窰也。穴土室也。家門内之通名也。豳地近西戎而苦寒。故其俗如此。○此亦周公戒成王之詩。追述大王始遷岐周以開王業。而文王因之以受天命也。此其首章言瓜之先小後大。以比周人始生於漆沮之上。而古公之時。居於窰竈土室之中。其國甚小。至文王而後大也。

○古公亶父。來朝走馬叶滿補反率西水滸音虎至

○同叢書山曰皇矣詩云天立厥配受命既固則妻妃之有助於王業可知

○楊升菴集四十二云尹和靖曰周原膴膴堇荼如飴美土可以變惡味食我桑椹懷我好音美味可以變惡聲

于岐下叶後五反爰及姜女聿來胥宇。賦也。朝早也。走馬避狄難也。滸水涯也。漆沮之側也。岐下岐山之下也。姜女大王妃也。胥相。宇宅也。孟子曰大王居邠。狄人侵之。事之以皮幣珠玉犬馬而不得免。乃屬其耆老而告之曰。狄人之所欲者吾土地也。吾聞之也。君子不以其所以養人者害人。二三子何患乎無君。我將去之。去邠踰梁山。邑于岐山之下居焉。邠人曰。仁人也。不可失也。從之者如歸市。

○周原膴膴音武堇音謹荼如飴音移爰始爰謀叶謨悲反爰契音器我龜曰止曰時築室于茲。叶津之反○賦也。周地名。在岐山之南。廣平曰原。膴膴肥美貌。堇烏頭也。荼苦菜蓼屬也。飴餳也。契所以

○儀禮士喪禮云楚焞置于燋在龜東楚焞卽契所用灼龜者也燋謂炬其存火也楚荊也然則士用龜者以楚焞之木燋之燋炬之火旣然焞之以灼龜也

然火而灼龜者也。儀禮所謂楚焞是也。或曰以刀刻龜甲欲鑽之處也。○言周原土地之美雖物之苦者亦甘。於是大王始與豳人之從已者謀居之。又契龜而卜之。既得吉兆乃告其民曰可以止於是而築室矣。或曰時謂土功之時也。

○迺慰迺止迺左迺右。叶羽已反 迺疆迺理迺宣迺畝。叶滿彼反 自西徂東周爰執事。叶上止反。○賦也。慰安。止居也。左右東西列之也。疆謂畫其大界。理謂別其條理也。宣布散而居也。或曰導其溝洫也。畝治其田疇也。自西徂東自西水滸而徂東也。周徧也。言靡事不為也

○乃召司空乃召司徒俾立室家。叶古胡反 其繩

○衍義云一説依考索曰鼛者緩也古人役民不欲急疾故設鼛鼓取其徐緩之儀擊此鼓者所以戒其急疾也今民心樂功愈作愈疾故鼛鼓不能止其疾也

則直縮音蹜版以載叶節力反作廟翼翼賦也司空掌營國邑司徒掌徒役之事繩所以爲直凡營度位處皆先以繩正之既正則束版而築也縮束也載上下相承也言以索束版投土築訖則升下而上以相承載也君子將營宮室宗廟爲先廐庫爲次居室爲後翼翼嚴正也

○捄音俱之陾陾音仍度入聲之薨薨築之登登削屢馮馮音憑百堵皆興鼛音皐鼓弗勝賦也捄盛土於器也陾陾衆也度投土於版也薨薨衆聲也登登相應聲削屢牆成而削治之重復也馮馮牆堅聲五版爲堵興起也此言治宮室也鼛鼓長一丈二尺以鼓役事弗勝者言其樂事勸功鼓不能止也

○衍義劉氏曰上四章之末營立宗廟宮室皆在於居民之后先王重民之意如此蓋國以民爲本故也

○衍義云此章首二句雖是文王事然中二句是太王至文王時事不可如此別白只依註以二王相爲首尾見國家世世之盛而以終致遂人之服如此

○廼立皋門皋門有伉音抗叶苦郎反廼立應門應門將將音鏘廼立冢土戎醜攸行叶戶郎反○賦也傳曰王之郭門曰皋門伉高貌王之正門曰應門將將嚴正也大王之時未有制度特作二門其名如此及周有天下遂尊以爲天子之門而諸侯不得立焉冢土大社也亦大王所立而後因以爲天子之制也戎醜大衆也起大事動大衆必有事乎社而後出謂之宜

○肆不殄音佃厥慍亦不隕音尹厥問柞音作棫音域拔音佩矣行道兌吐外反矣混音昆夷駾音豚矣維其喙音諱矣賦也肆故今也猶言遂也承上起下之辭殄絕慍怒隕墜也問聞通謂聲

○輔氏云緜詩九章首末句喻周業之始微而終大自民之初生至二章叙太王自豳遷岐而相土四章以下民事五章之先廟制六章以下營宮室七章之立門社皆太王自修之實而無隕其問也八章以下至末則文王之服混夷來鄰國而王業遂興又本其得賢人之盛者則見其受命之有備也

譽也。柞櫟也。枝長葉盛叢生有刺。棫白桵也。小木亦叢生有刺。拔挺拔而上。不拳曲蒙密也。兌通也。始通道於柞棫之間也。駾突。喙息也。○言大王雖不能殄絶混夷之慍怒亦不隕墜己之聲聞蓋雖聖賢不能必人之不怒己但不廢其自脩之實耳然大王始至此岐下之時林木深阻。人物鮮少。至於其後生齒漸繁。歸附日衆則木拔道通。昆夷畏之而奔突竄伏。維其喙息而已。言德盛而昆夷自服也。蓋已爲文王之時矣。

○虞芮質厥成文王蹶厥生蹶音媿生叶桑經反予曰有疏附附叶上聲予曰有先後後去聲叶下五反予曰有奔奏奏音走叶宗五反予曰有禦侮賦也。虞芮二國名。質正也。成平也。傳曰。虞芮

○行義云註入其朝士讓爲大夫言爲士者自度其才但可爲士不可爲大夫所謂士讓爲大夫也下句倣此便見有遜讓之風無躁競之習也

之君。相與爭田久而不平乃相與朝周入其境則耕者讓畔行者讓路入其邑男女異路斑白者不提挈入其朝士讓爲大夫大夫讓爲卿。二國之君感而相謂曰我等小人不可以履君子之境乃相讓以其所爭田爲閒田而退。天下聞之而歸者四十餘國蘇氏曰虞在陝之平陸芮在同之馮翊平陸有閒原焉則虞芮之所讓也蹶生未詳其義或曰蹶動而疾也生猶起也予詩人自予也率下親上曰疏附相道前後曰先後喻德宣譽曰奔奏武臣折衝曰禦侮。○言昆夷既服而虞芮來質其訟之成於是諸侯歸周者衆而文王由此動其興起之勢是雖其德之盛然亦由有此四臣之助而然故各以予曰起之其辭繁而不殺者所以深歎其得人之盛也。

○衍義方山曰。首二章各開看。蓋首章是泛言其得左右之心。就平山言。下一章是事指其奉祭出師得左右之心。或以下二章兼首章看亦可

緜九章章六句 一章言在豳。二章言至岐。三章言定宅。四章言授田居民。五章言作宗廟。六章言治宮室。七章言作門社。八章言至文王而服昆夷。九章言遂言文王受命之事。餘說見上篇。

芃芃音蓬棫音域樸音卜，薪之槱音酉之。濟濟上聲辟音璧王，左右趣叶此苟反之。興也。芃芃，木盛貌。樸，叢生也。言根枝迫迮相附著也。槱，積也。濟濟，容貌之美也。辟，君也。君王，謂文王也。○此亦以詠歌文王之德。言芃芃棫樸，則薪之槱之矣。濟濟辟王，則左右趣之矣。蓋德盛而人心歸附趨向之也。

○濟濟辟王，左右奉璋。奉璋峩峩，髦士攸宜。

○衍義云祭統君執圭瓚祼尸大宗伯執璋瓚亞祼一圭分爲二璋奉于王前其中分處向王類臣之鞠躬而向也故註曰亦有趨向之意此是朱子推出意不必重

叶牛何反○賦也半圭曰璋祭祀之禮王祼以圭瓚諸臣助之亞祼以璋瓚左右奉之其判在内亦有趣向之意峩峩盛壯也髦俊也

○淠音譬彼涇音經舟烝徒楫音接叶籍入反之周王于邁六師及之興也淠舟行貌涇水名烝衆楫櫂于往邁行也六師六軍也○言淠彼涇舟則舟中之人無不楫之周王于邁則六師之衆追而及之蓋衆歸其德不令而從也

○倬音卓彼雲漢爲章于天叶鐵因反周王壽考遐不作人興也倬大也雲漢天河也在箕斗二星之間其長竟天章文章也文王九十七乃終故言壽考遐與何同作人謂變化鼓舞之也

○刪補云前三章言聖德爲人所歸後二章則推其德之及人者有以致其歸也

○追音堆琢音卓其章。金玉其相。勉勉我王。綱紀四方。興也。追、雕也。金曰雕、玉曰琢。相、質也。勉勉猶言不已也。凡網罟張之爲綱、理之爲紀。○追之琢之、則所以美其文者至矣。金之玉之、則所以美其質者至矣。勉勉我王、則所以綱紀乎四方者至矣。

棫樸五章章四句此詩前三章、言文王之德爲人所歸。後二章、言文王之德有以振作綱紀天下之人而人歸之。自此以下至假樂、皆不知何人所作。疑多出於周公也。

瞻彼旱麓音鹿榛楛音戶濟濟上聲豈弟君子。干祿豈弟。興也。旱、山名。麓、山足也。榛、似栗而小。楛、似荊而赤。濟濟、衆多也。豈弟、樂易也。君

○衍義嚴氏曰干祿非文王之心詩言干祿謂在我有以致之而未多福非有心求之也

○同孔氏曰毛以玉爲之指其體謂之玉瓚據成器謂之圭瓚瓚然則以黄金爲勺有鼻口酒從中流出瓚之内口爲外以青金爲之青金鍚也鬱金香草名

子指文王也。○此亦以詠歌文王之德言旱山之麓則榛楛濟濟然矣豈弟君子則其干祿也豈弟矣干祿豈弟言其干祿之有道猶曰其爭也君子云爾

○瑟彼玉瓚才旱反黄流在中。豈弟君子福祿攸降叶呼攻反○興也。瑟縝密貌玉瓚圭瓚也以圭爲柄黄金爲勺青金爲外而朱其中也黄流鬱鬯也釀秬黍爲酒築鬱金煮而和之使芬芳條鬯以瓚酌而祼之也攸所降下也。○言瑟然之玉瓚則必有黄流在其中豈弟之君子則必有福祿下其躬明寶器不薦於褻味而黄流不注於瓦缶則知盛德必享於祿壽而福澤不降於淫人矣。

○鳶音沿飛戾天。叶鐵因反魚躍于淵。叶一均反豈弟君

○抱朴子雜應卷云師言鳶飛轉高則直舒兩翅了不復扇搖之而自進者漸乘剛炁故也

○衍義傚弦曰旃勞者乃聖人之德與鬼神合其吉凶故自天佑之而無不利也

○音釋云燎芟草燒之

子遐不作人。興也。鳶鴟類。戾至也。李氏曰。抱朴子曰。鳶之在下無力。及至乎上。聳身直翅而已。蓋鳶之飛。全不用力。亦如魚躍怡然自得。而不知其所以然也。遐何也。○言鳶之飛則戾于天矣。魚之躍則出于淵矣。豈弟君子而何不作人乎。言其必作人也。

○清酒既載。叶節力反騂音觪牡既備。叶蒲北反以享以祀。叶逸織反以介景福。叶筆力反○賦也。載在尊也。備全具也。承上章言有豈弟之德。則祭必受福也。

○瑟彼柞棫。民所燎矣。豈弟君子。神所勞去聲矣。興也。瑟茂密貌。燎爨也。或曰。熂燎除其旁草。使木茂也。勞慰撫也。

○輯補云首章致福于自然次章隆福于必然三章之化人四章之介福五章感神之深六章得福之正皆本豈弟之德而言蓋於爲詠歌之主之德也

○莫莫葛藟音壘施音異于條枚音梅豈弟君子求福不回 興也莫莫盛貌回邪也

旱麓六章章四句

思齊音齋大任文王之母思媚周姜京室之婦音阜大姒嗣徽音則百斯男 叶尼心反○賦也思語辭齊莊媚愛也周姜太王之妃太姜也京周也大姒文王之妃也徽美也百男舉成數而言其多也○此詩亦歌文王之德而推本言之曰此莊敬之大任乃文王之母實能媚于周姜而稱其爲周室之婦至於大姒又能繼其美德之音而子孫衆多上有聖母所以成之者遠内有

○行義春秋傳曰管蔡成霍魯衛毛聃郜雍曹滕畢原酆郇文之昭也併伯邑考武王十不人然此特見于傳者耳亦可以見其衆多也

○行義徽弦曰閨門之中萬化從出故宜和宗廟之中禮法所在故宜敬一事未洽

賢妃所以助之者深也。

○惠于宗公神罔時怨神罔時恫恫音通刑于寡妻至于兄弟以御御音迓于家邦邦叶下工反○賦也惠順也宗公宗廟先公也恫痛也刑儀法也寡妻猶言寡小君也御迎也○言文王順于先公而鬼神歆之無怨恫者其儀法内施於閨門而至于兄弟以御于家邦也孔子曰家齊而後國治孟子曰言舉斯心加諸彼而已張子曰言接神人各得其道也。

○雝雝雝音雍在宮肅肅在廟廟叶音貌不顯亦臨無射射音亦亦保保叶音鮑○賦也雝雝和之至也肅肅敬之至也不顯幽隱之處也射

一物未有不顯也孔于無形听于無聲嘗若有臨焉精神聚會念慮純絜無射也不動而敬不言而信嘗若有守焉蓋其德純於中二者自無一息之間斷譬如天之於穆不已而四時寒暑之序自若也亦何容心于其間哉

與斁同厭也保猶守也○言文王在閨門之內則極其和在宗廟之中則極其敬雖居幽隱亦常若有臨之者雖無厭射亦常有所守焉其純亦不已蓋如是

○肆戎疾不殄烈假不瑕不聞亦式不諫亦入賦也肆故今也戎大也疾猶難也人難如羑里之囚及昆夷玁狁之屬也殄絕烈光假大瑕過也此兩句與不殄厥愠不隕厥問相表裏聞前聞也式法也○承上章言文王之德如此故其大難雖不殄絕而光大亦無玷缺雖事之無所前聞者而亦無不合於法度雖無諫諍之者而亦未嘗不入於善傳所謂性與天合是也

○肆成人有德小子有造古之人無斁音亦譽

○劉瑾云首章言文德所由成二章言德之施三章言德之純四章言德之見于事末章言德之及于人也

髦斯士賦也冠以上爲成人小子童子也造爲也古之人指文王也譽名髦俊也○承上章言文王之德見於事者如此故一時人材皆得其所成就蓋由其德純而不已故令此士皆有譽於天下而成其俊乂之美也

思齊五章二章章六句三章章四句

皇矣上帝臨下有赫叶黒各反監觀四方求民之莫維此二國其政不獲叶胡郭反維彼四國爰究爰度入聲上帝耆之憎其式廓乃眷西顧此維與宅叶達各反○賦也皇大臨視也赫威明也監亦視也莫定也二國夏商也不獲謂失其道也四國四方之國也究尋度謀也

者憎式廓未詳其義或曰者致也憎當作增式廓猶言規模也此謂岐周之地也○此詩叙大王大伯王季之德以及文王伐密伐崇之事也此其首章先言天之臨下甚明但求民之安定而已彼夏商之政既不得矣故求於四方之國苟上帝之所欲致者則增大其疆境之規模於是乃眷然顧視西土以此岐周之地與大王爲居宅也

○作之屏（音丙）之其菑（音緇）其翳（音意）脩之平之其灌其栵（音例）啓之辟（音闢）之其檉其椐（音居叶紀庶反）攘之剔之其檿（音厭）其柘（叶都故反）帝遷明德串（音貫）夷載路天立厥配受命既固○賦也作拔起也屏去之也菑木立死

○行義孔氏曰立死之木妨他木生長爲木之害故曰菑生木自倒枝葉覆地爲陰翳故曰翳

者也。翳自斃者也。或曰。小木蒙密蔽翳者也。脩平皆治之使疏密正直得宜也。灌叢生者也。栵行生者也。啓辟芟除也。檉河柳也。似楊赤色生河邊。椐櫃也。腫節似扶老可為杖者也。攘剔謂穿剔去其繁冗使成長也。檿山桑也。與柘皆美材可為弓幹又可蠶也。明德謂明德之君即太王也。串夷載路未詳。或曰串夷即混夷。載路謂滿路而去。所謂混夷駾矣者也。配賢妃也。謂大姜。○此章言大王遷於岐周之事。蓋岐周之地本皆山林險阻無人之境而近於昆夷。太王居之。人物漸盛然後漸次開闢如此。乃上帝遷此明德之君使居其地。而昆夷遠遁。天又為之立賢妃以助之。是以受命堅固。而卒成王業也。

○帝省其山。柞棫斯拔。音佩　松柏斯兌。徒外反　帝

○潘石室詩考云太伯去之其去也得聖人之清王季居守其守也得聖人之任而道皆有合乎時中也故周公稱王季爲因心孔子贊太伯爲至德后世爲漢顯宗于東海王疆唐明皇于宋王成器皆以遜已有之夫友之誠是也非所謂因心而友也耶

作邦作對自大音泰伯王季維此王季因心則友叶羽已反則友其兄叶虚王反則篤其慶叶祛羊反載錫之光受祿無喪去聲叶平聲奄有四方賦也拔兌見緜篇此亦言其山林之間道路通也對猶當也作對言擇其可當此國者以君之也太伯太王之長子王季太王之少子也因心非勉強也善兄弟曰友兄謂太伯也篤厚載則也奄字之義在忽遂之間○言帝省其山而見其木拔道通則知民之歸之者益衆矣於是既作之邦又與之賢君以嗣其業蓋自其初生太伯王季之時而已定矣於是太伯見王季生文王又知天命之有在故適吳不反太王沒而國傳於王季及文王而周道大興也然以太

○左傳昭公二十八年有之

伯而避王季，則王季遜於不友。故又特言王季所以友其兄者，乃因其心之自然，而無待於勉強。既受大伯之讓，則益脩其德，以厚周家之慶，而與其兄以讓德之光，猶曰彰其知人之明，不爲徒讓耳。其德如是，故能受天祿而不失，至于文武而奄有四方也。

○維此王季，帝度（入聲）其心，貊（音麥）其德音。其德克明，克明克類，克長克君。王（如字，去聲）此大邦，克順克比（音匕）。比（去聲）于文王，其德靡悔（叶虎洧反）。既受帝祉，施（音異）于孫子（叶奬里反）。○賦也。度，能度物制義也。貊，春秋傳、樂記皆作莫，謂其莫然清靜也。克明，能察是非也。克類，能分善惡也。克長，教誨不倦也。克君，賞

○行義盧陵彭氏曰無畔援則中正而不溺于私無歆羨則剛大而不溺于欲故能造道之極也

慶刑威也言其賞不僭故人以爲慶刑不濫故人以爲威也順慈和徧服也比上下相親也比于至于也悔遺恨也○言上帝制王季之心使有尺寸能度義又清靜其德音使無非間之言是以王季之德能此六者至於文王而其德尤無遺恨是以旣受上帝之福而延及于子孫也

○帝謂文王無然畔援無然歆羨誕先登于岸叶魚戰反密人不恭敢距大邦叶卜攻反侵阮徂共音恭王赫斯怒叶暖五反爰整其旅以按音遏徂旅以篤于周祜叶侯五反以對于天下叶後五反○賦也帝謂文王設爲天命文王之詞如下所言也無然猶言不可

如此也。畔、離畔也。援、攀援也。言舍此而取彼也。歆、欲之動也。羨、愛慕也。言肆情以徇物也。岸、道之極至處也。密、密須氏也。姞姓之國。在今寧州。阮、國名。在今涇州。徂、往也。共、阮國之地名。今涇州之共池是也。其旅、周師也。按、遏也。徂旅、密師之往侵者也。祜、福。對、荅也。○人心有所畔援、有所歆羨、則溺於人欲之流而不能以自濟。文王無是二者。故獨能先知先覺以造道之極至。蓋天實命之、而非人力之所及也。是以密人不恭、敢違其命、而擅興師旅以侵阮而往至于共、則赫怒整兵而往遏其衆以厚周家之福、而荅天下之心。蓋亦因其可怒而怒之。初未嘗有所畔援歆羨也。此文王征伐之始也。

○衍義云春秋有鐘鼓曰伐無鐘鼓曰侵

○依其在京、叶居良反侵自阮疆。陟我高岡、無矢

此侵字即意與潛師掠境曰侵者不同

我陵我陵我阿無飲我泉我泉我池。叶徒何反度其鮮息淺反原居岐之陽在渭之將萬邦之方。下民之王。賦也。依，安貌。京，周京也。矢，陳。鮮，善。將，側。方，鄉也。○言文王安然在周之京，而所整之兵，既遏密人，遂從阮疆而出，以侵密。所陟之岡，即為我岡，而人無敢陳兵於陵，飲水於泉，以拒我也。於是相其高原而徙都焉，所謂程邑也。其地於漢為扶風安陵，今在京兆府咸陽縣。

○帝謂文王予懷明德不大聲以色不長夏以革不識不知順帝之則帝謂文王詢爾仇

○初義嚴氏曰崇侯僭文王而文王伐之疑于報私怨者然虎助紂爲不道乃天人之所共怒文王奉天討罪何容心哉義由其心純乎天理故喜怒皆與天合所仇者非私怨所同者非苟合也

方。同爾兄弟。以爾鉤援音爰與爾臨衝。以伐崇墉。

賦也。予設爲上帝之自稱也。懷眷念也。明德文王之明德也。以猶與也。夏革未詳。則法也。仇方讐國也。兄弟與國也。鉤援鉤梯也。所以鉤引上城所謂雲梯者也。臨臨車也。在上臨下者也。衝衝車也。從旁衝突者也。皆攻城之具也。崇國名。在今京兆府鄠縣。墉城也。史記崇侯虎譖西伯於紂。紂囚西伯於羑里。西伯之臣閎夭之徒。求美女奇物善馬以獻紂。紂乃赦西伯。賜之弓矢鈇鉞。得專征伐曰。譖西伯者崇侯虎也。西伯歸三年伐崇侯虎。而作豐邑。○言上帝眷念文王。而言其德之深微。不暴著其形迹。又能不作聰明以循天理。故又命之以伐崇也。呂氏曰。此言文王德不形而功無迹。與天同體而已。雖興兵以伐崇莫非順帝之則而非我也。

○臨衝閑閑。叶胡員反崇墉言言。執訊音信連連。攸馘音獲安安。叶於肩反是類是禡。音罵是致是附。叶上聲四方以無侮。臨衝茀茀。音弗叶分聿反崇墉仡仡。音屹是伐是肆。是絶是忽。叶虛屈反四方以無拂。叶分聿反

○賦也。閑閑。徐緩也。言言。高大也。連連。屬續狀。馘。割耳也。軍法。獲者不服。則殺而獻其左耳。安安。不輕暴也。類。將出師。祭上帝也。禡。至所征之地。而祭始造軍法者。謂黃帝及蚩尤也。致。致其至也。附。使之來附也。茀茀。彊盛貌。仡仡。堅壯貌。肆。縱兵也。忽。滅。拂。戾也。春秋傳

△僖公十九年

○衍義云左傳文王聞崇亂而伐之軍三旬不降退脩教而復伐之因壘而降允兵行則爲禁止則爲壘言不增兵但因其舊壘而崇自服也

○刪補云首二章言天命太王開國而太王有德以肇基三四章言天命王季作君而王季有德以延祚五六章言天命文王伐密而功成有以致人心之歸七八章言天命文王伐崇而師行有以致人心之服此章蓋總見周家王業之所由

○楊氏補集四十二云不日成之古註云不設期日也今註云不終

曰文王伐崇三旬不降退修教而復伐之因壘而降○言文王伐崇之初緩攻徐戰告祀群神以致附來者而四方無不畏服及終不服則縱兵以滅之而四方無不順從也夫始攻之緩戰之徐也非力不足也非示之弱也將以致附而全之也及其終不下而肆之也則天誅不可以留而罪人不可以不得故也此所謂文王之師也

皇矣八章章十二句一章二章言天命太王三章四章言天命王季五章六章言天命文王伐密七章八章言天命文王伐崇

經始靈臺叶田飴反經之營之庶民攻之不日成之經始勿亟音棘庶民子來叶六直反○賦也經度也靈臺文王

日也愚按不設期日
既見文王之仁亦於
事理為協君曰不終
日豈有一日可成
臺者此古註所以不
可輕易也

所作謂之靈者言其倏然而成如神靈之所
為也。營表。攻作也。不日不終日也。亟急也。○
國之有臺所以望氛祲察災祥時觀游節勞
佚也。文王之臺方其經度營表之際而庶民
已來作之所以不終日而成也。雖文王心恐
煩民戒令勿亟而民心樂之如子趣父事不召
自來也。孟子曰文王以民力為臺為沼。而民歡
樂之。謂其臺曰靈臺謂其沼曰靈沼此之謂也
○王在靈囿。叶音郁　麀音憂　鹿攸伏麀鹿濯濯
白鳥翯翯音鶴　王在靈沼。叶音灼　於牣魚躍
賦也。靈囿臺之下有囿。所以域養禽獸也。麀
牝鹿也。伏言安其所處不驚擾也。濯濯肥澤
貌。翯翯潔白貌。靈沼囿之中有沼也。
牣滿也。魚滿而躍言多而得其所也

○賁鼓長八尺、而其鼓之面皮所冒者、徑四尺也。中圍者、謂鼓腹也。鼓面徑四尺、則其圍十二尺。鼓腹之圍加以三分之一、則其圍十六尺、而徑五尺三寸三分寸之一也。

○衍義俗說曰、有樂之器、有樂之理。樂之器森然于制度文爲之間、樂之理必悠然於禮遜雍容之地。觀其器者、要不可不究其理也。

○虡音巨業維樅音匆、賁音焚鼓維鏞音庸。於論平聲鼓鐘、於樂音洛辟音璧廱。賦也。虡、植木以懸鐘磬、其横者曰栒。業、栒上大版、刻之捷業如鋸齒者也。樅、業上懸鐘磬處、以綵色爲崇牙、其狀樅樅然者也。賁、大鼓也。長八尺、鼓四尺、中圍加三之一。鏞、大鐘也。論、倫也。言得其倫理也。辟、璧通。廱、澤也。辟廱、天子之學、大射行禮之處也。水旋丘如璧、以節觀者、故曰辟廱。

○於論鼓鐘、於樂辟廱。鼉音駝鼓逢逢音蓬、矇音蒙瞍音叟奏公。賦也。鼉、似蜥蜴、長丈餘、皮可冒鼓。逢逢、和也。有眸子而無見曰矇、無眸子曰瞍。古者樂師皆以瞽者爲之、以其善聽而審於音也。公、事也。聞鼉鼓之聲、而知矇瞍方奏其事也。

靈臺四章二章章六句二章章四句東萊

呂氏曰前二章樂文王有臺池鳥獸之

樂也後二章樂文王有鐘鼓

之樂也皆述民樂之詞也

下武維周世有哲王三后在天王配于京許居

良反○賦也下義未詳或曰字當作文言文

王武王實造周也哲王通言大王王季也三

后大王王季文王也在天既沒而其精神上

與天合也王武王也配對也謂繼其位以對

三后也京鎬京也○此章美武王能

纘大王王季文王之緒而有天下也

○刪補云首章美武

王之纘緒二三四章

推言其純孝足以繼

先末二章又要其有

裕後之体也

○王配于京世德作求永言配命成王之孚

叶孚尤反○賦也言武王能繼先王之德而

○衍義云成王一句言孝爲天下之法下則推本其孝之純式則二字微異自人法之而言曰式自我可法而言曰則

○書洛誥篇云惟動丕應徯志云云

合於天理故能成王者之信於天下也若暫合而遽離暫得而遽失則不足以成其信矣

○成王之孚下土之式永言孝思孝思維則

賦也式則皆法也○言武王所以能成王者之信而爲四方之法者以其長言孝思而不忘是以其孝可爲法耳若有時而忘之則其孝者僞耳何足法哉

○媚茲一人應侯順德永言孝思昭哉嗣服

叶蒲北反○賦也媚愛也一人謂武王應如丕應徯志之應侯維服事也○言天下之人皆愛戴武王以爲天子而所以應之維以順德是武王能長言孝思而明哉其嗣先王之事也

○衍義云詩中德命
孝字註中道字無大
分別自前王得于身
言曰德自後王繼前
王言曰孝自德之理
言曰命合而言之曰
道

○昭茲來許繩其祖武於萬斯年受天之祜
音戶○賦也昭茲承上句而言茲哉聲相近
古蓋通用也來後世也許猶所也繩繼武迹
也○言武王之道昭明如此來世
能繼其迹則久荷天祿而不替矣
○受天之祜四方來賀於萬斯年不遐有佐
賦也賀朝賀也周末秦强天子致胙諸侯皆
賀遐何通佐助也蓋曰豈不有助乎云爾
下武六章章四句　或疑此詩有成王字
當爲康王以後之詩
然考尋文意恐當只如舊說且其文
體亦與上下篇血脈通貫非有誤也
文王有聲遹音聿駿音峻有聲遹求厥寧遹觀厥

○初義云首章四句分各章倣此上言文王得豐由于安民下推其君道之盡也此推遷豐之本蓋推其心在于安民所以下文伐崇而遷豐也求寧者求民之安而觀成則欲親見安民之成功也

成文王烝哉賦也遹義未詳疑與聿同發語詞駿大也烝君也○此詩言文王遷豐武王遷鎬之事而首章推本之曰文王之有聲也甚大乎其有聲也蓋以求天下之安寧而觀其成功耳文王之德如是信乎其克君也哉

○文王受命有此武功既伐于崇作邑于豐文王烝哉賦也伐崇事見皇矣篇作邑徙都也豐即崇國之地在今鄠縣杜陵西南

○築城伊淢音洫作豐伊匹匪棘其欲遹追來孝叶許六反或呼侯反王后烝哉賦也淢城溝也方十里為城城間有溝深廣各八尺匹稱棘急也王后亦指文王也○言文王營豐邑之城因舊溝為限而築之其

作邑居亦稱其城而不修大皆非急成己一之所欲也特追先人之志而來致其孝耳。

○王公伊濯維豐之垣音袁四方攸同王后維翰叶胡田反王后烝哉賦也。公功也。濯著明也。○王之功所以著明者以其能築此豐之垣故爾。四方於是來歸而以文王爲楨榦也。

○豐水東注維禹之績四方攸同皇王維辟皇王烝哉賦也。豐水東北流徑豐邑之東入渭而注于河。績功也。皇王有天下之號。指武王也。辟君也。○言豐水東注由禹之功故四方得以來同於此而以武王爲君。此武王未作鎬京時也。

○衍義輔氏曰每章皆言烝哉以結之不獨以見其歎美無已之意又以示後世子孫使之知其必如文王武王之爲然後可君天下爲宜也故其丁寧不一而足耳

○鎬京辟廱自西自東自南自北無思不服。叶蒲北反皇王烝哉

賦也鎬京武王所營也在豐水東去豐邑二十五里張子曰周家自后稷居邰公劉居豳大王邑岐而文王則遷于豐至武王又居于鎬當是時民之歸者日衆其地有不能容不得不遷也辟廱說見前篇張子曰靈臺辟廱文王之學也鎬京辟廱武王之學也至此始爲天子之學矣無思不服心服也孟子曰天下不心服而王者未之有也○此言武王徙居鎬京講學行禮而天下自服也

○考卜維王宅是鎬京叶居良反維龜正之叶諸盈反武王成之武王烝哉

賦也考稽宅居正決也成之作邑居也張子曰

○刪補云首章言文王志在安民爲遷豐之由二三四章言遷豐之事而著其功之大也五章言武王君豐得人爲遷鎬之由六七八章言遷鎬之事而著其業之文也

此舉諡者追述其事之言也

○豐水有芑武王豈不仕詒厥孫謀以燕翼子叶奬里反武王烝哉興也芑草名仕事詒遺燕安翼敬也子成王也○鎬京猶在豐水下流故取以起興言豐水猶有芑武王豈無所事乎詒厥孫謀以燕翼子則武王之事也謀及其孫則子可以無事矣或曰賦也言豐水之傍生物繁茂武王豈不欲有事於此哉但以欲遺孫謀以安翼子故不得而不遷耳

文王有聲八章章五句此詩以武功稱文王至于武王則言皇王維辟無思不服而已蓋文王既造其始則武王續而終之無難也又

以見文王之文非不足於武而武王之有天下非以力取之也

文王之什十篇六十六章四百一十四句

鄭譜此以上爲文武時詩以下爲成王周公時詩。今按文王首句。卽云文王在上則非文王之詩矣。又曰無念爾祖則非武王之詩矣。大明有聲竝言文武者非一。安得爲文武之時所作乎。蓋正雅皆成王周公以後之詩。但此什皆爲追述文武之德。故譜因此而誤耳。

生民之什三之二

厥初生民。時維姜嫄。音原叶魚倫反 生民如何。克禋

○衍義云此詩不用于郊祀之時而用于

受釐頊胙之后故事
言后稷事至末章始
言尊祖配天之祭

○大戴禮帝系篇云
帝嚳上其四妃之子
皆有天下上妃有邰
氏之女曰姜嫄而生
后稷次妃有娀氏之
女曰簡狄而生契次
妃陳鋒氏之女曰慶
都生帝堯下妃娵訾
之女曰常儀生摯

音因
克禋叶養里反以弗無子叶奬里反履帝武敏叶母鄙反
歆攸介攸止載震載夙叶相即反載生載育叶日逼反
時維后稷賦也。民人也。謂周人也。時是也。姜嫄炎帝後。姜姓。有邰氏女。名嫄。爲
高辛之世妃。精意以享謂之禋。祀祀郊禖也。
弗之言祓也。祓無子求有子也。古者立郊禖。
蓋祭天於郊而以先媒配也。變媒言禖者神之
之也。其禮以玄鳥至之日用大牢祀之。天子
親往。后率九嬪御。乃禮天子所御。帶以弓韣
授以弓矢于郊禖之前也。履踐也。帝上帝也。
武迹。敏拇。歆動也。猶驚異也。介大也。震娠也。
夙肅也。生子者。及月辰居側室也。育養也。○
姜嫄出祀郊禖見大人迹而履其拇。遂歆歆
然如有人道之感。於是即其所大所止之處

○衍義雙峯饒氏曰天地太和元氣之會鍾爲麟鳳非是有種而生

而震動有娠乃周人所由以生之始也周公制禮尊后稷以配天故作此詩以推本其始生之祥明其受命於天固有以異於常人也然巨跡之說先儒或頗疑之而張子曰天地之始固未嘗先有人也則人固有化而生者矣蓋天地之氣生之也蘇氏亦曰凡物之異於常物者其取天地之氣常多故其生也或異麒麟之生異於犬羊蛟龍之生異於魚鼈物固有然者矣神人之生而有以異於人何足怪哉斯言得之矣

○誕彌厥月先生如達音門不坼音拆不副音劈叶孚迫反無菑音災無害叶音曷以赫厥靈上帝不寧不康禋祀叶養里反居然生子叶獎里反○賦也誕發語辭彌終也終十

○音釋云羊初生達小羊羔未成羊曰羜大曰羊

月之期也先生首生也達小羊也羊子易生無留難也坼副皆裂也赫顯也不寧寧也不康康也居然猶徒然也○凡人之生必坼副災害其母而首生之子尤難今姜嫄首生后稷如羊子之易無坼副災害之苦是顯其靈異也上帝豈不寧乎豈不康我之禋祀乎而使我無人道而徒然生是子也

○誕寘之隘巷牛羊腓(音肥)字之誕寘之平林會伐平林誕寘之寒冰鳥覆(去聲)翼(音異)之鳥乃去矣后稷呱(叶去聲)矣實覃實訏(叶去聲)厥聲載路

賦也隘狹腓芘字愛會值也值人伐木而收之覆蓋翼藉也以一翼覆之以一翼藉之也呱啼聲也覃長訏大載滿也滿路言其

○衍義徽張曰上章因居然生子而知上帝之寧我康我之禋祀而如此則胡爲而又棄之或者以爲不祥言或者則疑忽生於異常耳

○同豐城朱氏曰。人同類者也。物異類者也。而無不有愛護之意。以見天之所生。固非人之所能棄也。

聲之大也。○無人道而生子。或者以爲不祥。故棄之。而有此異也。於是始收而養之。

○誕實匍匐音蒲克岐克嶷。以就口食。蓺之荏音餁菽。荏菽旆旆。禾役穟穟音遂麻麥幪幪莫孔反瓜瓞唪唪。音蚌○賦也。匍匐手足並行也。岐嶷峻茂之狀。就向也。口食自能食也。蓋六七歲時也。蓺樹也。荏菽大豆也。旆旆枝旟揚起也。役列也。穟穟苗美好之貌也。幪幪然茂密也。唪唪然多實也。○言后稷能食時已有種殖之志。蓋其天性然也。史記曰。棄爲兒時。其遊戲好種殖麻麥。麻麥美。及爲成人。遂好耕農。堯舉以爲農師。

○誕后稷之穡。有相去聲之道。叶徒口反茀音弗厥豐

草音苟種去聲之黃茂叶莫口反實方實苞叶補苟反實種

上聲實褎叶徐久反實發實秀叶忽久反實堅實好叶許口反

實穎實栗即有邰音台家室賦也相助也言盡人力之助也茀治

也種布之也黃茂嘉穀也方房也苞甲而未

坼也此漬其種也種甲坼而可爲種也褎漸

長也發盡發也秀始穟也堅其實堅也好形

味好也穎實繁碩而垂末也栗不秕也既收

成見其實皆栗栗然不秕也邰后稷之母家

也豈其或滅或遷而遂以其地封后稷歟○

言后稷之穡如此故堯以其有功於民封於

邰使即其母家而居之以主姜嫄之祀故周

人亦世祀

姜嫄焉。

○書呂刑云禹平水土主名山川稷降播種農殖嘉穀

○誕降嘉種維秬音巨維秠音痞維穈音門維芑音起恒音亘之秬秠是穫是畝叶蒲洧反恒之穈芑是任音壬是負叶扶委反以歸肇祀叶養里反○賦也降降是種於民也書曰稷降播種是也秬黑黍也秠黑黍一稃二米者也穈赤粱粟也芑白粱粟也恒徧也謂徧種之也任肩任也負背負也既成則穫而棲之於畝任負而歸以供祭祀也秬秠言穫畝穈芑言任負互文耳肇始也后稷始受國為祭主故曰肇祀

○誕我祀如何或舂或揄音由或簸波我反或蹂音柔釋之叟叟音搜烝之浮浮載謀載惟取蕭祭

○音釋云山行為軷祀之者封土為山象以菩芻棘柏為神主既祭以車轢之而去喻無險難也菩音倍二音菩芻棘柏三者但用一為神主可也

脂取羝音底以軷音鈸叶蒲昧反載燔載烈力制反叶如字以興嗣歲叶音雪文如字○賦也我祀承上章而言后稷之祀也揄抒臼也簸揚去糠也蹂蹂禾取穀以繼之也釋淅米也叟叟聲也浮浮氣也謀卜日擇士也惟齋戒具脩也蕭蒿也脂膟膋也宗廟之祭取蕭合膟膋爇之使臭達牆屋也羝牡羊也軷祭行道之神也燔傅諸火也烈貫之而加于火也四者皆祭祀之事所以興來歲而繼往歲也

○卬音昂盛音成于豆于豆于登其香始升上帝居歆胡臭亶時叶上止反后稷肇祀叶養里反庶無罪悔叶呼委反以迄音肸于今○賦也卬我也木曰豆以薦菹醢也瓦曰登以薦

○音釋大菼內汁大古之菼也

○刪補云首章言孕之異二章言生之異三章言棄之異四章言幼而有志于稼穡五章言長而取功于稼穡六七章言力農事而開祀典末章因其相天之功而著其感天之速也

大羹也。居，安也。鬼神食氣曰歆。胡，何。臭，香。亶，誠也。時，言得其時也。庶，近。迄，至也。○此章言其尊祖配天之祭，其香始升而上帝已安而享之。言應之疾也。此何但芳臭之薦信得其時哉。蓋自后稷之肇祀，則庶無罪悔而至于今矣。曾氏曰：自后稷肇祀以來，前後相承，兢兢業業，惟恐一有罪悔，獲戾于天，閱數百年而此心不易，故曰庶無罪悔以迄于今。言周人世世用心如此也。

生民八章，四章章十句，四章章八句。此詩未詳所用，豈郊祀之後亦有受釐頒胙之禮也歟。舊說第三章八句，第四章十句。今按第三章當爲十句，第四章當爲八句，則去呱訏路音韻諧協，呱聲載路，文勢通貫，而此詩八章皆以十句八句

○劉瑾云首章叙
親之情以開燕飲之
端二章盛禮樂以優
賓三章行射禮以樂
賓末章又致頌禱之
意

相間爲次文二章以後七章
以前每章章之首皆有誕字

敦音團彼行葦牛羊勿踐履方苞方體維葉泥
泥音禰戚戚兄弟莫遠具爾或肆之筵或授之
几興也敦聚貌勾萌之時也行道也勿戒止
之詞也苞甲而未拆也體成形也泥泥柔
澤貌戚戚親也莫猶勿也具俱也爾與邇同
肆陳也○疑此祭畢而燕父兄耆老之詩故
言敦彼行葦而牛羊勿踐履則方苞方體而葉
泥泥矣戚戚兄弟而莫遠具爾則或肆之筵而
或授之几矣此方言其開燕設席之初而慇懃
篤厚之意藹然已見於言語之外矣讀者詳之
○肆筵設席叶祥勺反授几有緝御叶魚駕反或獻或

發明云比合也

酢洗爵奠斝音假叶居訝反醓音貪醢以薦叶卽略反或燔或炙叶陟略反嘉殽脾音毗臄音劇或歌或咢音岳○賦也設席重席也緝續御侍也有相續代而侍者言不乏之使也進酒於客曰獻客答之曰酢主人又洗爵醻客客受而奠之不舉也斝爵也夏曰醆殷曰斝周曰爵醓醢之多汁者也燔用肉炙用肝臄口上肉也歌者比於琴瑟也徒擊鼓曰咢○言侍御獻醻飲食歌樂之盛也

○敦音雕弓既堅叶古因反四鍭音侯既鈞舍矢既均序賓以賢叶下珍反敦弓既句音姤既挾子協反四鍭四鍭如樹叶上主反序賓以不侮○賦也敦雕通畫也天子雕弓

○行義孔氏曰拾者拾也挾謂手挾之射用四矢故挾二于帶間挾一以和弦而射也射禮毋挾二矢今言挾四鍭故知已徧釋矣

猶勁也鍭金鏃翦羽矢也鈞參亭也謂三分之一在前二在後三訂之而平者前有鐵重也舍釋也謂發矢也均皆中也賢射多中也投壺曰某賢於某若干純奇則曰奇均則曰左右均是也句彀通謂引滿也射禮搢三挾一既挾四鍭則徧釋矣如樹如手就樹之言貫革而堅正也不侮敬也令弟子辭所謂無憮無敖無偕立無踰言者也或曰不以中病不中者也射以中多爲雋以不侮爲德○言既燕而射以爲樂也

○曾孫維主。叶當口反酒醴維醹。音乳叶奴口反酌以大斗。叶腫庾反以祈黃耇。叶果五反黃耇台背。叶必墨反以引以翼。壽考維祺。音其以介景福。叶筆力反○賦也曾孫主祭者之稱。今祭畢而燕。故因而稱之也。醹、厚也。大斗、柄長三尺。祈、求也。黃耇、老人之稱。以祈黃耇、猶曰以介眉壽云耳。古器物欵識云、用蘄萬壽。用蘄眉壽。永命多福。用蘄眉壽萬年無疆。皆此類也。台、鮐也。大老則背有鮐文。引、導。翼、輔。祺、吉也。○此頌禱之詞。欲其飲此酒而得老壽。又相引導輔翼、以享壽祺、介景福也。

行葦四章、章八句

毛七章、二章章六句、五章章四句。鄭八章、章四句。毛首章以四句興二句、不成文理。二章又不協韻。鄭首章有起興、而無所興。皆誤。今正之、如此。

既醉以酒、既飽以德。君子萬年、介爾景福。叶筆力反。○

賦也。德、恩惠也。君子、謂王也。爾、亦指王也。○此父兄所以答行葦之詩。言享其飲

食恩意之厚而願
其受福如此也

○既醉以酒爾殽既將君子萬年介爾昭明
叶謨郎反○賦也殽俎實也將行也
亦奉持而進之意昭明猶光大也

○昭明有融高朗令終令終有俶叶昌六反公尸
嘉告叶姑沃反○賦也融明之盛也春秋傳
曰明而未融朗虛明也令終善終也洪
範所謂考終命古器物銘所謂令終令命是
也俶始也公尸君尸也周稱王而尸但曰公
尸蓋因其舊如秦已稱皇帝而其男女猶稱
公子公主也嘉告以善言告之謂嘏辭也蓋
欲善其終者必善其始今固未終也
而既有其始矣於是公尸以此告之

○左傳昭公五年云
明而未融明也其當旦
乎

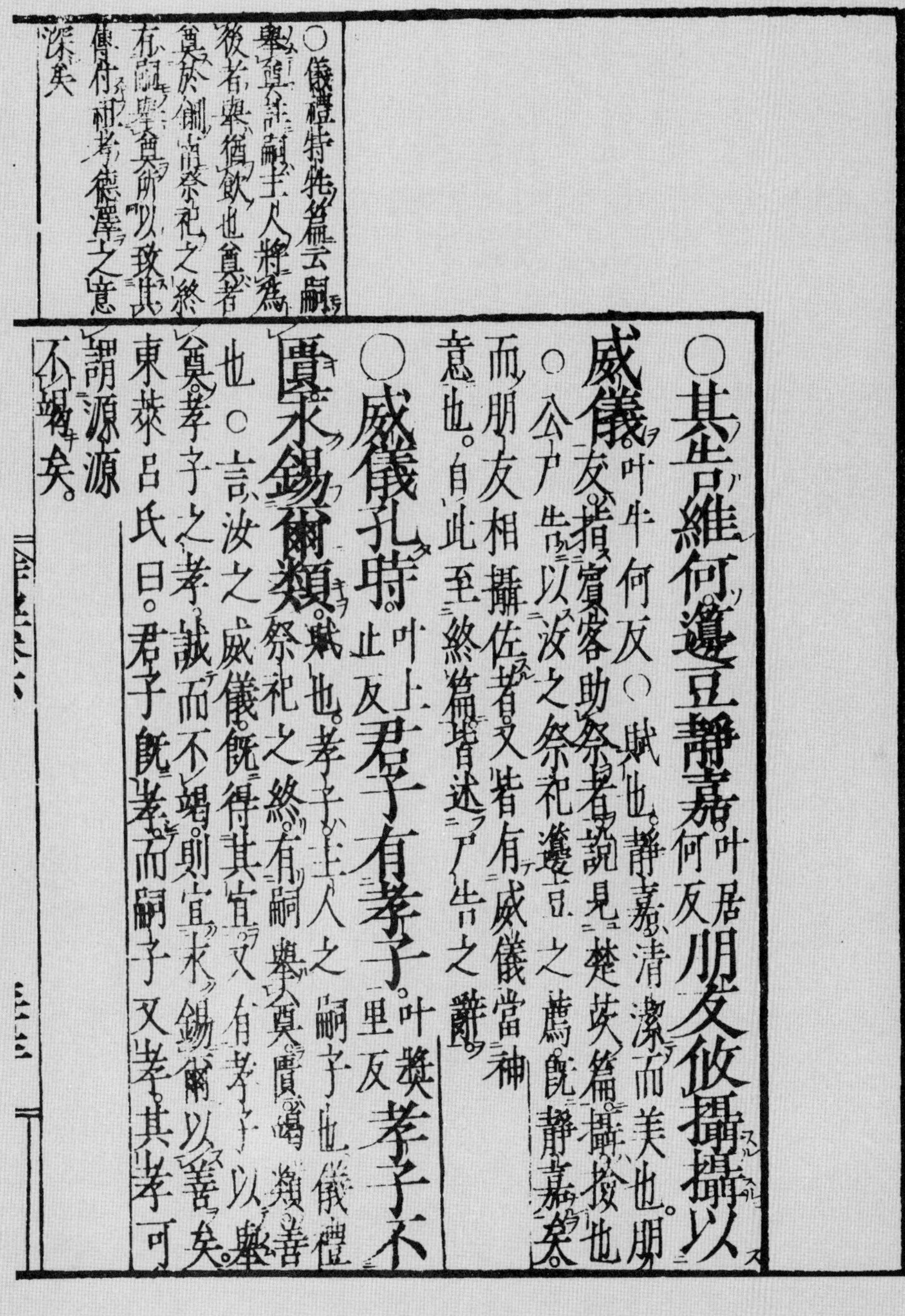

○其告維何。籩豆靜嘉。叶居何反 朋友攸攝。攝以威儀。叶牛何反 ○賦也。靜嘉、清潔而美也。朋友、指賓客助祭者。說見楚茨篇。攝、撿也。○公尸告以汝之祭祀籩豆之薦、旣靜嘉矣。而朋友相攝佐者、又皆有威儀、當神意也。自此至終篇、皆述尸告之辭。

○威儀孔時。叶上止反 君子有孝子。叶獎里反 孝子不匱。永錫爾類。○賦也。孝子、主人之嗣子也。儀禮祭祀之終、有嗣舉奠。匱、竭。類、善也。○言汝之威儀、旣得其宜、又有孝子以舉奠。孝子之孝、誠而不竭、則宜永錫爾以善矣。東萊呂氏曰。君子旣孝、而嗣子又孝。其孝可謂源源不竭矣。

○儀禮特牲篇云。嗣舉奠。註。嗣、主人將爲後者。舉、猶飲也。奠者、奠於鉶南。祭祀之終、有嗣舉奠。所以致其傳付祖考德澤之意深矣。

○輯補云前三章願君得福而徵諸嘏辭後五章則詳述其辭也後所言之祚胤附類即前所言光大令終之意也

○其類維何室家之壼(音悃叶苦後反)君子萬年永錫祚胤(音孕)○賦也壼宮中之巷也言深遠而嚴肅也祚福祿也胤子孫也錫之以善莫大於此

○其胤維何天被(音備)爾祿君子萬年景命有僕○賦也僕附也○言將使爾有子孫者先當使爾被天祿而爲天命之所附屬下章乃言子孫之事

○其僕維何釐(音離)爾女士釐爾女士從以孫子(叶獎里反)○賦也釐予也女士女之有士行者謂生淑媛使爲之妃也從隨也謂又

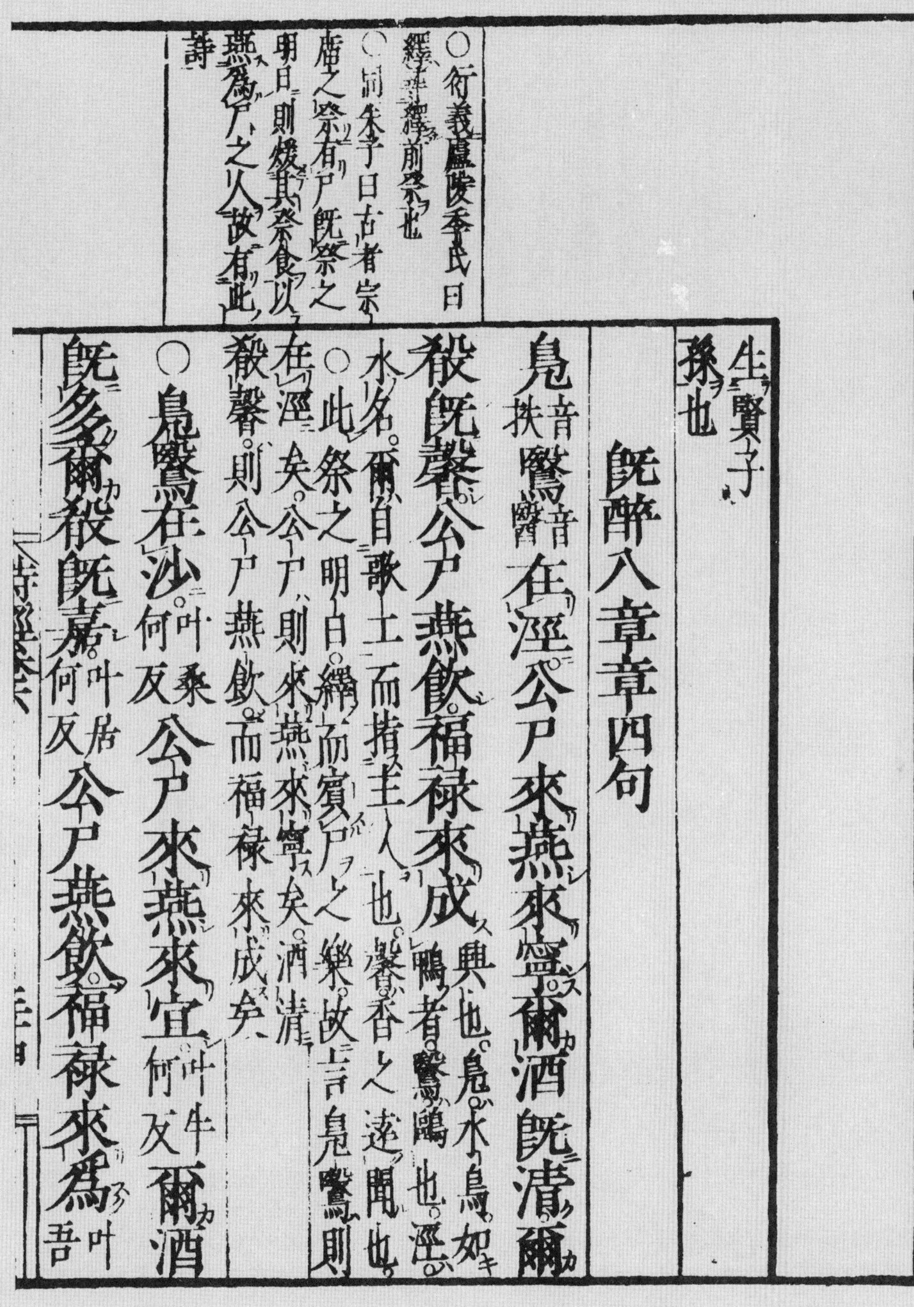

○衍義廬陵李氏曰繹者尋繹前祭也

○問朱子曰古者宗廟之祭有尸既祭之明日則煖其祭食以燕爲尸之人故有此詩

生賢子孫也

既醉八章章四句

鳧音扶鷖音翳在涇公尸來燕來寧爾酒既清爾殽既馨公尸燕飲福禄來成

興也。鳧。水鳥。如鴨者。鷖。鷗也。涇。水名。爾。自歌工而指主人也。馨。香之遠聞也。○此祭之明日。繹而賓尸之樂。故言鳧鷖則在涇矣。公尸則來燕來寧矣。酒清殽馨。則公尸燕飲。而福禄來成矣。

○鳧鷖在沙。叶桑何反公尸來燕來宜叶牛何反爾酒既多爾殽既嘉叶居何反公尸燕飲福禄來爲叶吾

○衍義輔氏曰賓尸者以賓禮燕尸也此繹祭賓尸之樂故不及其他但重疊言之以及其尊敬償禱之誠耳

禾反○興也爲猶助也

○鳧鷖在渚公尸來燕來處爾酒既湑上聲爾殽伊脯公尸燕飲福禄來下叶後五反○興也渚水中高地也湑酒之泲者也

○鳧鷖在潨音叢公尸來燕來宗既燕于宗福禄攸降叶乎攻反公尸燕飲福禄來崇興也潨水會也來宗之宗尊也于宗之宗廟也崇積而高大也

○鳧鷖在亹音門公尸來止熏熏叶眉貧反旨酒欣

○劉補云於是與公尸之享燕而獲福也

欣燔炙芬芬叶豐勻反公尸燕飲無有後艱叶居銀反

○興也亹水流峽中兩岸如門也熏熏和說也欣欣樂也芬芬香也

鳧鷖五章章六句

假音嘉樂音洛君子叶音則顯顯令德宜民宜人受祿于天叶鐵因反保右音又命叶彌并反之自天申之賦也

嘉美也君子指王也民庶民也人在位者也申重也○言王之德既宜民人而受天祿矣而天之於王猶反覆眷顧之而不厭既保之右之命之而又申重之也疑此即公尸之所以答鳧鷖者也

○衍義聚岡曰保右命是已然之詞已命下在受祿于天之內下乘抽出言之而歸重天申之上去耳此說亦得但作補纇更長

○行義云此章從言子孫下一章重言嫡嗣蓋上世繼位重在嫡嗣嫡嗣之賢正君福之盛也

○干祿百福叶筆力反子孫千億穆穆皇皇宜君宜王不愆不忘率由舊章賦也穆穆敬也皇皇美也君諸侯也王天子也愆過也率循也舊章先王之禮樂政刑也○言王者干祿而得百福故其子孫之蕃至于千億適爲天子庶爲諸侯無不穆穆皇皇以遵先王之法者

○威儀抑抑德音秩秩無怨無惡去聲率由羣匹受福無疆四方之綱賦也抑抑密也秩秩有常也匹類也○言有威儀聲譽之美又能無私怨惡以任衆賢是以能受無疆之福爲四方之綱此與下章皆稱願其子孫之辭也或曰無怨無惡不爲人所怨惡也

○輔氏云首章言君德荷天之重者二章言子孫之多而賢三章備稱嫡嗣之善者發首章天祿申重之意也

○書益稷云皐陶乃賡載歌曰元首明哉股肱良哉庶事康哉又歌曰元首叢脞哉股肱惰哉萬事墮哉即規之之意

○之綱之紀燕及朋友叶羽巳反百辟卿士媚于天子叶奬里反不解音懈于位民之攸塈音戲○賦也燕安也朋友亦謂諸臣也解惰塈息也○言人君能綱紀四方而臣下賴之以安則百辟卿士媚而愛之維欲其不解于位而爲民所安息也東萊呂氏曰君燕其臣臣媚其君此上下交而爲泰之時也泰之時所憂者怠荒而已此詩所以終於不解于位民之攸塈也左嘉之又規之者蓋皐陶賡歌之意也民之勞逸在下而樞機在上上逸則下勞矣上勞則下逸矣不解于位乃民之所由休息也

假樂四章章六句

○衍義云此章見治國而務足民之事因遷國而為安民之圖莫非所以厚於民也○同云輯者統流離之衆而輯之也光者啓衰世之運而光之也

篤公劉匪居匪康迺場（音易）迺疆迺積迺倉迺裹（音果）餱（音侯）糧（音良）于橐（音託）于囊思輯（音集）用光弓矢斯張干戈戚揚爰方啓行（戸郎反○賦也篤厚也公劉）后稷之曾孫也事見豳風居安康寧也場疆田畔也積露積也餱食糧糗也無底曰橐有底曰囊輯和戚斧揚鉞也方始也○舊說召康公以成王將涖政當戒以民事故詠公劉之事以告之曰厚哉公劉之於民也其在西戎不敢寧居治其田疇實其倉廩既富且強於是裹其餱糧思以輯和其民人而光顯其國家然後以其弓矢斧鉞之備爰始啓行而遷都於豳焉蓋亦不出其封内也

○衍義州曰陟而觀者察地勢也降而觀者辨土宜也恐得五章辨土宜事

○容臭朱子語錄云如今之香囊

○篤公劉于胥斯原既庶既繁叶紛乾反既順迺宣而無永歎音灘陟則在巘音言叶魚軒反復降在原何以舟之叶之遙反維玉及瑤音遙鞞必頂反琫音蚌容刀叶徒招反○賦也胥相也庶繁謂來居之者衆也順安宣徧也言居之徧也無永歎得其所不思舊也巘山頂也舟帶也鞞刀鞘也琫刀上飾也容刀容飾之刀也或曰容刀如言容臭謂鞞琫之中容此刀耳○言公劉至豳欲相土以居而帶此劍佩以上下於山原也東萊呂氏曰以如是之佩服而親如是之勞苦斯其所以為厚於民也歟

○篤公劉逝彼百泉瞻彼溥原溥音普迺陟南岡

乃覯于京，叶居良反京師之野。叶上與反于時處處，于時廬旅，于時言言，于時語語。賦也。溥，大。覯，見也。京，高丘也。師，衆也。京師，高山而衆居也。董氏曰：所謂京師者，蓋起於此。其後世因以所都爲京師也。時，是也。處處，居室也。廬，寄也。旅，賓旅也。直言曰言，論難曰語。○此章言營度邑居也。自下觀之則往百泉而望廣原，自上觀之則陟南岡而觀于京。於是爲之居室，於是廬其賓旅，於是言其所言，於是語其所語，無不於斯焉。

○篤公劉，于京斯依。叶於豈反蹌蹌濟濟，蹌音搶，濟上聲俾筵俾几。既登乃依，同上乃造其曹。造音糙執豕于牢。

○衍義云：逝彼百泉句有誤，云下觀，是據下望高以覽其上之形勝；上觀，是登高望遠以察其下之地勢。恐于誤，下觀上觀意有錯綜，玩便得。

○左傳哀公四年，夏，楚襲蠻氏，蠻氏潰，蠻子赤奔晉陰地，執蠻子與五大夫以畀楚師，司馬致邑立宗焉，以誘其遺民，而盡俘以歸。注：楚復詐爲蠻子作邑，立其宗主。

○宮室既成而祭之曰落。左傳云：「願與諸侯落之。」○禮記大傳曰：別子爲祖，繼別爲宗，繼禰爲小宗。宗也者，宗其所自出也。有百世不遷之宗，有五世則遷之宗。

酌之用匏（音庵），食（音嗣）之飲之，君之宗之。賦也。依，安也。蹌蹌濟濟，群臣有威儀貌。俾，使也。使人爲之設筵几也。登，登筵也。依，依几也。曹，群牧之處也。以豕爲殽。用匏爲爵。儉以質也。宗，尊也，主也。嫡子孫主祭祀，而族人尊之以爲主也。○此章言宮室既成而落之，既以飲食勞其群臣，而又爲之君，爲之宗焉。東萊呂氏曰：既饗燕而定經制，以整屬其民。上則皆統於君，下則各統於宗。蓋古者建國立宗，其事相須。楚執戎蠻子而致邑立宗，以誘其遺民，即其事也。

○篤公劉，既溥既長，既景迺岡，相（去聲）其陰陽，觀其流泉，其軍三單（音丹，叶多涓反），度其隰原，徹田

○大全羅氏曰東西爲廣南北爲長

○孔氏曰民居田畝或南或北皆須正其方面故以日景定之

○同曰山南爲陽山北爲陰廣谷大川有寒有暖不同所宜則異故相之也

爲糧度其夕陽豳居允荒。賦也。溥廣也言其廣而且長也。景考日景以正四方也。岡登高以望也。相視也。陰陽向背寒煖之宜也。流泉水泉灌溉之利也。三單未詳。徹通也。井之田九百畝。八家皆私百畝同養公田。耕則通力而作收則計畝而分也。周之徹法自此始。其後周公盖因而脩之耳。山西曰夕陽。允信。荒大也。○此言辨土宜以授所徙之民定其軍賦與其稅法又度山西之田以廣之而豳人之居於此益大矣

○篤公劉于豳斯館叶古玩反涉渭爲亂取厲取鍛丁亂反止基廼理爰衆爰有叶羽已反夾其皇澗。

△温按一本鞫字註中皆作鞫恐當弁本文更作

○周禮職方氏曰雍州其川涇汭註云在邠地即此也

遡其過平聲澗。止旅廼密。芮鞫音菊之即。賦也。館客舍也。亂舟之截流横渡者也。厲砥。鍛鐵。止居。基定也。理疆理也。衆人多也。有財足也。遡鄉也。皇過二澗名。芮水名。出呉山西北東入涇。周禮職方作汭。鞫水外也。○此章又總叙其始終。言其始來未定居之時。渉渭取材而爲舟以來往。取厲取鍛而成宮室。既止基於此矣。乃疆理其田野。則日益繁庶富足。其居有夾澗者。有遡澗者。其止居之衆日以益密。乃復即芮鞫而居之。而其地日以廣矣。

公劉六章章十句

泂音迥酌彼行潦。音老挹音揖彼注茲。可以餴音分饎。

○小序云洞酌召康公戒成王也言皇天親有德饗有道也

○禮記表記註曰謂其尊親己如父母也

音熾叶昌里反豈弟君子民之父母。叶滿彼反○興也。洞遠也。行潦流潦也。餴烝米一熟而以水沃之乃再烝也。饎酒食也。君子指王也。○舊說以爲召康公戒成王言遠酌彼行潦挹之於彼而注之於此尚可以餴饎況豈弟之君子豈不爲民之父母乎。傳曰豈以強教之弟以悅安之民皆有父之尊有母之親。又曰民之所好好之民之所惡惡之此之謂民之父母。

○洞酌彼行潦挹彼注茲可以濯罍。音雷豈弟君子民之攸歸。叶古回反○興也。濯滌也。

○洞酌彼行潦挹彼注茲可以濯溉。音蓋叶古氣反

○大全輔氏曰攸歸謂爲民之所歸往也攸塈謂爲民之所安息也皆所以終首章父母之意也

○小序云卷阿召康公戒成王也言求賢用吉士也

豈弟君子。民之攸塈。塈音戲○興也。漑亦滌也。塈息也。

泂酌三章章五句

有卷卷音權者阿。飄風自南。南叶尼心反豈弟君子。來游來歌。以矢其音。賦也。卷曲也。阿大陵也。豈弟君子指王也。矢陳也。○此詩舊說亦召康公作。疑公從成王游歌於卷阿之上。因王之歌而作此以爲戒。此章總叙以發端也。

○伴伴音判奐奐音喚爾游矣。優游爾休矣。豈弟君子。俾爾彌爾性。似先公酋酋音囚矣。賦也。伴奐優游。閑暇之意。爾君子皆指王也。彌終也。性猶命也。酋終也。○言爾既伴奐優游矣。又呼而告之。言使爾終其壽命。似先君善始而善終也。自此至第四章。皆極言壽考福祿之盛。以廣王心而歆動之。五章以後。乃告以所以致此之由也。

○爾土宇昄符版反章。亦孔之厚叶狠口下主二反矣。豈弟君子。俾爾彌爾性。百神爾主叶當口雁上庚二反矣。賦也。昄章。大明也。或曰。昄當作版。版章猶版圖也。○言爾土宇昄章。既甚厚矣。又使爾終其身。常爲天地山川鬼神之主也。

○爾受命長矣。茀音弗祿爾康矣。豈弟君子。俾爾彌爾性。純嘏爾常矣。賦也。茀。嘏。皆福也。常。常享之也。

○衍義云馮是忠諫在衷可爲心膂者翼是正直不阿可爲股肱者孝者聚百順以事親則有務忠之心德者會萬理于一身則具正物之學得此四等人而用之引翼則德脩矣

○有馮音憑有翼有孝有德以引以翼豈弟君子四方爲則

賦也。馮謂可爲依者。翼謂可爲輔者。孝謂能事親者。德謂得於己者。引導其前也。翼相其左右也。東萊呂氏曰。賢者之行非一端。必曰有孝有德何也。蓋人主常與慈祥篤實之人處。其所以興起善端。涵養德性。鎮其躁而消其邪。日改月化。有不在言語之間者矣。○言得賢以自輔如此。則其德日脩而四方以爲則矣。自此章以下。乃言所以致上章福祿之由也。

○顒顒魚容反卬卬五岡反如圭如璋令聞音問令望。叶無方反豈弟君子四方爲綱

賦也。顒顒卬卬。尊嚴也。如圭如

璋純潔也令聞善譽也令望威儀可望法也
○承上章言得馮翼孝德之助
則能如此而四方以爲綱矣
○鳳凰于飛翽翽音諱其羽亦集爰止藹藹王
多吉士維君子使媚于天子興也鳳凰靈鳥也雄曰鳳雌曰
凰翽翽羽聲也鄭氏以爲因時鳳凰至故以
爲喻理或然也藹藹衆多也媚順愛也○鳳
凰于飛則翽翽其羽而集於其所止矣藹藹王
多吉士則維王之所使而皆媚于天子矣既曰
君子又曰天子猶曰王于出征以佐天子云爾
○鳳凰于飛翽翽其羽亦傅音附于天叶鐵因反藹
藹王多吉人維君子命叶彌并反媚于庶人興也媚于

○小雅六月詩云王于出征以佐天子

○衍義劉氏曰高岡之鳴鳳者高世之賢才也朝陽之梧桐者治朝之賢君也梧桐之菶菶萋萋者人君待賢之禮也鳳之雝雝喈喈者群賢和集之德者也比意蓋如此

○同蔡九峯曰是時周方隆盛鳴鳳在郊鳴于高岡者乃咏其實也

○同云蓋賡載歌賡續也載成也續歌以成其美也

庶人順愛于民也。

○鳳凰鳴矣。于彼高岡。梧桐生矣。于彼朝陽。菶菶萋萋。雝雝喈喈。菶音琫萋音妻　叶居奚反○比也。又以興下章之事也。山之東曰朝陽。鳳凰之性。非梧桐不棲。非竹實不食。菶菶萋萋。梧桐生之盛也。雝雝喈喈。鳳凰鳴之和也。

○君子之車。既庶且多。君子之馬。既閑且馳。矢詩不多。維以遂歌。叶唐何反　賦也。承上章之興也。菶菶萋萋。則雝雝喈喈矣。君子之車馬。則既衆多而閑習矣。其意若曰是亦足以待天下之賢者。而不厭其多矣。遂歌。蓋繼王之聲而遂歌之。猶書所

○衍義云無縱四句以無良一字爲主詭隨者柔惡之所爲所以媚上也寇虐者剛惡之人所爲所以威下而遏詭隨之志者也是詭隨乃無良所以虐民根脚故更相戒飭而以無縱爲言

謂康載歌也。

卷阿十章六章章五句四章章六句

民亦勞止。汔音肸可小康。惠此中國。以綏四方。無縱詭音鬼隨。以謹無良。式遏寇虐。憯音慘不畏明。叶謨郎反柔遠能邇。以定我王。賦也。汔幾也。中國京師也。四方諸夏也。京師諸夏之根本也。詭隨不顧是非而妄隨人也。謹斂束之意。憯曾也。明天之明命也。柔安也。能順習也。○序說以此爲召穆公刺厲王之詩。以今考之。乃同列相戒之詞耳。未必專爲刺王而發。然其憂時感事之意亦可見矣。蘇氏曰。人未有無故而妄從人者。

維無良之人。將檢其君而竊其權以爲寇虐則爲之。故無縱詭隨則無良之人肅而寇虐無良之人止。然後柔遠能邇而王室定矣。穆公名虎。康公之後。厲王名胡。成王七世孫也。

○民亦勞止汔可小休惠此中國以爲民逑無縱詭隨以謹惛怓音鐃叶尼猶反式遏寇虐無俾民憂無棄爾勞以爲王休賦也。逑聚也。惛怓猶讙譁也。勞猶功也。言無棄爾之前功也。休美也。

○民亦勞止汔可小息惠此京師以綏四國叶于逼反無縱詭隨以謹罔極式遏寇虐無俾作

○行義云或問敬愼二句正是無縱詭隨之本意無縱詭隨非可以智力取勝也惟在于敬儀以親賢則德日脩而小人難自歛退此在資我脩德上說亦可參看

慝敬愼威儀以近有德賦也罔極爲惡無窮極之人也有德有德之人也○民亦勞止汔可小愒音器惠此中國俾民憂泄音異無縱詭隨以謹醜厲式遏寇虐無俾正敗叶蒲寐反戎雖小子而式弘大叶特計反○賦也愒息泄去厲惡也正敗正道敗壞也戎汝也言汝雖小子而其所爲甚廣大不可不謹也○民亦勞止汔可小安惠此中國國無有殘無縱詭隨以謹繾綣式遏寇虐無俾正反王欲玉女是用大諫賦也繾綣小人之固結其君者也正反反於正也玉

○輯補云捴是戒同列而欲其遠猷以安民也

○衍義云首章發朊戒以起諫之之端下八章皆詳大諫之實也篇內說天變若天難等處即板板意說民不安若熇熇等處即卒癉意說人謀若憲憲等處即出話四句意

寶愛之意言王欲以女爲玉而寶愛之故我用王之意大諫正於女蓋託爲王意以相戒也

民勞五章章十句

上帝板板下民卒癉音亶出話不然爲猶不遠靡聖管管不實於亶猶之未遠是用大諫叶音簡○賦也板板反也卒盡癉病猶謀也管管無所依也亶誠也○序以此爲凡伯刺厲王之詩今考其意亦與前篇相類但責之益深切耳此章首言天反其常道而使民盡病矣而女之出言皆不合理爲謀又不久遠其心以爲無復聖人但恣己妄行而無所依據又不實之於誠豈其謀之未遠而然乎世亂乃人所爲而曰上帝板板者無所歸咎詞耳

○衍義云朱豊城謂辭輯是天理無所逆辭懌是人情無所拂天理人情亦不可折看

○左傳文公七年云荀林父曰同官爲僚吾嘗同僚敢不盡心乎

○天之方難（叶泥涓反）無然憲憲（叶虛言反）天之方蹶（音娓）無然泄泄（音異）辭之輯（音集叶祖合反）矣民之洽矣辭之懌（叶弋灼反）矣民之莫矣。賦也。憲憲，欣欣也。蹶，動也。泄泄，猶沓沓也。蓋弛緩之意。孟子曰。事君無義。進退無禮。言則非先王之道者。猶沓沓也。輯，和。洽，合。懌，悅。莫，定也。辭輯而懌。則言必以先王之道。矣所以民無不合。無不定也。

○我雖異事及爾同僚我即爾謀聽我囂囂（音梟）我言維服勿以爲笑（叶思邀反）先民有言詢于芻（初俱反）蕘（音饒）○賦也。異事，不同職也。同僚，同爲王臣也。春秋傳曰。同官爲僚。

即就也。囂囂自得不肯受言之貌。服事也。猶曰我所言者乃今之急事也。先民古之賢人也。芻蕘采薪者。古人尚詢及芻蕘。況其僚友乎。

○衍義云上章是誘之使听言此章又儆惧之使不可不聽其言下章則切責之意益深矣

○天之方虐。無然謔謔。老夫灌灌。小子蹻蹻。其畧反匪我言耄。音帽叶毛博反爾用憂謔。多將熇熇。叶許各反不可救藥。賦也。謔戲侮也。老夫詩人自稱。灌灌款款也。蹻蹻驕貌。耄老而昏也。熇熇熾盛也。○蘇氏曰老者知其不可而盡其款誠以告之。少者不信而驕之。故曰非我老耄而妄言。乃汝以憂為戲耳。夫憂未至而救之猶可為也。苟俟其益多則如火之盛不可復救矣。

○天之方懠。音齊叶箋西反無為夸毗。音誇威儀卒迷。

喪亂蔑資。叶箋西反曾莫惠我師。師霜夷反○賦也。懠怒。夸大。毗附也。
善人載尸。民之方殿屎。音犧則莫我敢葵。喪去聲
小人之於人不以大言夸之則以諛言毗之
也。尸則不言不為飲食而已者也。殿屎呻吟
也。葵揆也。蔑猶滅也。資與咨同嗟歎聲也。惠
順。師眾也。○戒小人毋得夸毗使威儀迷亂
而善人不得有所為也。又言民方愁苦呻吟
而莫敢揆度其所以然者是以至於散亂滅
亡而卒無能惠我師者也。
○天之牖民如壎音塤如篪音池如璋如圭如取
如攜攜無曰益牖民孔易去聲叶夷益反民之多辟。

○大全孔氏曰半圭爲璋合二璋而成圭

○衍義云按周禮宗子有五大宗子一小宗子四別子爲祖繼祖爲宗世世不遷者大宗也繼禰之宗繼祖之宗五世則遷者小宗也則此宗子兼

音僻無自立辟同上○賦也牖開明也猶言天圭合取求攜得而無所費皆言易也辟邪也○言天之開民其易如此以明上之化下其易亦然今民既多邪辟矣豈可又自立邪辟以道之邪

○价音介人維藩叶分邅反大師維垣大邦維屏大宗維翰叶胡田反懷德維寧宗子維城無俾城壞叶胡罪胡威二反無獨斯畏叶紆會於非二反○賦也价大也大德之人也藩籬師衆垣牆也大邦強國也屏樹也所以爲蔽也大宗強族也翰幹也宗子同姓也○言是六者皆君之所恃以安而德其本也有德則得是五者之助不然則親戚叛之而城

小宗太宗而言周家子孫

○疏云天者理而已理無往而不在故天無往而不鑒知此則敬天之意常存而易亂為治無難矣此一篇之大旨也

壞城壞則藩垣屏翰皆壞而獨居獨居而所可畏者至矣。

○敬天之怒無敢戲豫敬天之渝音俞無敢馳驅。昊天曰明叶謨郎反及爾出王。音往叶如字昊天曰旦。叶得絹反及爾游衍。叶怡戰反○賦也渝變也王往通言出而有所往也旦亦明也衍寛縱之意○言天之聰明無所不及。不可以不敬也板板也難也蹶也虐也懠也其怒而變也甚矣而不之敬也亦知其有日監在茲者乎。張子曰天體物而不遺猶仁體事而無不在也禮儀三百威儀三千無一事而非仁也昊天曰明及爾出王昊天曰旦及爾游衍無一物之不體也

○輯補云首章責其失以啟相戒之端二三章勉其安民以畏天四五章咎其不聽言而禍終不免六章言導民之當慎七章言君德之當脩末則以敬天終之也

板八章章八句

生民之什十篇六十一章四百三十三句

詩經卷之六終

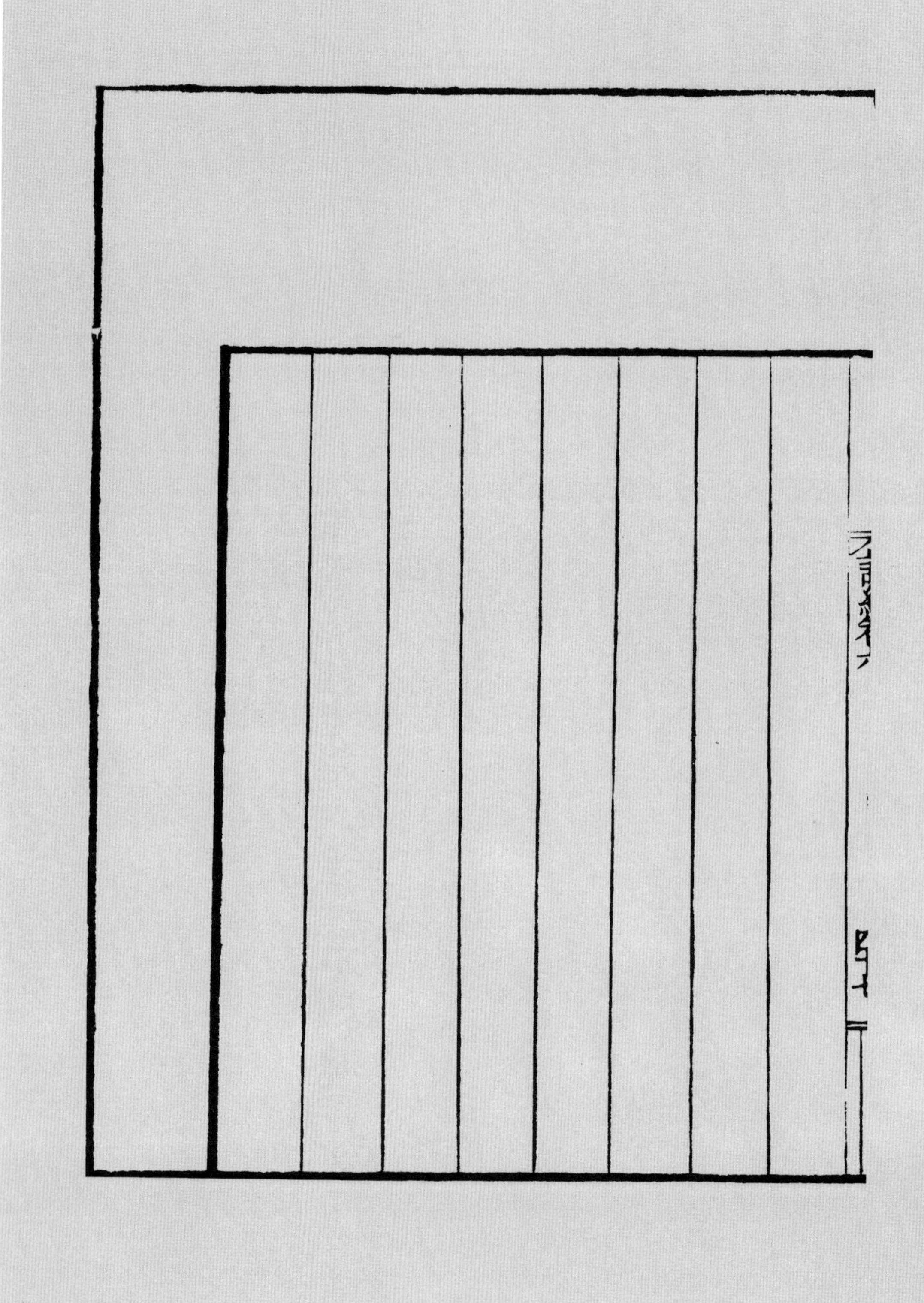

再刻頭書詩經集註

七

○左傳成公十三年云劉子曰吾聞之民受天地之中以生所謂命也是以有動作禮義威儀之則以定命也云云

詩經卷之七

朱熹集傳

蕩之什三之三

蕩蕩上帝下民之辟音壁疾威上帝其命多辟音僻天生烝民其命匪諶音忱或叶市隆反靡不有初鮮克有終叶諸深反○賦也蕩蕩廣大貌辟君也疾威猶暴虐也多辟多邪辟也烝衆諶信也○言此蕩蕩之上帝乃下民之君也今此暴虐之上帝其命乃多邪僻者何哉蓋天生衆民其命有不可信者蓋其降命之初無有不善而人少能以善道自終是以致此大亂使天命亦罔克終如疾威而多辟也蓋始爲怨天之辭而卒自解之如此劉

○劉采邑名康謚也康公定王同毋弟所謂王季子也

○衍義謝疊山曰彊禦知禦人于國門之外之禦

康公曰民受天地之中以生所謂命也能者養之以福不能者敗以取禍此之謂也

○文王曰咨咨女音汝殷商曾是彊禦曾是掊音抔克曾是在位曾是在服叶蒲北反天降慆音滔德女興是力賦也此設爲文王之言也咨嗟也殷商紂也彊禦暴虐之臣也掊克聚歛之臣也服事也慆慢興起也力如力行之力○詩人知厲王之將亡故爲此詩託於文王所以嗟歎殷紂者言此暴虐聚歛之臣在位用事乃天降慆慢之德而害民然非其自爲之也乃汝興起此人而力爲之耳

○文王曰咨咨女殷商而秉義類彊禦多懟

○衍義蓋亦山川流言以對者凡小人倡爲害民之事必有一段邪說辨傳以濟其姦如商鞅安石之倫皆用流言以對者也

音隊

流言以對。寇攘式內。侯作侯祝。音詛 音呪 靡屆靡究。賦也。而亦女也。義善懟怨也。流言浮浪不根之言也。侯維也。作讀爲詛。詛祝怨謗也。○言汝當用善類。而反任此暴虐多怨之人。使用流言以應對。則是爲寇盜攘竊而反居內矣。是以致怨謗之無極也。

○文王曰咨。咨女殷商。女炰音庖烋音哮于中國。叶于逼反 斂怨以爲德。不明爾德。時無背音貝無側。爾德不明。以無陪音培無卿。賦也。炰烋氣健貌。斂怨以爲德多爲可怨之事而反自以爲德也。背後側傍陪貳也。言前後左右公卿之臣皆不稱其官如無人也。

○衍義朱氏曰人君荒湛于酒則必信任小人于是而從爾止則威儀之亂迷也于是而號且呼則言語之諠譁也晝日夜以娛樂弃國事而不恤所謂俾晝作夜靡晦靡明也

○文王曰咨咨女殷商天不湎爾以酒不義從式叶式吏反既愆爾止靡明靡晦叶呼洧反式號式呼去聲俾晝作夜叶羊茹反○賦也湎飲酒變色也式用也言天不使爾沈湎於酒而惟不義是從而用也止容止也

○文王曰咨咨女殷商如蜩如螗音唐如沸如羹叶盧當反小大近喪去聲叶平聲人尚乎由行叶戶郎反內奰音避于中國覃及鬼方賦也蜩螗皆蟬也如蟬鳴如沸羹皆亂意也小者大者幾於喪亡矣尚且由此而行不知變也奰怒覃延也鬼方遠夷之國也

○衍義謝疊山曰：三代而上，國有大議，有大疑，皆決于老成人之言。曰「圖任伯臣人共政」，殷先王所以立國也。曰「人惟求舊」，又曰「無侮老成人」，盤庚所以興也。曰「汝惟商老成人，宅忘知則」，周公所以誨康叔也。

言自近及遠，無不怨怒也。

○文王曰咨，咨女殷商。匪上帝不時，叶上止反。殷不用舊。叶巨已反。雖無老成人，尚有典刑。曾是莫聽，大命以傾。賦也。老成人，舊臣也。典刑，舊法也。○言非上帝爲此不善之時，但以殷不用舊，致此禍爾。雖無老成人與圖先王舊政，然典刑尚在，可以循守，乃無聽用之者，是以大命傾覆而不可救也。

○文王曰咨，咨女殷商。人亦有言，顛沛之揭，紀竭、去例二反。枝葉未有害，許曷、瑕憩二反。本實先撥。音蹳，叶方

○刪補云首章推天道之變由人事之乖下皆托文王嘆紂之辭正所謂鮮克有終之事也

吠筆列二反殷鑒不遠在夏后之世叶始制私列二反○賦也顛沛仆拔也揭本根蹶起之貌撥猶絕也鑒視也夏后桀也○言大木揭然將蹶枝葉未有折傷而其根本之實已先絕然後此木乃相隨而顛拔爾蘇氏曰商周之衰典刑未廢諸侯未畔四夷未起而其君先為不義以自絕於天莫可救止正猶此爾殷鑒在夏蓋為文王嘆紂之辭然周鑒之在殷亦可知矣

蕩八章章八句

抑抑威儀維德之隅人亦有言靡哲不愚庶人之愚亦職維疾叶集二反哲人之愚亦維斯戾

○衍義孔氏曰隅者角也角者稜也角必有稜也故曰廉隅 人亦有言 句要看明白當時未必有此言只是設詞此句非眞以無威儀爲愚乃即其無威儀而見其愚也蓋無威儀正見是無德雖爲哲人寔似愚人一般

賦也。抑抑密也。隅廉角也。鄭氏曰人密審於威儀者是其德必嚴正也故古之賢者道行心平可外占而知内如宮室之制内有繩直則外有廉隅也。哲知。庶衆。職主。戾反也。○衛武公作此詩使人日誦於其側以自警言抑抑威儀乃德之隅則有哲人之德者固必有哲人之威儀矣而今之所謂哲者未嘗有其威儀則是無哲而不愚矣夫衆人之愚蓋其禀賦之偏宜有是疾不足爲怪。哲人而愚則反戾其常矣。

○衍義方山曰訏謨二句作四平看一説訏謨對定命遠猷承訏謨一邊辰告承定命一邊蓋以謨猶是一套事命告亦一套

○無競維人四方其訓之有覺德行去聲四國順之訏音吁謨定命遠猶辰告叶古得反敬愼威儀維民之則。賦也。競強也。覺直大也。訏大。謨謀也。大謀謂不爲一身之謀而有天

事也此說亦可

○衍義云衛本康叔之後觀武王封康叔康誥有曰明德慎罰又曰往盡乃心無好逸豫武公自戒之意正有得於康叔之家法也

下之慮也定審定不改易也命號令也猶圖也遠謀謂不爲一時之計而爲長久之規也辰時告戒也辰告謂以時播告也則法也○言天地之性人爲貴故能盡人道則四方皆以爲訓有覺德行則四國皆順從之故必大其謀定其命遠圖時告敬其威儀然後可以爲天下法也

○其在于今叶音經興迷亂于政叶音征顛覆厥德荒湛音耽于酒叶子小反女音汝雖湛樂音洛從弗念厥紹罔敷求先王克共音拱明刑叶胡光反○賦也今武公自言已今日之所爲也興尚也女武公使人誦詩而命己之詞也後凡言女言爾言小子者放此湛樂從言惟湛樂之是從也紹謂所

○行義荊川日夙興以下此只就治國之事中丁兩件爲言以實上文訐謨一句意要之治國之事則不止此也故程文補意云深宮之脩無不至則紲之大庭者可知戎事之戒無不豫則達之文治者可知得此意矣

承之緒也敷求先王廣求先王所行之道也共執刑法也

○肆皇天弗尚叶平聲 如彼流泉無淪胥以亡夙興夜寐洒埽廷內維民之章脩爾車馬弓矢戎兵叶晡亡反用戒戎作用逷音剔蠻方 賦也弗尚厭棄之也淪陷胥相章表戒備戎兵作起逷遠也○言天所不尚則無乃淪陷相與而亡如泉流之易乎是以内自庭除之近外及蠻方之遠細而寢興洒埽之常大而車馬戎兵之變慮無不周備無不飭也上章所謂訐謨定命遠猶辰告者於此見矣

○質爾人民謹爾侯度用戒不虞叶元具反 愼爾

○衍義蘇眉山曰苟失其民心慢其侯度則上有不虞之禍起○輔氏曰益之告舜以儆戒無虞亦以罔失法度爲先能謹其之法度則可以免不虞之患矣

出話敬爾威儀叶牛何反無不柔嘉叶居何反白圭之玷音點尚可磨也斯言之玷不可爲叶吾禾反也賦也○質成也定也侯度諸侯所守之法度也虞慮也○話言柔安嘉善玷缺也○言既治民守法防意外之患矣又當謹其言語蓋王之玷缺尚可磨鑢使平言語一失莫能救之其戒深切矣故南容一日三復此章而孔子以其兄之子妻之

○無易去聲由言無曰苟矣莫捫音門朕舌言不可逝叶音折矣無言不讎叶市又反無德不報叶蒲救反惠于朋友叶羽已反庶民小子叶奬里反子孫繩繩萬

○行義彭氏曰視爾友君子以下以誠而交于人脩之于顯也相在爾室以下以誠而對于天脩之於靜也

民靡不承 賦也。易，輕。捫，持。逝，去。讎，答。承，奉也。○言不可輕易其言，蓋無人爲我執持其舌者，故言語由己易致差失，常當執持不可放去也。且天下之理無有言而不讎，無有德而不報者，若爾能惠于朋友庶民小子，則子孫繩繩而萬民靡不承矣，皆謹言之效也。

○視爾友君子，輯音集柔爾顏，不遐有愆。叶魚堅反相去聲在爾室，尚不愧于屋漏。無曰不顯，莫予云覯。神之格叶剛鶴反思，不可度入聲思，矧可射音亦叶弋灼反思。

賦也。輯，和也。遐，何通。愆，過也。尚，庶幾也。屋漏，室西北隅也。覯，見也。格，至。度，測。矧，况也。射，斁通，厭也。○言視爾友於君子之時，和柔爾之顏色，其戒懼之意常若自省

曰豈不至於有過乎蓋常人之情其脩於顯
者無不如此然視爾獨居於室之時亦當庶
幾不愧于屋漏然後可爾無曰此非明顯之
處而莫予見也當知鬼神之妙無物不體其
至於是有不可得而測者不顯亦臨猶懼有
失況可厭射而不敬乎此言不但脩之於外
又當戒謹恐懼乎其所不睹不聞也子思子
曰君子不動而敬不言而信又曰夫微之顯
誠之不可揜如此此正心誠意之極
功而武公及之則亦聖賢之徒矣
○辟爾爲德俾臧俾嘉叶居何反淑慎爾止不愆
于儀叶牛何反不僭不賊鮮上聲不爲則投我以桃
報之以李彼童而角實虹音紅小子叶奬里反○賦也辟

○古註云童猶羖類之幼者獨易言童羊牛詩言童羖

君也指武公也止容止也僭差賊害則法也無角曰童虹潰亂也○既戒以脩德之事而又言爲德而人法之猶投桃報李之必然也彼謂不必脩德而可以服人者是牛羊之童者而求其角也亦徒潰亂汝而已豈可得哉

○荏音餁染柔木言緡之絲叶新夷反温温恭人維德之基其維哲人告之話言順德之行其維愚人覆謂我僭叶七尋反民各有心興也荏染柔貌柔木柔忍之木也緡綸也被之綸以爲弓也話言古之善言也覆猶反也僭不信也民各有心言人心不同愚智相越之遠也

○衍義輔氏曰人纔温温則使是消磨了那客氣消磨得客氣則其德方可進故程明道謂義理與客氣常相勝只看消長分數爲君子小人之別消盡者爲大賢張横渠亦言學者先須去其客氣唯温柔則可

以進學

○同曲禮曰長者與之提攜則兩手奉長者之手負劒辟咡詔之注云傾頭與語又云口耳之間曰咡是攜手提耳皆長教誨小子之常

○於音烏乎音呼小子叶獎里反未知臧否音鄙匪手攜之言示之事叶上止反匪面命之言提其耳借曰未知亦既抱子同上民之靡盈誰夙知而莫音慕成

賦也非徒手攜之也而又示之以事非徒面命之也而又提其耳所以喻之者詳且切矣假令言汝未有知識則汝既長大而抱子宜有知矣人若不自盈滿能受教戒則豈有既早知而反晚成者乎

○昊天孔昭叶音灼我生靡樂音洛視爾夢夢音蒙我心慘慘音懆叶七各反誨爾諄諄音肫聽我藐藐音邈

○删補云首章專攻儀以發自儆之端二章皆道德之應三章至八章因其失而警示以修德之實九章至末則詳啓其當听言以修德也

○衍義云上四句意與下六句相連屬上段言听言便免得大悔下段言不听言便免不得大悔意

匪用爲教叶入聲覆用爲虐借曰未知亦聿既耄

耄叶音莫○賦也夢夢不明亂意也慘慘憂貌諄諄詳熟也藐藐忽畧貌耄老也八十九十曰耄左史所謂年九十有五時也

○於乎小子告爾舊止聽用我謀庶無大悔悔叶虎委反天方艱難曰喪厥國國叶于逼反取譬不遠昊天不忒回遹音聿其德俾民大棘

賦也舊舊章也或曰久也止語詞庶幸悔恨忒差遹僻棘急也○言天運方此艱難將喪厥國矣我之取譬夫豈遠哉觀天道禍福之不差忒則知之矣今汝乃回遹其德而使民至於困急則喪厥國也必矣

○行義云按卿執政之官師長官師之長士謂上中下士旅賁氏掌執戈盾夾車而趨位中庭之左右也宁門屏之間也誦訓主誦書之官贄御謂近習也瞽史知天道者工師樂官也

○侯包撰韓詩翼要十卷者也

抑十二章三章章八句九章章十句

楚語

左史倚相曰昔衛武公年數九十五矣猶箴儆於國曰自卿以下至于師長士苟在朝者無謂我老耄而舍我必恭恪於朝夕以交戒我在輿有旅賁之規位宁有官師之典倚几有誦訓之諫居寢有暬御之箴臨事有瞽史之道宴居有師工之誦史不失書矇不失誦以訓御之於是作懿戒以自儆及其沒也謂之睿聖武公韋昭曰懿讀爲抑即此篇也

董氏曰侯包言武公行年九十有五猶使人日誦是詩而不離於其側

然則序說爲刺厲王者誤矣

菀音鬱彼桑柔其下侯旬捋力活反采其劉瘼音莫

△温按陳塵一本作塵陳

○衍義胡新安曰瘨病也猶也倉兄塡今言悲憫積滿於中之意

○左傳文公元年云周芮良夫之詩曰大風有隧貪人敗類云云

○衍義云芮伯周同姓之國在西都畿內爲王卿士也良夫芮伯字

此下民不殄心憂倉音愴兄音況塡兮倬彼昊天。叶鐵因反寧不我矜。比也。菀茂。旬徧。劉殘。殄絕也。倉兄與愴怳同。悲閔之意也。塡未詳。舊說與陳塵同。蓋言久也。或疑與瘨字同。爲病之義。但召旻篇內二字並出。又恐未然。今姑闕之。倬明貌。○舊說此爲芮伯刺厲王而作。春秋傳亦曰芮良夫之詩。則其說是也。以桑爲比者。桑之爲物。其葉最盛。然及其采之也。一朝而盡。無黃落之漸。故取以比周之盛時。如葉之茂。其蔭無所不徧。至於厲王肆行暴虐。以敗其成業。王室忽焉凋弊。如桑之既采。民失其蔭。而受其病。故君子憂之。不絕於心。悲閔之甚。而至於病。遂號天而訴之也。

○四牡騤騤。旟旐有翩。叶批賓反亂生不夷。靡國

○衍義朱氏曰車馬之盛旟旐之美一也而在正雅則爲美在變雅則爲怨者亦猶聞鐘鼓音籥而欣欣有喜色或疾首蹙頞而相告也身之所遇有勞逸之殊而心之所感有悲喜之異然則爲人君者其可不以絜矩爲心哉

不泯。叶彌鄰反民靡有黎。具禍以燼。叶咨辛反於音烏乎音呼有哀。叶音依國步斯頻。賦也。夷平。泯滅。黎黑首也。具俱也。燼灰燼也。步猶運也。頻急蹙也。○厲王之亂天下征役不息。故其民見其車馬旟旐而厭苦之。自此至第四章。皆征役者之怨辭也。

○國步蔑資。天不我將。叶子兩反靡所止疑。音屹叶如字云徂何往。君子實維。秉心無競。叶其兩反誰生厲階。叶居奚反至今爲梗。音鯁叶古黨反○賦也。蔑滅。資咨。將養也。疑讀如儀禮疑立之疑。定也。徂亦往也。競爭。厲怨。梗病也。○言國將危亡。天不我養。居無所定。

○行義輔氏曰以上三章雖皆征役者之怨詞然四牡章要其禍亂之終國步章原其禍亂之始至此章則情愈切而詞愈哀矣

徂無所往。然非君子之有爭心也。誰實為此禍階。使至今為病乎。蓋曰禍有根原。其所從來也遠矣。

○憂心慇慇。念我土宇。我生不辰。逢天僤音亶怒叶暖五反。自西徂東叶音丁。靡所定處。多我覯痻音民。孔棘我圉。賦也。土。鄉。宇。居。辰。時。僤。厚。覯。見。痻。病。棘。急。圉。邊也。或曰。禦也。多矣我之見病也。急矣我之在邊也。

○為謀為毖叶音必。亂況斯削。告爾憂恤。誨爾序爵。誰能執熱。逝不以濯。其何能淑。載胥及溺叶奴學反○賦也。毖慎。况滋也。序爵辨別賢否之道也。執熱手執熱物也。○蘇氏曰。王豈不謀且慎哉。然而不得其道適所以長亂而自削耳。故告之以其所當憂而誨之以序爵且日誰能執熱而不濯者。賢者之能已亂猶濯之能解熱耳。不然則其何能善哉。相與入於陷溺而已。

○如彼遡風。叶孚音反亦孔之僾。音愛民有肅心荓音普丁反云不逮好是稼穡力民代食稼穡維寶代食維好。賦也。遡鄉。僾唈。肅進。荓使也。○蘇氏曰。君子視厲王之亂。悶然如遡風之人唈而不能息。雖有欲進之心。皆使之曰世亂矣。非吾所能及也。於是退而稼穡盡其筋力與民同事。以代祿食而已。當是時也。仕進

○行義徼滋日祿食者有憂稼穡無患與其有憂而幸一時之進孰若無患而服終身之勞故欲退而稼穡也曰維寶曰維好則當時朝廷之上小人之順險君心之險僻恐懇然使人畏之而不敢進盡可知矣

○公羊傳襄公十六年云。君若贅旒然。註。旒旗旒。贅繫屬之辭。

○史記周厲王三十七年。國人畔。襲王。出奔彘。召公周公二相行政。號曰共和。共和十四年。厲王死於彘。乃立太子靜。是爲宣王。

之憂甚於稼穡之勞。故曰稼穡維寶。代食維好。言雖勞而無患也。

○天降喪（去聲）亂。滅我立王。降此蟊賊。稼穡卒痒（音羊）。哀恫（音通）中國。具贅（音墜）卒荒。靡有旅力。以念穹蒼。○賦也。恫痛。具俱也。贅屬也。言危也。春秋傳曰。君若綴旒然。與此贅同。卒盡荒虛也。旅與膂同。穹蒼天也。穹言其形。蒼言其色。○言天降喪亂。固已滅我所立之王矣。又降此蟊賊。則我之稼穡又病。而不得以代食矣。哀此中國。皆危盡荒。是以危困之極。無力以念天禍也。此詩之作。不知的在何時。其言滅我立王。則疑在共和之後也。

○維此惠君。民人所瞻（叶側姜反）。秉心宣猶。考慎

○衍義云自此章以下皆深言用小人以病民之意

○衍義云一說依注上無明君無以行其志下有惡俗無以容其身是進退皆難也

其相去聲叶平聲維彼不順自獨俾臧自有肺腸俾民卒狂賦也。惠，順也。順於義理也。宣，徧。猶，謀。相，輔。狂，惑也。○言彼順理之君。所以爲民所尊仰者。以其能秉持其心。周徧謀度考擇其輔相。必衆以爲賢而後用之。彼不順理之君。則自以爲善。而不考衆謀。自有私見而不通衆志。所以使民眩惑至於狂亂也

○瞻彼中林甡甡音莘其鹿朋友已譖音僭叶子林反不胥以穀人亦有言進退維谷興也。甡甡，衆多並行之貌。譖，不信也。胥，相。穀，善。谷，窮也。言朋友相譖不能相善，曾鹿之不如也。○言上無明君，下有惡俗，是以進退皆窮也。

○衍義云宋李沆言朝廷事變人亦好尚初時王旦以爲不然及澶淵息兵之後真宗東封西祀賦利土木紛然起矣而王旦乃追嘆曰李文靖眞聖人也文靖當時所見而言者皆後日可驗之事所謂聽言百里

○維此聖人。瞻言百里。維彼愚人。覆狂以喜。匪言不能。胡斯畏忌。叶巨巳反○賦也。聖人炳於幾先。所視而言者無遠而不察。愚人不知禍之將至。而反狂以喜。今用事者蓋如此。我非不能言也。如此畏忌何哉。言王暴虐。人不敢諫也。

○維此良人。弗求弗迪。叶徒沃反維彼忍心。是顧是復。音伏民之貪亂。寧爲荼毒。賦也。迪進也。忍殘忍也。顧念。復重也。荼苦菜也。味苦氣辛能殺物。故謂之荼毒也。○言不求善人而進用之。其所顧念重復而不已者。乃忍心不仁之人。民不堪命。所以肆行貪亂。而安爲荼毒也。

○衍義輔氏曰作起也良人則起而爲者皆用善道不順違道悖理之人也其所行者惟以隱暗汙穢而已

○書堯典云方命圮族蔡氏註云言與衆不和傷人害物也

○大風有隧音遂有空大谷維此良人作爲式穀維彼不順征以中垢音苟叶居六反○興也隧道式用穀善也征以中垢未詳其義或曰征行也中隱暗也垢汙穢也○大風之行有隧蓋多出於空谷之中以興下文君子小人所行亦各有道耳

○大風有隧貪人敗類聽言則對誦言如醉匪用其良覆俾我悖叶蒲寐反○興也敗類猶言圮族也王使貪人爲政我以其或能聽我之言而對之然亦知其不能聽也故誦言而中心如醉由王不用善人而反使我至此悖眊也厲王說榮夷公芮良夫曰王室其將卑乎夫榮公好專利而

○刪補云首四章言民病以憂而徵諸征役之死辭下皆譏王之舉措失宜而未深責小人之病民也

不備大難矣。夫利百物之所生也。天地之所載也。而或專之。其害多矣。此詩所謂貪人其榮公也與。芮伯之憂非一日矣。

○嗟爾朋友。予豈不知而作。如彼飛蟲。時亦弋獲。叶胡郭反既之陰去聲女。反予來赫。叶黑各反○賦也。如彼飛蟲。時亦弋獲。言己之言。或亦有中。猶曰千慮而一得也。之往。陰覆也。赫威怒之貌。我以言告女。是往陰覆於女。女反來加赫然之怒於己也。張子曰。陰往密告於女友。謂我來恐動也。亦通。

○民之罔極。職涼善背。叶必墨反為民不利。如云不克。民之回遹。音聿職競用力。賦也。職專也。涼義未詳。傳曰。涼薄也。鄭讀作諒，信也。疑鄭說爲得之。善背，工爲反覆也。克，勝也。回遹，邪僻也。〇言民之所以貪亂而不知所止者，專由此人名爲直諒而實善背，又爲民所不利之事，如恐不勝而力爲之也。又言民之所以邪僻者，亦由此輩專競用力而然也。反覆其言，所以深惡之也。

〇民之未戾，職盜爲寇。涼曰不可，覆背善詈。音利雖曰匪予，既作爾歌。賦也。戾，定也。民之所以未定者，由有盜臣爲之寇也。蓋其爲信也，亦以小人爲不可矣；及其反背也，則又工爲惡言以詈君子。是其色厲內荏，眞可謂穿窬之盜矣。然其人又自文飾，以爲此非我言也，則我已作爾歌矣。言得其情，且事已著明，不可揜覆也。

〇衍義豐城朱氏曰：厲王之亂極矣。下言以斂之曰貪暴而已。惟貪也，故所用皆聚斂之臣；惟暴也，故所用皆暴虐之臣。此詩所謂「維彼忍心，是顧是復」，則用暴虐之証也；所謂「貪人敗類，職盜爲寇」，則用聚斂之証也。

〇衍義疏云：自十四章至此，又皆託爲僚友相告之詞。然始則嗟嘆而責之，其詞正；中則數其罪而斥之，其詞厲；終則暴其情狀而究言之，其詞決。於其見用者而用之者之罪爲

自見典

○衍義曹氏曰雲漢起于東方經箕尾之間至西南行至七星南而設此其周旋之度也○按周禮大司徒以荒政十二聚萬民十二曰索鬼神正此意○周禮春官大宗伯以玉作六器以禮天地四方以蒼璧禮天黃琮禮地以青圭禮東方赤璋禮南方白琥禮西方玄璜禮北方

○桑柔十六章八章章八句八章章六句

倬彼雲漢昭回于天叶鐵因反王曰於音烏乎音呼何辜今之人天降喪去聲亂饑饉薦音荐臻靡神不舉靡愛斯牲叶桑經反圭璧既卒寧莫我聽平聲○賦也雲漢天河也昭光回轉也言其光隨天而轉也薦荐通重也臻至也靡神不舉所謂國有凶荒則索鬼神而祭之也圭璧禮神之玉也卒盡寧猶何也○舊說以爲宣王承厲王之烈內有撥亂之志遇烖而懼側身脩行欲消去之天下喜於王化復行百姓見憂故仍叔作此詩以美之言雲漢者夜晴則天河明故述王仰訴於天之詞如此也

〇衍義或說云寧丁我躬朱註後解為長如唐太宗呑蝗祝之曰民以穀為命而汝食之寧食吾之肺腸韓文公祈雨告神曰百姓可哀宜蒙恩憫若刺吏有罪寧被疾殃古人自責大抵若此時說亦有依之者

〇旱既大音泰甚蘊隆蟲蟲不殄禋祀自郊徂宮上下奠瘞靡神不宗后稷不克上帝不臨叶力中反耗斁音妬下土寧丁我躬賦也。蘊蓄。隆盛也。蟲蟲熱氣也。殄絕也。郊祀天地也。宮宗廟也。上祭天下祭地也。奠其禮。瘞其物。宗尊也。克勝也。言后稷欲救此旱災而不能勝也。臨享也。稷以親言。帝以尊言也。斁敗。丁當也。何以當我之身而有是災也。或曰與其耗斁下土寧使災害當我身也。亦通。

〇旱既大甚則不可推吐雷反兢兢業業如霆如雷周餘黎民靡有孑遺叶夷回反昊天上帝則

○劉補云首二句述天旱之甚下皆述王訴天之辭此見宣王惕不窮而畏天命之意周室之所以中興也

不我遺。胡不相畏。先祖于摧。音催○賦也。摧去也。兢兢恐也。業業危也。如霆如雷言畏之甚也。孑無右臂貌。遺餘也。言大亂之後周之餘民無復有半身之遺者。而上天又降旱災使我亦不見遺。摧滅也。言先祖之祀將自此而滅也。

○旱既大甚。則不可沮。上聲赫赫炎炎。云我無所。大命近止。靡瞻靡顧。叶果五反群公先正。則不我助。叶牀所反父母先祖。胡寧忍予。叶演女反○賦也。沮止也。赫赫旱氣也。炎炎熱氣也。無所無所容也。大命近止死將至也。瞻仰顧望也。群公先正月令所謂雩祀百辟卿士之有益於民者以祈穀實者也。於群公先正但言其不見助至父

○衍義孔氏曰：神異經云：南方有人長二三丈，袒身而目在頂上，走行如風，名曰魃。所見之國大旱。

○衍義詩緝云：始欲逃去，既又念民命方急，當思救之，黽勉不敢去也，亦有味。

毋先祖，則以恩望之矣。所謂垂涕泣而道之也。

○旱既大甚，滌滌山川。叶樞倫反 旱魃音跋為虐，如惔音談如焚。叶符匀反 我心憚暑，憂心如熏。群公先正，則不我聞。叶微匀反 昊天上帝，寧俾我遯。叶徒匀反

○賦也。滌滌，言山無木，川無水，如滌而除之也。魃，旱神也。惔，燎之也。憚，勞也。畏也。熏，灼。遯，逃也。言天又不肯使我得逃遯而去也。

○旱既大甚，黽勉畏去。胡寧瘨音顛我以旱，憯七感反不知其故。祈年孔夙，方社不莫。音慕 昊天

○月令祈穀注云謂以上辛郊祀天也天宗注云謂日月星辰也

上帝則不我虞（叶元具反）敬恭明神宜無悔怒。賦也。

黽勉畏去。出無所之也。瘨病。憯曾也。祈年孟春祈穀于上帝。孟冬祈來年于天宗是也。方祭四方也。社祭土神也。虞度。悔恨也。言天曾不度我之心。如我之敬事明神。宜可以無恨怒也。

○旱既大甚。散無友紀。鞫哉庶正。疚哉冢宰。（叶奬里反）趣（七口反）馬師氏。膳夫左右。（叶羽已反）靡人不周。無不能止。瞻卬（音仰）昊天。云如何里。

賦也。友紀猶言綱紀也。或曰友疑作有。鞫窮也。庶正衆官之長也。疚病也。冢宰衆長之長也。趣馬掌馬之官。師氏掌以兵守王門者。膳夫掌食之官。

○衍義漢書季布賛曰賢者誠重其死夫婢妾賤人感慨而自殺非能勇也其畫無俚之至耳

也。歲凶年穀不登。則趣馬不秣。師氏弛其兵馳道不除。祭事不縣。膳夫徹膳。左右布而不脩。大夫不食粱。士飲酒不樂。周救也。無不能止。言諸臣無有一人不周救百姓者。無有自言不能而遂止不爲也。里憂也。與漢書無俚之俚同。聊頼之意也。

○瞻卬昊天。有嘒音嘒其星。大夫君子。昭假音格無贏音盈。大命近止。無棄爾成。何求爲我。以戾庶正。叶諸盈反瞻卬昊天。曷惠其寧。賦也。嘒明貌。昭明。假至也。

○久旱而仰天以望雨。則有嘒然之明星。未有雨徵也。然羣臣竭其精誠而助王以昭假于天者。已無餘矣。雖今死亡將近。而不可以棄其前功。當益求所以昭假者而修之。固非

○衍義豊城朱氏曰余讀是詩見宣王有事天之敬有事神之誠有恤民之仁

○爾雅註云岱宗太山也霍即天柱山華西華山恒常山也

求為我之一身而已乃所以定衆正也於是語終又仰天而訴之曰果何時而惠我以安寧乎張子曰不敢斥言雨者畏懼之甚且不敢必云爾。

雲漢八章章十句

崧音嵩高維嶽駿音峻極于天叶鐵因反維嶽降神生甫及申維申及甫維周之翰叶胡干反四國于蕃叶分邅反四方于宣○賦也山大而高曰崧嶽山之尊者東岱南霍西華北恒是也駿大也甫甫侯也即穆王時作呂刑者或曰此是宣王時人而作呂刑者之子孫也申申伯也皆姜姓之國也翰幹蕃蔽也○宣王之舅申伯出封于謝而尹吉甫作詩以送之

言嶽山高大而降其神靈和氣以生甫侯申伯實能爲周之楨幹屏蔽而宣其德澤於天下也蓋申伯之先神農之後爲唐虞四嶽總領方嶽諸侯而奉嶽神之祭能脩其職嶽神享之故此詩推本申伯之所以生以爲嶽降神而爲之也

○亹亹申伯王纘之事于邑于謝南國是式叶失吏反王命召伯叶逋莫反定申伯之宅叶達各反登是南邦叶卜工反世執其功賦也亹亹强勉之貌纘繼也使之繼其先世之事也邑國都之處也謝在今鄧州南陽縣周之南土也式使諸侯以爲法也召伯召穆公虎也登成也世執其功言使申伯後世常守其功也或曰大封之禮召公之世職也

○行義曰按地理志南陽宛之縣有申伯國棘陽縣東北百里有謝城其地蓋相近申伯先封于申宣王使詔封于謝也

○音釋云文王時召公治外爲諸侯長及其子孫亦然肅肅謝功召伯營之溥役韓城燕師所完故知大封之禮召公之世職也

○衍義云徹土田王者之大法故以命之大臣遷私人王者之私恩故以命之傳御

○王命申伯式是南邦叶卜功反因是謝人以作爾庸王命召伯徹申伯土田叶地因反王命傅御遷其私人○賦也庸城也言因謝邑之人而爲國也鄭氏曰庸功也爲國以起其功也徹定其經界正其賦税也傅御申伯家臣之長也私人家人也遷使就國也漢明帝送侯印與東平王蒼諸子而以手詔賜其國中傅蓋古制如此

○申伯之功召伯是營有俶音蓄其城寢廟既成既成藐藐王錫申伯叶逋各反四牡蹻蹻鉤膺濯濯○賦也俶始作也藐藐深貌蹻蹻壯貌濯濯光明貌

△溫按或曰近鄭音記說文從辵從丌今從近誤

○衍義云介圭即考工記所謂信圭八尺侯守之者也介之爲言大也非罵官之介圭也

○同云自鎬適申則途不經郿時宣王省視岐周申伯往謝焉故王餞之於郿無餘復返於鎬然後適申

○音釋云从𠂤系多曰積

○王遣申伯路車乘馬去聲我圖爾居莫叶滿補反如南土錫爾介圭以作爾寶叶音補往近王舅南土是保叶音補○賦也介圭諸侯之封圭也近辭也

○申伯信邁王餞于郿音眉申伯還南謝于誠歸王命召伯徹申伯土疆以峙音痔其粻音張式遄音椽其行叶戶郎反○賦也郿在今鳳翔府郿縣在鎬京之西岐周之東而申在鎬京之東南時王在岐周故餞于郿也言信邁誠歸以見王之數留疑於行之不果故也峙積粻糧遄速也召伯之營謝也則已斂其稅賦積其餱糧使廬市有止宿之委

○輯補云首章推分封之由二章至五六章言王命封國之事七章言申伯受封之無愧末章則表已贈詩之意也

○行義方山曰不顯申伯言申伯之甚顯也親則爲王之元舅賢則爲文武之士之法正見其所以爲良翰而周人之所由以喜也亦可從

○衍義云首四句皆本其在朝爲御士時言也首章翰番宣意也述于言爲詩歌于工爲誦形諸詠歌是以感人則爲風

積故能使申伯無留行也。

○申伯番番音波叶分邅反既入于謝徒御嘽嘽音灘周邦咸喜戎有良翰叶胡干反不顯申伯王之元舅文武是憲叶虛言反○賦也番番武勇貌嘽嘽衆盛也戎女也申伯既入于謝周人皆以爲喜而相謂曰汝今有良翰矣元長憲法也言文武之士皆以申伯爲法也或曰申伯能以文王武王爲法也

○申伯之德柔惠且直揉汝又反此萬邦聞音問于四國叶于逼反吉甫作誦其詩孔碩其風肆好

○行義云全篇重德上折言之一章言山甫之生出于天二章言其德之全三章言其職之備四章言盡職以見其盛德五章言其全此德以待物六章言其全此德以事君正是山甫異于凡民以終首章之意七章八章言山甫遠行之標故作詩以慰之也

以贈申伯。賦也。揉，治也。吉甫，尹吉甫，周之卿士。誦，工師所誦之詞也。碩，大。風，聲。肆，遂也。

崧高八章章八句

天生烝民，有物有則。民之秉彝，音夷好是懿德。天監有周，昭假假音于下。叶後五反保茲天子，生仲山甫。賦也。烝，衆。則，法。秉，執。彝，常。懿，美。監，視。昭，明。假，至。保，祐也。仲山甫，樊侯之字也。○宣王命樊侯仲山甫築城于齊，而尹吉甫作詩以送之。言天生衆民，有是物必有是則。蓋自百骸九竅五臟，而達之君臣父子夫婦長幼朋友，無非物也，而莫不有法焉。如視之明，聽之聰，貌之恭，言之順，君臣有義，父子有親之類，是也。是乃民所執之常性，故其情無不

○行義。朱子曰：人之資稟，自有柔德勝者，有剛德勝者，如范文正鄭富公輩，是以剛得勝；如范忠宣、范得夫、趙清獻、蘇子容，是以柔德勝。只他却柔得好，如山甫令儀令

好此美德者，而況天之監視有周，能以昭明之德感格于下，故保祐之，而爲之生此賢佐，曰仲山甫焉。則所以鍾其秀氣而全其美德者，又非特如凡民而已也。昔孔子讀詩至此，而贊之曰：「爲此詩者，其知道乎！故有物必有則，民之秉彝也，故好是懿德。」而孟子引之，以證性善之說，其旨深矣。讀者其致思焉。

○中山甫之德，柔嘉維則。令儀令色，小心翼翼。古訓是式，威儀是力。天子是若，明命使賦。

賦也。嘉，美。令，善也。儀，威儀也。色，顔色也。翼翼，恭敬貌。古訓，先王之遺典也。式，法。力，勉。若，順。賦，布也。○東萊呂氏曰：柔嘉維則，不過其則也。過其則，斯爲弱，不得謂之柔嘉矣。令儀令

色小心翼翼恭敬是柔
但其守自有常子不
是一向柔去

○疏義云太保乃山
甫之世官故曰纘戎
祖考此正召康公舊
職康公姬姓仲山甫
乃其裔也保王躬者
是居王左右啓心沃
心匡德輔德使王之
德日益高大者乃所
以保其身體使王身
日益堅固也

色小心翼翼言其表裏柔嘉也古訓是式威
儀是力言其學問進脩也天子是若明命使
賦言其發而措之事業也
此章蓋備舉仲山甫之德

○王命仲山甫式是百辟音璧纘戎祖考王躬
是保出納王命王之喉舌賦政于外四方爰
發 叶方月反○賦也式法戎女也王躬是保
所謂保其身體者也然則仲山甫蓋以冢
宰兼大保而大保抑其世官也與出承而布
之也納行而復之也喉舌所以出言也發發
而應之也○東萊呂氏曰仲山甫之職外則
總領諸侯内則輔養君德入則典司政本出
則經營四方此章蓋
備舉仲山甫之職

○衍義昆湖曰。諸侯治國之政。有善否。山甫則鑒別惟精。知其善而當以王命褒勸之。知其不善而申王命以戒敕之。正書所謂旌別淑慝也。徽弦省卷依此說。

○肅肅王命。仲山甫將之。邦國若否。音鄙仲山甫明之。叶謨郎反既明且哲。以保其身。夙夜匪解。音懈以事一人。

賦也。肅肅。嚴也。將。奉行也。若。順也。順否。猶臧否也。明。謂明於理。哲。謂察於事。保身。蓋順理以守身。非趨利避害而偷以全軀之謂也。解。怠也。一人。天子也。

○人亦有言。柔則茹音汝之。剛則吐之。維仲山甫。柔亦不茹。剛亦不吐。不侮矜音鰥寡。叶果五反不畏彊禦。

賦也。人亦有言。世俗之言也。茹。納也。不茹柔。故不侮矜寡。不吐剛。故不畏彊禦。以此觀之。則仲山甫之柔嘉。非軟美之謂。而其保身。未嘗枉道以徇人。可知矣。

○衍義荆川曰一日二日有萬幾。有未善便是闕。補之是能審心沃心彌縫贊衮。以狀之于無過之地。非務心之謂也。玩職字可見。此說亦好。

○删補云首章推山甫之生異於凡民。二章至六章。詳其德業之隆。末二章則表其職齊之心。而送已贈言之意也

○人亦有言德輶音酉如毛民鮮上聲克舉之。我儀圖叶丁五反之維仲山甫舉之愛莫助叶牀五反之。衮職有闕維仲山甫補之。賦也。輶輕。儀度。圖謀也。衮職。王職也。天子龍衮。不敢斥言王闕。故曰衮職有闕也。○言人皆言德甚輕而易舉。然人莫能舉也。我於是謀度其能舉之者。則惟仲山甫而已。是以心誠愛之。而恨其不能有以助之。蓋愛之者秉彝好德之性也。而不能助者。能舉與否。在彼而已。固無待於人之助。而亦非人之所能助也。至於王職有闕失。亦維仲山甫獨能補之。蓋惟大人。然後能格君心之非。未有不能自舉其德。而能補君之闕者也

○行義云此詩仲山甫城齊而作前六章言其德藝職如此則城齊之役特易易耳然在仲山甫之心則以其事出于王命尤且以往人貴重爲憂故有靡及之懷下章始言其作誦正以教上章之意而慰其懷也

○仲山甫出祖四牡業業征夫捷捷每懷靡及（叶極業反）四牡彭彭（叶鋪郎反）八鸞鏘鏘王命仲山甫城彼東方

賦也。祖行祭也。業業健貌。捷捷疾貌。東方齊也。傳曰古者諸侯之居逼隘則王者遷其邑而定其居蓋去薄姑而遷於臨菑也。孔氏曰史記齊獻公元年徙薄姑都治臨菑。計獻公當夷王之時與此傳不合豈徙於夷王之時至是而始備其城郭之守歟。

○四牡騤騤（音逵）八鸞喈喈（音皆叶居奚反）仲山甫徂齊式遄其歸吉甫作誦穆如清風（叶孚愔反）仲山

○行義嶧山日此章八見山甫承王命之重而將之吉甫知發友

之忠而慰之。一時中外之臣皆足以佐宣王中興之業者寔惜乎宣王剛心弗繼不免非山甫之諫此業之所以弗克終歟

甫永懷以慰其心 賦也。式遄其歸，不欲其久於外也。穆，深長也。清風，清微之風，化養萬物者也。以其遠行而有所懷思，故以此詩慰其心焉。曾氏曰：賦政于外，雖仲山甫之職，然保王躬、補王闕，尤其所急。城彼東方，其心永懷，蓋有所不安者。尹吉甫深知之，作誦而告以遄歸，所以安其心也。

烝民八章章八句

奕奕梁山維禹甸之有倬其道韓侯受命王親命之纘戎祖考無廢朕命夙夜匪解 音懈叶訖力反 虔共爾位朕命不易榦 音幹 不庭方以佐戎

○衍義云按左傳邗晉應韓武之穆也是韓侯之先乃武王之子也其封當在成王時

○同傳該曰纘戎祖考欲其無忝于親也無廢朕命欲其無負于君也夙夜匪解勉之以勤虔共爾位勉之以敬朕命不易示之以信幹不庭方以佐戎辟勸之以忠甚得詩意

辟音壁○賦也奕奕大也梁山韓之鎮也今在同州韓城縣甸治也倬明貌韓國名侯爵武王之後也受命蓋即位除喪以士服入見天子而聽命也纘繼戎汝也言王錫命之使繼世而爲諸侯也虔敬易改辟止也不庭方不來庭之國辟君也此又戒之以脩其職業之詞也○韓侯初立來朝始受王命而歸詩人作此以送之序亦以爲尹吉甫作今未有據下篇云召穆公凡伯者放此

○四牡奕奕孔脩且張韓侯入覲以其介圭入覲于王王錫韓侯淑旂綏章簟茀錯衡叶戶郎反玄袞赤舄鉤膺鏤音漏鍚音羊鞹音廓鞃弘淺幭音覓

○行義曹氏曰周官典瑞五等諸侯各執其圭璧以朝覲宗遇會同于王既覲則王班而復之乃以車馬

旂服賜之如下文所云也

○行義謝登出日申伯之行王親餞之韓侯之行王使顯父餞之禮有差等也

鞗音條革金厄叶於栗反○賦也脩長張大也介圭封圭執之爲贄以合瑞于王也淑善也交龍曰旂綏章染鳥羽或旄牛尾爲之注於旂竿之首爲表章者也鏤刻金也馬眉上飾曰鍚今當盧也鞹去毛之革也鞃式中也謂兩較之間横木可憑者以鞹持之使牢固也淺虎皮也幭覆式也字一作幦又作幎以有毛之皮覆式上也鞗革轡首也金厄以金爲環纒搤轡首也

○韓侯出祖出宿于屠顯父音甫餞之清酒百壺其殽維何炰音庖鼈鮮魚其蔌音速維何維筍音笋及蒲其贈維何乘去聲馬路車籩豆有且音疽

○解頤新語云晉侯居翼謂之翼侯晉人納諸鄂謂之鄂侯鄭叔段居京謂之京城大叔及出奔謂之共叔其皆汾王之類乎

侯氏燕胥。賦也。既覲而反國、必祖者、尊其所往、去則如始行焉。屠地名。或曰即杜也。顯父周之卿士也。蔌菜殽也。筍竹萌也。蒲蒲蒻也。其多貌。侯氏覲禮諸侯來朝者之稱。胥相也。或曰語辭。

○韓侯取去聲妻、汾音焚王之甥、蹶音媿父音甫之子。叶獎里反韓侯迎去聲止、于蹶之里。百兩音亮又如字彭彭、叶鋪郎反八鸞鏘鏘。不顯其光。諸娣音第從之、祁祁如雲。韓侯顧之、爛其盈門。叶眉貧反○賦也。此言韓侯既覲而還、遂以親迎也。汾王厲王也。厲王流于彘、在汾水之上。故時人以目王焉。猶言莒郊

○行義韓氏曰上章言韓侯之迎韓姞有以當其心此章言韓姞之歸韓國有以適其意男女相稱夫婦咸和則家道正矣

公黎比公也。蹶父周之卿士。姞姓也。諸娣諸侯一娶九女二國媵之皆有娣姪也。祁祁徐靚也。如雲衆多也。

○蹶父孔武靡國不到爲去聲韓姞音佶相去聲攸莫如韓樂音洛叶力告反孔樂韓土川澤訏訏音許魴鱮甫甫麀鹿噳噳音語有熊有羆有貓苗茅二音有虎慶既令居叶斤御斤於二反韓姞燕譽叶羊如羊諸二反○賦也。韓姞蹶父之子韓侯妻也。相攸擇可嫁之所也。訏訏大也。甫甫大也。噳噳衆也。貓似虎而淺毛。慶喜。令善也。喜其有此善居也。燕安。譽樂也。

○衍義謝氏曰高城深池可以固國徹田爲糧可以足國宣王爲邊方慮亦詳矣

○刪補云首章韓侯受命而承王命之重二章錫予之隆三章餞贈之厚四五章婚姻之樂末章又述王命之意欲其繼世業而脩職業而與首章應也

○溥彼韓城燕平聲師所完以先祖受命因時百蠻王錫韓侯其追其貊音麥奄受北國因以其伯實墉實壑實畝實籍獻其貔音毗皮赤豹黃羆

賦也溥大也燕召公之國也師衆也追貊夷狄之國也墉城壑池籍稅也貔猛獸名○韓初封時召公爲司空王命以其衆爲築此城如召伯營謝山甫城齊春秋諸侯城邢城楚丘之類也王以韓侯之先因是百蠻而長之故錫之追貊使爲之伯以脩其城池治其田畝正其稅法而貢其所有於王也

韓奕六章章十二句

○衍義云此詩以平淮夷爲主其大旨只是一个出師以伐淮夷故曰總叙其事二章之疆理乃既伐之後又命之如此亦平淮夷之一事耳不可謂總叙其事兼疆理說也

江漢浮浮武夫滔滔叶他侯反匪安匪遊淮夷來求既出我車既設我旟匪安匪舒淮夷來鋪

賦也浮浮水盛貌滔滔順流貌淮夷夷之在淮上者也鋪陳也陳師以伐之也○宣王命召穆公平淮南之夷詩人美之此章總序其事言行者皆莫敢安徐而曰吾之來也惟淮夷是求是伐耳

○江漢湯湯音傷武夫洸洸音光經營四方告成于王四方既平王國庶定叶唐丁反時靡有爭叶甾陘反王心載寧

賦也洸洸武貌庶幸也○此章言既伐而成功也

○同云疏義云淮南者四方之一也一隅有驚天下不定故征伐淮夷者所以經營四方也方山日遐依丁方俱亂四方不平之亂此亦疏義之意

○衍義云：疆者如夫九爲井，井十爲通也。理者如井間有溝通，間有溝洫也。

○衍義云：此追述王命召公之詞，以終上章經營疆理之事，而起下章所叙賞賜之事。此劉氏說方山南

○江漢之滸音虎王命召虎式辟音闢四方徹我疆土匪疚匪棘王國來極于疆于理至于南海叶虎委反○賦也。虎，召穆公名也。辟與闢同。徹，井其田也。疚，病。棘，急也。極，中之表也。居中而爲四方所取正也。○言江漢既平，王又命召公闢四方之侵地，而治其疆界，非以病之，非以急之也，但使其來取正於王國而已。於是遂疆理之，盡南海而止也。

○王命召虎來旬來宣文武受命召公維翰叶胡千反無曰予小子叶獎里反召公是似叶養里反肇敏戎公用錫爾祉上。賦也。旬，徧。宣，布也。自江漢之滸言之，故曰來。召公，召康公

合皆從之

○衍義蔡氏曰賜爵祿必于大廟王制九命然後賜圭瓚秬鬯孔氏曰名山大川不以封諸侯有大功德乃賜之

奭也。翰幹也。予小子王自稱也。肇開。戎汝。公功也。○又言王命召虎來此江漢之滸徧治其事以布王命。而曰昔文武受命。惟召公爲楨幹。今女無曰以予小子之故也。但自爲嗣女召公之事耳。能開敏女功。則我當錫女以祉福。如下章所云也

○釐音離爾圭瓚才旱反秬音巨鬯音暢一卣音酉告于文人。錫山土田。叶地因反于周受命。叶滿并反自召祖命。虎拜稽首。天子萬年。叶彌因反○賦也。釐賜。卣尊也。文人先祖之有文德者。謂文王也。周岐周也。召祖穆公之祖康公也。○此序王賜召公策命之詞言錫爾圭瓚秬鬯者。使之以祀其先祖。又告于文人而錫之山川土田。以廣其封邑。蓋古者

○刪補云首章叙其出師之事。二章美命經營而成功。三章美命釐理而成功。四章述王有報功之意。五章至末則王之厚於酬功而虎之忠於奉命也。

○衍義輔氏曰召公本以平淮夷而受賜。今乃不言武功而但頌天子陳文德以治四方之國。則用兵豈聖人之得已。而穆公愛君之忠誠亦至矣。

爵人必於祖廟。示不敢專也。又使往受命於岐周。從其祖康公受命於文王之所。以寵異之。而召公拜稽首以受王命之策書也。人臣受恩無可以報謝者。但言使君壽考而已。

○虎拜稽首。對揚王休。叶虛久反作召公考。叶去久反天子萬壽。叶殖酉反明明天子。叶獎里反令聞不已。矢其文德。洽此四國。叶越逼反○賦也。對答。揚稱。休美。考成。矢陳也。○言穆公既受賜。遂答稱天子之美命。作康公之廟器。而勒王策命之詞。以考其成。且祝天子以萬壽也。古器物銘云。郘拜稽首。敢對揚天子休命。用作朕皇考龔伯尊敦。郘其眉壽萬年無疆。語正相類。但彼自祝其壽。而此祝君壽耳。既又美其君之令聞。而進之以不已。勸

其君以文德而不欲其極意於武功古人愛君之心於此可見矣

江漢六章章八句

赫赫明明王命卿士叶音所南仲大音泰祖大師皇父音甫整我六師以脩我戎叶音汝既敬既戒

叶訖力反惠此南國叶越逼反○賦也卿士即皇父之官也南仲見出車篇大祖始祖也大師皇父之兼官也我爲宣王之自我也戎兵器也○宣王自將以伐淮北之夷而命卿士之謂南仲爲大祖兼大師而字皇父者整治其從行之六軍脩其戎事以除淮夷之亂而惠此南方之國詩人作此以美之必言南仲大祖者稱其世功以美大之也

○衍義云詩中無常武二字特以名篇有二義有常德以立武則可以武爲常則不可故有美有戒

○衍義徽菴曰留，如孔明平孟獲而議者欲留兵以鎭之，孟宿兵以厭其心也。處，如王全斌平蜀而師遷延不還，卽所謂師之所處荆棘生焉者也。故必不留不處，然後三農得以就緒也。

○王謂尹氏，命程伯休父，左右陳行，音杭 戒我師旅，率彼淮浦，省此徐土，不留不處，三事就緒。音序 ○賦也。尹氏，吉甫也，蓋爲內史，掌策命卿大夫也。程伯休父，周大夫。三事，未詳。或曰：三農之事也。○言王詔尹氏策命程伯休父爲司馬，使之左右陳其行列，循淮浦而省徐州之土，蓋伐淮北徐州之夷也。上章旣命皇父，而此章又命程伯休父者，蓋王親命大師以三公治其軍事，而使內史命司馬以六卿副之耳。

○赫赫業業，叶宜却反 有嚴天子。王舒保作，匪紹匪遊。徐方繹騷，叶蘇侯反 震驚徐方。如雷如霆，徐

○老子經上德不德章第三十八云上礼爲之而莫之應則攘臂而仍之

方震驚。賦也。赫赫、顯也。業業、大也。嚴、威也。天子自將其威可畏也。王舒保作未詳其義。或曰舒、徐。保、安。作、行也。言王師舒徐而安行也。紹、糾緊也。遊、遨遊也。繹、連絡也。騷、擾動也。○夷厲以來周室衰弱、至是而天子自將以征不庭、其師始出、不疾不徐而徐方之人皆已震動、如雷霆作於其上、不遑安矣。

○王奮厥武、如震如怒。叶暖五反 進厥虎臣、闞音喊如虓音孝虎。鋪音平聲敦淮濆、音汾仍執醜虜。截彼淮浦、王師之所。賦也。進、鼓而進之也。闞、奮怒之貌。虓、虎之自怒也。鋪、布也。布其師旅也。敦、厚也。厚集其陳也。仍、就也。老子曰攘臂而仍之。截、截然不可犯之貌。

○輔氏曰：首章親命大師以治軍事，二章策命司馬以副軍職，三章在道而威可畏，四章至徐而兵無敵，五章極稱王師之盛，末以服遠而歸功于王道，亦見兵威非可徒恃之意也。

○衍義云：來者歸附之意，同者集合之意。來與同要本心上服說。此皆王猶之信實孚之，而又兼之以赫業之王靈使然，故曰

○王旅嘽嘽，音灘 如飛如翰，如江如漢，如山之苞，叶鋪鉤反 如川之流。緜緜翼翼，不測不克，濯征徐國。叶越逼反 ○賦也。嘽嘽，衆盛貌。翰，羽。苞，本也。如飛如翰，疾也。如江如漢，衆也。如山，不可動也。如川，不可禦也。緜緜，不可絕也。翼翼，不可亂也。不測，不可知也。不克，不可勝也。濯，大也。

○王猶允塞，徐方既來。叶六直反 徐方既同，天子之功。四方既平，徐方來庭。徐方不回，王曰還歸。叶古回反 ○賦也。猶，道。允，信。塞，實。庭，朝。回，違也。還歸，班師而歸也。○前篇召公帥師

天子之功此見得雖三公又下治軍事司馬之戒嚴師旅亦且可以制勝而未必服其心如此也

○小序云瞻卬凡伯刺幽王大壞也

以出歸告成功並以備載其褒賞之詞此篇王實親行故於卒章反復其詞以歸功於天子言王道甚大而遠方懷之非獨兵威然也序所謂因以爲戒者是也

常武六章章八句

瞻卬音仰昊天則不我惠孔塡不寧降此大厲邦靡有定士民其瘵音債叶側例反蟊音牟賊蟊疾靡有夷屆音戒叶居氣反罪罟不收靡有夷瘳音抽賦也○塡久厲亂瘵病也蟊賊害苗之蟲也疾害夷平屆極罟網也○此刺幽王嬖褒姒任奄人以致亂之詩首言昊天不惠而降亂無所歸咎之詞也蘇氏曰國有所定則民受其福無所

定則受其病於是有小人爲之蟊賊刑罪爲之網罟凡此皆民之所以病也

○人有土田女音汝反有之酉由二音人有民人女覆奪之此宜無罪女反收之殖酉殖由二音彼宜有罪女覆說之音脫賦也反覆收拘說赦也

○哲夫成城哲婦傾城懿厥哲婦爲梟爲鴟婦有長舌維厲之階叶居奚反亂匪降自天叶鐵因反生自婦人匪教匪誨叶呼位反時維婦寺賦也哲知也城猶國也哲婦蓋指褒姒也傾覆懿美也梟鴟惡聲之鳥也長舌能多言者也階梯也寺奄

○衍義孔氏曰奄人周禮司刑誅男女不以義交者其刑宮奄積氣閉藏者內門則用奄以守之

人也。○言男子正位乎外爲國家之主故有知則能立國婦人以無非無儀爲善無所事哲哲則適以覆國而已故此懿美之哲婦而反爲梟鴟蓋以其多言而能爲禍亂之梯也。若是則亂豈眞自天降如首章之説哉特出此婦人而已蓋其言雖多而非有敎誨之益者是惟婦人與奄人耳豈可近哉上文但言婦人之禍末句兼以奄人爲言蓋二者常相倚而爲奸不可不并以爲戒也歐陽公嘗言宦者之禍甚於女寵其言尤爲深切有國家者可不戒哉

○鞫人忮（音志）忒譖（音僣）始竟背（音佩叶必墨反）。豈曰不極伊胡爲慝。如賈（音古）三倍君子是識。婦無公

○衍義云書曰牝雞無晨牝雞之晨惟家之索婦人休其蠶織而干預朝政其智辨巧詐又足以濟之則朝廷之上惡有清明之期此國事之所以日非也

○衍義輔氏曰夷狄者陰類也自古寵任婦人者多致夷狄之禍危亂之君大抵不

事休其蠶織賦也鞫窮忮害忒變也譖不信也竟終背反極已慝惡也賈居貨者也三倍獲利之多也公事朝廷之事蠶織婦人之業○言婦寺能以其智辯窮人之言其心忮害而變詐無常既以譖妄倡始於前而終或不驗於後則亦不復自謂其言之放恣無所極已而反曰是何足爲慝乎夫商賈之利非君子之所宜識如朝廷之事非婦人之所宜與也今賈三倍而君子識其所以然婦人無朝廷之事而舍其蠶織以圖之則豈不爲慝哉

○天何以刺叶音砌何神不富叶方味反舍音捨爾介狄維予胥忌不弔不祥威儀不類人之云亡

忽其所當忽而惟忌
忠臣義士之正己者此
其所以淪胥于滅亡
也
○衍義云國語晉獻
公伐驪戎獲驪姬歸
史蘇氏曰有男戎必
有女戎晉以男戎勝
戎而戎亦必以女戎
勝晉歐陽氏曰女色
之惑不幸而不悟則
禍斯及矣使其一悟
辨而去之可也宦者
之為禍雖欲悔悟而
勢有不得去也唐昭
宗之事是已今史蘇
欧陽二說觀之幽王
欲不亡得乎

邦國殄瘁○賦也刺責介大胥相弔閔也○言
天何用責王神何用不富王哉凡
以王信用婦人之故也是必將有夷狄之大
患今王舍之不忌而反以我之正言不諱爲
忌何哉夫天之降不祥庶幾王懼而自脩今
王遇災而不恤又不謹其威儀又無善人以
輔之則國之殄瘁宜矣或曰介
狄即指婦寺猶所謂女戎者也
○天之降罔維其優矣人之云亡心之憂矣
天之降罔維其幾矣人之云亡心之悲矣賦也
罔罟優多幾近也蓋承上章
之意而重言之以警王也
○觱音必沸音弗檻胡覧反泉維其深矣心之憂矣

○刪補云首一章時政之亂三四章著婦寺之惡所以致亂五六章傷王之不能救亂末則望王以救之也

寧自今矣不自我先不自我後叶下五反藐藐昊天無不克鞏叶音古無忝皇祖式救爾後興也泉之涌觀檻泉正出者藐藐高遠貌鞏固也○言泉水瀵湧上出其源深矣我心之憂亦非適今日然也然而禍亂之極適當此時蓋已無可爲者惟天高遠雖若無意於物然其功用神明不測雖危亂之極亦無不能鞏固之者幽王苟能改過自新而不忝其祖則天意可回來者猶必可救而子孫亦蒙其福矣

瞻卬七章三章章十句四章章八句

旻天疾威天篤降喪去聲叶桑郎反瘨音顛我饑饉民

○衍義輔氏曰此與
瞻卬首章同意皆極
言其亂也

卒流亡我居圉卒荒賦也篤厚瘨病卒盡
也居國中也圉邊陲
也○此刺幽王任用小人
以致饑饉侵削之詩也

○天降罪罟蟊賊內訌音紅昏椓音卓靡共音恭潰
潰回遹實靖夷我邦叶卜工反○賦也訌潰
也昏椓昏亂椓喪之人
也共與恭同一説與供同謂共其職也潰潰
亂也回遹邪僻也靖治夷平也○言此蟊賊
昏椓者皆潰亂邪僻之人而王
乃使之治平我邦所以致亂也

○皐皐訿訿音紫曾不知其玷音店兢兢業業孔
塡不寧我位孔貶賦也皐皐頑慢之意訿訿
務為謗毀也玷缺也塡久

○衍義黃氏曰小人之不可用亦明矣而臨亂之君所以必用之者蓋寔不知其惡耳然
亦是皐皐訿訿者善于悅人以自蓋故也立亂之朝而獨戒敬恐懼其及而不寧則豈獨立
哉終必為人所擠排也

○衍義首卷曰胡不自替昔之不自強者今當自強而昔之孔貶者欲復其位也

○同朱子曰糲米一斛治而成粺則九斗

也。○言小人在位所爲如此。而王不知其缺。至於戒敬恐懼甚久而不寧者。其位乃更見貶黜。其顛倒錯亂之甚如此。

○如彼歲旱草不潰茂。如彼棲音西苴。七如反我相去聲此邦。無不潰止。賦也。潰遂也。棲苴水中浮草棲於木上者。言枯槁無潤澤也。相視。潰亂也。

○維昔之富不如時。維今之疚不如茲。彼疏斯粺。音敗胡不自替。職兄音況斯引。賦也。時是。疚病也。疏糲也。粺則精矣。替廢也。兄怳同。引長也。○言昔之富未嘗若是之疚也。而今之疚又未有若此

矣

之甚也彼小人之與君子如疏與稗其分審
矣而曷不自替以避君子乎而使我心事爲
此故至於愴怳引
長而不能自已也
○池之竭矣不云自頻泉之竭矣不云自中
叶諸溥斯害矣職兄斯弘不烖我躬叶姑弘
仍反 ○賦
也頻厓溥廣弘大也○池水之鍾也泉水之
發也故池之竭由外之不入泉之竭由内之
不出言禍亂有所從起而今不云然也此其
爲害亦已廣矣是使我心事爲此故至於愴
怳日益弘大而憂之曰
是豈不烖及我躬也乎
○昔先王受命有如召公日辟音闢國百里今

○衍義陳定宇曰此詩及前篇末皆有眷眷望治之意蓋前詩望其改過而無忝皇祖此詩
望其改圖而擢用善人審如是則否亢可泰危亡可安也豈有犬戎之禍哉

○同劉氏曰此詩之次居變雅之終而第七章又居此詩之終惓惓然有懷文武召公之志其亦下泉之終變風歟

○輯補云首章言天之降亂二章至六章言王之用小人以致亂而此章憂末則傷今思古而深歎王之棄舊也

也日蹙音蹴國百里於音烏乎音呼哀哉維今之人不尚有舊叶巨已反○賦也先王文武也召公康公也辟開蹙促也文王之世周公治內召公治外故周人之詩謂之周南諸侯之詩謂之召南所謂日辟國百里云者言文王之化自北而南至於江漢之間服從之國日以益衆及虞芮質成而其旁諸侯聞之相帥歸周者四十餘國焉今謂幽王之時促國蓋犬戎內侵諸侯外畔也又歎息哀痛而言今世雖亂豈不猶有舊德可用之人哉言有之而不用耳

召旻七章四章章五句三章章七句因其首章稱旻天卒章稱召公故謂之召旻以別小旻也

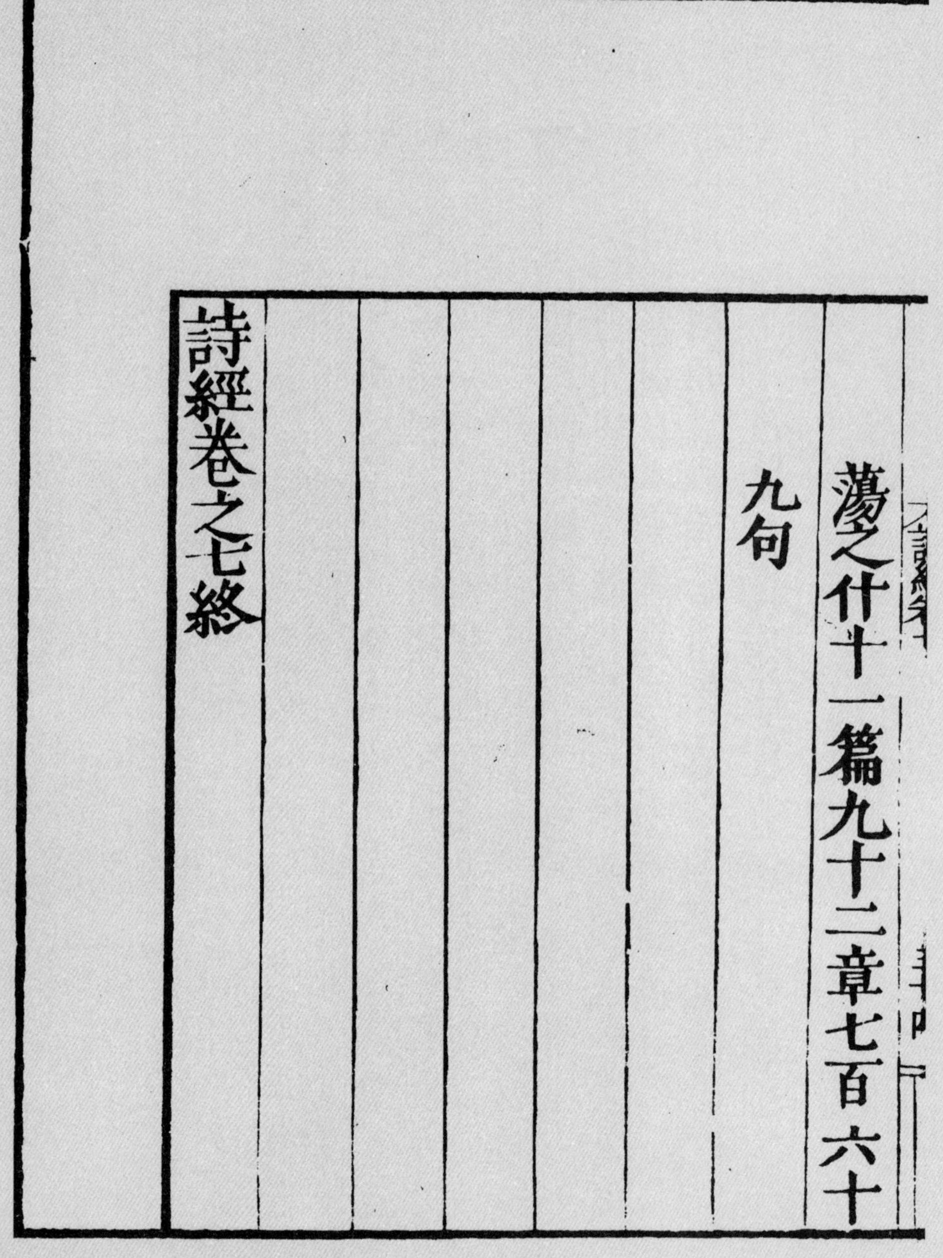

蕩之什十一篇九十二章七百六十九句

詩經卷之七終

再刻頭書詩經集註

八

○衍義朱子曰：周公相成王，天下既平，作爲樂章，薦之郊廟，所謂頌也。孔氏曰：記有之，升歌清廟。然則祭宗廟之盛，歌文王之德，莫重于清廟，故爲周頌之首。

詩經卷之八　朱熹集傳

頌四

頌者，宗廟之樂歌。大序所謂美盛德之形容，以其成功告于神明者也。蓋頌與容古字通用，故序以此言之。周頌三十一篇，多周公所定，而亦或有康王以後之詩。魯頌四篇，商頌五篇，因亦以類附焉。凡五卷。

周頌清廟之什四之一

於音烏穆清廟，肅雝顯相。去聲濟濟上聲多士，秉文之德。對越在天，駿奔走在廟。不顯不承，無射音亦於人斯。

賦也。於，歎辭。穆，深遠也。清，清靜也。肅，敬。雝，和。顯，明。相，助也。謂助祭之

○疏云廟有門堂寢室牆宇四面其深邃清靜可知

〇[illegible]補云此則在廟之人心皆體文之德以奉文之祭而因以見文德之至盛也

〇書洛誥篇敘之

公卿諸侯也濟濟衆也多與祭執事之人也越於也駿大而疾也承尊奉也斯語辭○文此周公既成洛邑而朝諸侯因率之以祀文王之樂歌言於穆哉此清靜之廟其助祭之公侯皆敬且和而其執事之人又無不執行文王之德既對越其在天之神而又駿奔走其在廟之主如此則是文王之德豈不顯乎豈不承乎信乎其無有厭斁於人也

清廟一章八句 書稱王在新邑烝祭歲文王騂牛一武王騂牛一實周公攝政之七年而此其升歌之辭也書大傳曰周公升歌清廟苟在廟中嘗見文王者愀然如復見文王焉樂記曰清廟之瑟朱弦而疏越壹倡而三歎有遺音者矣鄭氏曰朱弦練朱弦練則聲濁越瑟底孔也疏之使聲遲也倡

○行義嚴氏曰凡言聖人如天者以此擬彼天與聖人猶爲二也此詩但以天命之不已與文德之純對立而並言之蓋有不容擬議者正是贊文德之盛也

○同鄭氏曰自孫之下皆稱曾孫○詁爾

發歌句也三嘆三人從嘆之耳漢因秦樂乾豆上奏登歌獨上歌不以筦絃亂人聲欲在位者徧聞之猶古清廟之歌也

維天之命於音烏穆不已於同上乎音呼不顯文王之德之純

賦也天命即天道也不已言無窮也純不雜也○此亦祭文王之詩言天道無窮而文王之德純一不雜與天無間以贊文王之德之盛也子思子曰維天之命於穆不已蓋曰天之所以爲天也於乎不顯文王之德之純蓋曰文王之所以爲文也純亦不已程子曰天道不已文王純於天道亦不已純則無二無雜不已則無間斷先後

假以溢我我其收之駿惠我文王曾孫篤之

宣字宜玩見責之不答也

○删補云上節費文德之盛下節欲致世守之意也

○衍義云此章首句文平而意串與詠紀綱法度之安天下者而言有成謂治功成也兼創業守成讀禎字根有成來

何之爲假聲之轉也恤之爲溢字之訛也收受駿大惠順也曾孫後王也篤厚也○言文王之神將何以恤我乎有則我當受之以大順文王之道後王又當篤厚之而不忘也

維天之命一章八句

維清緝熙文王之典肇禋音因迄音肸用有成維周之禎

賦也清清明也緝續熙明肇始禋祀迄至也○此亦祭文王之詩言所當清明而緝熙者文王之典也故自始祀至今有成實維周之禎祥也然此詩疑有闕文焉

維清一章五句

烈文辟音璧公錫茲祉福惠我無疆子孫保之

〇衍義云詩柄獻字即儀禮賓三獻尸之後主人酬酒獻賓此是獻酬時所歌也

〇刪補云前二節歸其有助祭之功而示以報功之意末節則致戒飭勸勉之意也

義云此節上二句乃引起之詞輕看重下報功意

〇同云此節上四句言道德之彊顯下是以先王之感人驗之前王包文武在內勿用出不忘是思念追

賦也。烈，光也。辟公，諸侯也。〇此祭於宗廟而獻助祭諸侯之樂歌。言諸侯助祭，使我獲福，則是諸侯錫此祉福而惠我以無疆，使我子孫保之也。

無封靡于爾邦。維王其崇之。念茲戎功。繼序其皇之。

封靡之義未詳。或曰：封，專利以自封殖也。靡，汰侈也。崇，尊尚也。戎，大。皇，大也。〇言汝能無封靡于汝邦，則王當尊汝。又念汝有此助祭錫福之大功，則使汝之子孫繼序而益大之也。

無競維人。四方其訓之。不顯維德。百辟其刑之。於乎前王不忘。

於音烏，乎音呼。

又言莫強於人，莫顯於德。先王之德，所以人不能忘者，用此道也。此戒飭而勸勉之也。

念之意即訓刑之人不忘也註用此道篤云識此之故耳未盡道修德而言

○衍義微弦曰履豐鎬之洪基則追念岐陽之啓闢撫蕩平之大業則繹思草昧之經綸此正所謂保之也

中庸引不顯惟德百辟其刑之而曰故君子篤恭而天下平大學引於乎前王不忘而曰君子賢其賢而親其親小人樂其樂而利其利此以沒世不忘也

烈文一章十三句 此篇以公疆兩韻相叶未審當從何讀意亦可互用也

天作高山大音泰王荒之彼作矣文王康之彼徂矣岐有夷之行戶郎反子孫保之○賦也高山謂岐山也荒治康安也岨險僻之意也夷平行路也○此祭大王之詩言天作岐山而大王始治之大王既作而文王又安之於是彼險僻之岨山人歸者衆而有平易之道路子孫當世世

○刪補云此叙大全創業之功而望後人之世守也

○行義微弦曰要知此章專重心字所以脩德基業者在此所以覲光揚烈者在此所以繩人心擬天命者亦在此宥是德之宏深而不淺陋意密是德之靜密而不粗疎

○刪補云此本成王受命之自而著其保命之德也

保守而不失也

天作一章七句

昊天有成命二后受之成王不敢康夙夜基命宥密於音烏緝熙單厥心肆其靖之

賦也。二后文武也。成王名誦武王之子也。基積累於下以承藉乎上者也。宥宏深也。密靜密也。於嘆詞。靖安也。○此詩多道成王之德疑祀成王之詩也。言天祚周以天下既有定命而文武受之矣。成王繼之又能不敢康寧而其夙夜積德以承藉天命者又宏深而靜密是能繼續光明文武之業而盡其心故今能安靖天下而保其所受之命也。國語叔向引此詩而言曰。

○衍義云按明堂位帝居中文士居西南主皆西坐東向東左西右則饌在左而神在右矣古人以右爲尊○紀纘云右字中包享字○儀以爲儀也式以爲式也刑以爲法也

是道成王之德也成王能明文昭定武烈者也以此證之則其爲祀成王之詩無疑矣

昊天有成命一章七句　此康王以後之詩。

我將我享維羊維牛維天其右之　叶音由　賦也將奉享獻右尊也神坐東向在饌之右所以尊之也○此宗祀文王於明堂以配上帝之樂歌言奉其牛羊以享上帝而曰天庶其降而在此牛羊之右乎蓋不敢必也

△儀式刑文王之典日靖四方伊嘏文王　嘏音假　既右享之　叶虚良反　儀式刑皆法也嘏錫福也○言我儀式刑文王之典以靖天下則此能錫福之文王既降而在此之右以享我祭若有以見其必然矣

○刪補云首節言于祭時所薦而與天之享二節言于帝時所格而必文之享末節欲持敬以保天親帝享之意也

△我其夙夜畏天之威于時保之又言天與文王既皆右享我矣則我其敢不夙夜畏天之威以保天與文王所以降鑒之意乎

我將一章十句程子曰萬物本乎天人本乎祖故冬至祭天而以祖配之以冬至氣之始也萬物成形於帝而人成形於父故季秋享帝而以父配之以季秋成物之時也陳氏曰古者祭天於圜丘掃地而行事器用陶匏牲用犢其禮極簡聖人之意以為未足以盡其意之委曲故於季秋之月有大享之禮焉天即帝也郊而曰天所以尊之也故以后稷配焉后稷遠矣配稷於郊亦以尊稷也明堂而曰帝所以親之也以文王配焉文王親也配文王於明

堂亦以親文王也。尊尊而親親，周道備矣。然則郊者古禮，而明堂者周制也，周公以義起之也。東萊呂氏曰：於天維庶其饗之，不敢加一詞焉。於文王則言儀式其典，日靖四方，天不待贊，法文王所以法天也。卒章惟言畏天之威，而不及文王者，統於尊也。畏天所以畏文王也，天與文王一也。

時邁其邦，昊天其子之。賦也。邁，行也。邦，諸侯之國也。周制十有二年王巡守，殷國。柴望祭告，諸侯畢朝。○此巡守而朝會祭告之樂歌也。言我之以時巡行諸侯也，天其子我乎哉，蓋不敢必也。

○衍義云：按周禮：十有二年王巡狩殷國，殷，衆也。周官曰：六年五服一朝，又六年王乃時巡，諸侯各朝于方岳。此周公制禮以后事，此時制未作，况武王克商七年而崩，亦未嘗有十二年在位也。勿泥十二年之說。柴，凡祭曰柴，燔柴以祭天也。望，望秩以祀山川也。五岳四瀆之屬，望而祭之，故曰望。各設于巡狩之方也。

△實右序有周，薄言震之，莫不震疊。懷柔百

○同人云書武成篇曰庚戌柴望大告武成。昭我周王天休震動曰庶邦冢君暨百工受命于周。偃武修文歸馬放牛。建官位事重民五教惇信明義崇德報功可以爲此詩之証。

○劉瑾云首節、時巡而冀天眷。二節、以神人之格驗其眷。末節、以政教之脩永其眷。此武王所爲得保天之道也。

神及河喬嶽。允王維后。右、尊。序、次。震、動。疊、懼。懷、來。柔、安。允、信也。

既而曰。天實右序有周矣。是以使我薄言震之。而四方諸侯莫不震懼。又能懷柔百神以至于河之深廣嶽之崇高。而莫不感格。則是信乎周王之爲天下君矣。

△明昭有周。式序在位。載戢干戈。載櫜弓矢。櫜音高。我求懿德。肆于時夏。允王保之。戢、聚。櫜、韜。肆、陳也。夏、中國也。○又言明昭乎我周也。既以慶讓黜陟之典。式序在位之諸侯。又收斂其干戈弓矢。而益求懿美之德。以布陳于中國。則信乎王之能保天命也。或曰。此詩卽所謂肆夏。以其有肆于時夏之語。而命之也。

○左傳宣公十二年文

○春秋外傳國語也楚語文

○衍義見湖日註中亦字本武王來言天向嘗命武王為君今亦命之使繼武王為君正見其功德之稱也

時邁一章十五句春秋傳曰昔武王克商作頌曰載戢干戈而外傳以為周文公之頌則此詩乃武王之世周公所作也外傳又曰金奏肆夏樊遏渠天子以饗元侯也韋昭注云肆夏一名樊韶夏一名遏納夏一名渠即周禮九夏之二也呂叔玉云肆夏時邁也樊遏執競也渠思文也

執競武王無競維烈不顯成康上帝是皇賦也此祭武王成王康王之詩競強也言武王持其自強不息之心故其功烈之盛天下莫得而競豈不顯哉成王康王之德亦上帝之所君也

△自彼成康奄有四方斤去聲斤其明叶謨郎反○斤

○同自彼節事言成康者蓋武王之德著乎功人皆覩之成康之功蘊於德肅守本平無事人容有不知故專言之

○删補云上節頌三后德下二節叙其祭而受福

○衍義云末二節以樂和禮備立說

斤明之察也。言成康之德明著如此也。

△鐘鼓喤喤音橫磬筦音管將將音鏘降福穰穰音攘

○喤喤和也。將將集也。穰穰多也。言今作樂以祭而受福也。

△降福簡簡威儀反反既醉既飽福祿來反

簡簡大也。反反謹重也。反覆也。言受福之多而愈益謹重。是以既醉既飽而福祿之來反覆而不厭也。

執競一章十四句此昭王以後之詩。國語說見前篇。

思文后稷克配彼天立我烝民莫匪爾極貽

○行義孔氏曰后稷之配南郊與文王之配明堂其義一也而我將言文王享其祭祀不言文王可以配上帝此篇言后稷有德可以配天不言后稷享其祭祀非有異也

○刪補云此頌聖德配天而舉養民之全功以見之也

我來牟帝命率育叶日逼反無此疆爾界叶訖力反陳常于時夏。賦也。思語詞。文言有文德也。立粒。極至也。德之至也。貽遺也。來小麥。牟大麥也。率徧。育養也。○言后稷之德真可配天。蓋使我烝民得以粒食者。莫非其德之至也。且其貽我民以來牟之種。乃上帝之命以此徧養下民者。是以無有遠近彼此之殊。而得以陳其君臣父子之常道於中國也。或曰。此所謂納夏者。亦以其有時夏之語而命之也。

思文一章八句國語說見時邁篇。

清廟之什十篇十章九十五句

周頌臣工之什四之二

○刪補云首節勉農官以成法之當求下節乘天睠以盡人事正成法之所在而爲在公之當敬者也

嗟嗟臣工。敬爾在公。王釐音離爾成。來咨來茹。音孺○賦也。嗟嗟重歎以深勅之也。臣工群臣百官也。公公家也。釐賜也。成成法也。茹度也。○此戒農官之詩。先言王有成法以賜女。女當來咨度也

△嗟嗟保介。維莫音暮之春。亦又何求。如何新畬音余於音烏皇來牟。將受厥明。明昭上帝。迄用康年。命我衆人。庤音時乃錢音剪鎛音博奄觀銍音質艾音刈○保介見月令呂覽。其説不同。然皆爲籍田而言。蓋農官之副也。莫春斗柄建辰。夏正之三月也。畬三歳田也。於皇歎美之詞。來牟麥也。明上帝之明賜也。言麥將熟也。

迄，至也。康年，猶豐年也。衆人，甸徒也。庤，具。錢，銚。鎛，鉏。皆田器也。銍，穫禾短鎌也。又，穫也。○此乃言所戒之事。言三月則當治其新畬矣，今如何哉。然麥已將熟，則可以受上帝之明賜，而此明昭之上帝，又將賜我新畬以豐年也。於是命甸徒具農器，以治其新畬，而又將忽見其收成也。

臣工一章十五句

噫嘻成王，既昭假爾。率時農夫，播厥百穀。駿發爾私，終三十里。亦服爾耕，十千維耦。

○賦也。噫嘻，亦嘆詞也。昭，明。假，格也。爾，田官也。時，是。駿，大。發，耕也。私，私田也。三十里，萬夫之地。四方有川，內方三十三里有奇，言三

○衍義，敷弦曰：鄉遂之地，田不井授，則溝洫之內皆爲私田。率農夫而大發其私田，蓋必域於萬夫者，布溝洫之內也。

○書湯誓篇云王曰格爾衆庶悉聽朕言

○劉補云此本其所受之命而示以所勉之職也

十里舉成數也耦二人並耕也○此連上篇亦戒農官之詞昭假爾猶言格汝衆庶蓋成王始置田官而嘗戒命之也爾當率是農夫播其百穀使之大發其私田皆服其耕事萬人爲耦而並耕也蓋耕本以二人爲耦今合一川之衆爲言故云萬人畢出并力齊心如合一耦也此必鄉遂之官司稼之屬其職以萬夫爲界者溝洫用貢法無公田故皆謂之私蘇氏曰民曰雨我公田遂及我私而君曰駿發爾私終三十里其上下之間交相忠愛如此

噫嘻一章八句

振鷺于飛于彼西雝我客戾止亦有斯容賦也

振群飛貌鷺白鳥雝澤也客謂二王之後夏

○衍義云史記杞世家曰武王求禹後得東樓公封于杞其敗後則初以武庚後成王以殺而命之更封微子于宋有微子之命而德垂後裔殲脩殷祀無非崇德象賢之意其曰作賓王家俾我有周無斁非此詩所謂我客終譽者也

之後杞商之後宋於周爲客天子有事膰焉有喪拜焉者也○此二王之後來助祭之詩言鷺飛于西雝之水而我客來助祭者其容貌脩整亦如鷺之潔白也或曰興也

△在彼無惡在此無斁叶丁故反庶幾夙夜叶羊茹反以永終譽彼其國也在國無惡之者在此無厭之者如是則庶幾其能夙夜以永終此譽矣陳氏曰在彼不以我革其命而有惡於我知天命無常惟德是與其心服也在我不以彼墜其命而有厭於彼崇德象賢統承先王忠厚之至也

振鷺一章八句

○輯補云上節擬其容之美下節言其德之隆皆言客之賢而周人敬愛之意也

○行義云 按禮 天子大蜡八 伊耆氏始爲蜡 蜡也者索也 歲十二月 合聚萬物而索享之 仁之至義之盡也 周人秋冬之報賽 亦猶是也乎

輯釋云 此以豐年之福 歸以于神 見報賽之所由舉也

豐年多黍多稌 音杜 亦有高廩 力錦反 萬億及秭 咨履反 爲酒爲醴 烝畀祖妣 以洽百禮 降福孔皆 叶舉里反

○賦也 稌 稻也 黍宜高燥而寒 稌宜下濕而暑 黍稌皆熟 則百穀無不熟矣 亦 助語辭 數萬至萬曰億 數億至億曰秭 烝 進 畀 予 洽 備 皆 徧也 ○此秋冬報賽田事之樂歌 蓋祀田祖先農方社之屬也 言其收入之多 至於可以供祭祀備百禮 而神降之福將甚徧也

豐年一章七句

有瞽有瞽 在周之庭 ○賦也 瞽 樂官 無目者也 ○序以此爲始作樂而

○衍義云此詩武王既定天下始作樂天子之樂以象先祖功德乃合衆樂以奏于祖廟而樂工歌此以右神也聚隴嶧山合山主此說方山云合祖是作樂以合格乎祖考也若作合奏于祖則合字主樂說與詩柄語氣不協確矣則從此說更詳之

合乎祖之詩所

句總序其事也

〈設業設虡音巨崇牙樹羽應田縣鼓鞉音桃磬柷尺叔反圉音語既備乃奏叶音祖簫管備舉以上叶聲

字○業虡崇牙見靈臺篇樹羽置五采之羽於崇牙之上也應小鞞田大鼓也鄭氏曰田當作朄小鼓也縣鼓周制也夏后氏足鼓殷楹鼓周縣鼓鞉如鼓而小有柄兩耳持其柄搖之則旁耳還自擊磬石磬也柷狀如漆桶以木為之中有椎連底挏之令左右擊以起樂者也圉亦作敔狀如伏虎背上有二十七鉏鋙刻以木長尺櫟之以止樂者也簫編小竹管為之管如篴併兩而吹之者也

○刪補云首二句總敘其事下節備數其音樂之全末節著其聲之和而神人咸感也

○衍義劉安成曰虞賓在位則舜之作樂以此爲盛我有嘉客則商人作樂以此爲盛我
客戾止則周人作樂以此爲盛也

△喤喤音横厥聲肅雝和鳴。先祖是聽。我客戾
止。永觀厥成以上叶庭字○我客。二王後也
之成。獨言二王後者。猶言虞賓在觀。視也。成。樂闋也。如簫韶九成
位。我有嘉客。蓋尤以是爲盛耳。

有瞽一章十三句

猗於宜反與音余漆沮。七余反潛有多魚。有鱣張連反
有鮪。叶于軌反鰷音條鱨音常鰋音偃鯉。以享以祀叶逸織反
以介景福。叶筆力反○賦也。猗與。歎詞。潛。槮。
也。蓋積柴養魚。使得隱藏避寒。因
以薄圍取之也。或曰。藏之深也。鰷。白鰷也。月
令。季冬。命漁師始漁。天子親往。乃嘗魚。先薦

○衍義云大全彭氏
以此詩必言其所興
之地取其所産之物
而薦之以示不忘本
之意抑亦思其所嘗
之意看來此意亦不
妨但時說多不從

○圖補云此薦其時食而獲感神之体也

○衍義云上三句言得人以助祭下一句言薦粢以主祭蓋天子主祭諸侯助祭者也

○同云上二句言諸侯薦牲以助祭下二句言享先王之享祭

寢廟季春薦鮪于寢廟。此其樂歌也。

潛一章六句

有來雝雝與公叶篇內同至止肅肅相息亮反維辟音璧公天子穆穆。賦也。雝雝和也。肅肅敬也。相助祭也。辟公諸侯也。穆穆天子之容也。○此武王祭文王之詩。言諸侯之來皆和且敬。以助我之祭事。而天子有穆穆之容也。

△於音烏薦廣牡相同上予肆祀叶養里反假古雅反哉皇考叶音口綏予孝子叶獎里反○於歎辭。廣牡大牲也。肆陳。假大也。皇考文王也。綏安也。孝子武王自稱也。○言此和敬之諸侯。薦大牲以助我之祭事。而大

○行義云盡人道備君德如何便燕及皇天蓋多人皆天之心惟盡人之道備君德故能安人以燕及皇天

○同云右烈考者禮九獻樂八佾合天下而以父道事之也右文毋者其禮同其樂同合天下而以毋道事之也

哉之文王庶其享之以安我孝子之心也

△宣哲維人文武維后燕及皇天叶鐵因反克昌厥後宣通哲知燕安也○此美文王之德宣哲則盡人之道文武則備君之德故能安人以及于天而克昌其後嗣也蘇氏曰周人以諱事神文王名昌而此詩曰克昌厥後何也曰周之所謂諱不以其名號之故而遂廢其文也諱其名而廢其文者周禮之末失也

△綏我眉壽叶殖酉反介以繁祉既右音又烈考叶音口亦右文毋叶滿彼反○右尊也周禮所謂享右祭祀是也烈考猶皇考也文毋太姒也○言文王昌厥後而安之以眉壽助之以多福使我得以右于烈考文毋也

○周禮春官太祝辨九拜九曰肅拜以享右祭祀

○行義云厥章乃天子所制諸侯所守凡典禮法度皆是但中間損益因革或損不同故來觀其典章而受之龍旂二句時說依禮式作一本講烈光揔美此三句說

○同云此一節孝享重王者身也諸侯不過助之而已

雝一章十六句　周禮樂師及徹帥學士而歌徹說者以爲即此詩論語亦曰以雝徹然則此蓋徹祭所歌而亦名爲徹也。

載見音現辟音璧王曰求厥章龍旂陽陽和鈴央央音秧鞗音條革有鶬音槍休有烈光　載則也。章法度也。交龍曰旂。陽明也。軾前曰和。旂上曰鈴。央央有鶬皆聲和也。休美也。○此諸侯助祭于武王廟之詩。先言其來朝禀受法度其車服之盛如此。

△率見昭考以孝以享　叶虛良反○昭考武王也。廟制太祖居中。左昭右穆。周廟文王當穆武王當昭。故書稱穆考文王而此詩及訪落皆謂武王爲昭考

○輔補云首節美其休德為國之先二節正美其以奉祭末節歸其有錫福之功也

○衍義云此節言獲格先之全福而歸德于諸侯也

○輔補云捴是言其來而挽其去見人愛客之情也

此乃言王率諸侯以祭武王廟也。

△以介眉壽永言保之思皇多祜音戸烈文辟公綏以多福俾緝熙于純嘏叶音古○思語辭皇大也美也。○又言孝享以介眉壽而受多福是皆諸侯助祭有以致之使我得繼而明之以至於純嘏也蓋歸德于諸侯之詞猶烈文之意也。

載見一章十四句

有客有客亦白其馬叶滿補反有萋有且上聲敦音堆琢其旅

賦也。客微子也周既滅商封微子於宋以祀其先王而以客禮待之不敢

〇衍義云此節乃將去而未去故縶其馬愛之不欲其去也宿宿信信雖無復只是一宿一信而已且勿露出留字下節方是留之

〇同云按書微子之命成王既誅武庚乃封微子于宋以奉湯祀此章之所謂淫威即自成王錫之也

臣也。亦謙辭也。殷尚白。脩其禮物。仍殷之舊也。蔞且未詳。傳曰敬慎貌。敦琢選擇也。旅其卿大夫從行者也。〇此微子來見祖廟之詩。而此一節言其始至也。

△有客宿宿有客信信言授之縶音執以縶其馬。一宿曰宿再宿曰信。縶其馬愛之不欲其去也。此一節言其將去也

△薄言追之左右綏之既有淫威降福孔夷追之已去而復還之。愛之無已也。左右綏之言所以安而留之者無方也。淫威未詳。舊說淫大也。統承先王用天子禮樂所謂淫威也。夷易也大也。此一節言其留之也

有客一章十二句

○衍義高氏曰勝殷見其義遏劉見其仁無競之功全在於此

○刪補云此頌武王之功而兼功之所以大也

○左傳宣公十二年以此詩爲大武之首章賚爲第三章桓爲第六章然周頌皆章而已無疊章也

○禮記明堂位曰下管象朱干玉戚冕而舞大武註云象周頌武詩也朱干赤大盾也戚斧也冕冠名

於音烏皇武王無競維烈允文文王克開厥後嗣武受之勝殷遏劉耆定爾功

賦也於歎辭皇大遏止劉殺耆致也○周公象武王之功爲大武之樂言武王無競之功實文王開之而武王嗣而受之勝殷止殺以致定其功也

武一章七句

春秋傳以此爲大武之首章也大武周公象武王武功之舞歌此詩以奏之禮曰朱干玉戚冕而舞大武然傳以此詩爲武王所作則篇內已有武王之謚而其說誤矣

臣工之什十篇十章一百六句

周頌閔予小子之什四之三

○衍義云按成王踐祚特尚在穉穉閔予小子諸篇直是自輔翼者之詞未必其出於成王也

○後漢書李固傳曰堯沒舜仰慕三年坐則見堯於牆食則見堯於羹

閔予小子遭家不造叶徂候反嬛嬛音煢在疚音救於乎音烏呼音呼皇考叶祛候反永世克孝叶呼候反賦也成王免喪始朝于先王之廟而作此詩也閔病也予小子成王自稱也造成也嬛與煢同無所依怙之意疚哀病也匡衡曰煢煢在疚言成王喪畢思慕意氣未能平也蓋所以就文武之業崇大化之本也皇考武王也歎武王之終身能孝也

△念茲皇祖陟降庭叶去聲止維予小子夙夜敬止皇祖文王也承上文言武王之孝思念文王常若見其陟降於庭猶所謂見堯於牆見堯於羹也楚詞云三公揖讓登降堂只與此文勢正相似而匡衡引此句顏注亦云若神明臨其朝庭是也

○輯補云首五句發歎息而嘆先王之孝下則欲勉敬以紹其傳蓋所以就文武之業崇布化之本也

○衍義云玩多難雖不外天命初集人心未固意然此但可以言遭家不造而未可以言多難也當時武庚之事雖未有而頑民未服二叔流言則

△於乎皇王。繼序思不忘。皇王兼指文武也。承上文言。我之所以夙夜敬止者。思繼此序而不忘耳。

閔予小子一章十一句

此成王除喪朝廟所作。疑後世遂以爲嗣王朝廟之樂。後三篇放此。

訪予落止。率時昭考。於乎悠哉。朕未有艾。將予就之。繼猶判渙。維予小子。未堪家多難。難去聲紹庭上下。陟降厥家。休矣皇考。以保明其身。

賦也。訪。問。落。始。悠。遠也。艾。如夜未艾之艾。判。分。渙。散。保。安。明。顯也。○成王既朝于廟。因作

有之矣故方山云精王室新造管蔡流言流謗微滋亦從此說

○刪補云此成王若於道之難繼而必思以善繼之也

○衍義云首句戒其當敬下六言天道以儆懼之正見其所以當敬也

此詩以道延訪羣臣之意言我將謀之於始以循我昭考武王之道然而其道遠矣予不能及也將使予勉強以就之而所以繼之者猶恐其判渙而不合也則亦繼其上下於庭陟降於家庶幾賴皇考之休有以保明吾身而已矣

訪落一章十二句說同上篇

敬之敬之天維顯思叶新夷反命不易去聲哉叶獎黎反無曰高高在上陟降厥士日監在茲叶津之反○賦也顯明也思語辭也士事也○成王受羣臣之戒而述其言曰敬之哉敬之哉天道甚明其命不易保也無謂其高而不吾察當知其聰明畏常若陟降於吾之所爲而無日不

○刪補云上節述臣之勉己以敬下節欲賢盡其敬其功也

○行義云此節上二句謙己之不能敬下言勉學于己而求助于人正欲以盡敬也

臨監于此者不可以不敬也

△維予小子叶獎里反不聰敬止日就月將學有緝熙于光明叶謨郎反佛音弼時仔音兹肩示我顯德行去聲叶户郎反○將進也佛弼通仔肩任也○此乃自爲答之之言曰我不聰而未能敬也然願學焉庶幾日有所就月有所進續而明之以至于光明又賴群臣輔助我所負荷之任而示我以顯明之德行則庶乎其可及爾

敬之一章十二句

予其懲而毖後患莫予荓音俜蜂自求辛螫音釋

○衍義徵毖曰集蓼乃莅祚之初便思天下許多艱事功法度猶未修明禮樂猶未振舉風俗猶未淳厚天災猶未消去等是也或以此只是管蔡之事不知此時管蔡既平何辛苦之可言况謹後事又分明是管蔡以後事

○删補云此成王因管蔡之事而致懲前謹後之意也

肇允彼桃蟲，拚音翻飛維鳥。未堪家多難，去聲予又集于蓼。音了。○賦也。懲，有所傷而知戒也。毖，慎。荓，使也。蜂，小物而有毒。肇，始。允，信也。桃蟲，鷦鷯，小鳥也。拚，飛貌。鳥，大鳥也。鷦鷯之雛化而爲鵰，故古語曰鷦鷯生鵰。言始小而終大也。蓼，辛苦之物也。○此亦訪落之意。成王自言予何所懲，而謹後患乎。荓蜂而得辛螫，信桃蟲而不知其能爲大鳥，此其所當懲者。蓋指管蔡之事也。然我方幼冲，未堪多難，而又集于辛苦之地。羣臣奈何捨我而弗助哉。

小毖一章八句蘇氏曰。小毖者，謹之於小也。謹之於小，則大患無由至矣。

○衍義云此節是申言耕之事與其耕澤澤相應見得男女長幼齊力于耕如此

載芟載柞音窄叶疾各反其耕澤澤音釋叶徒洛反

賦也。除草曰芟。除木曰柞。秋官柞氏掌攻草木是也。澤澤。解散也。

△千耦其耘徂隰徂畛音眞○耘。去苗間草也。隰。爲田之處也。畛。田畔也。

△侯主侯伯侯亞侯旅侯彊侯以有嗿他感反其饁音曄思媚其婦有依其士有略其耜叶養里反俶載南畝叶滿委反○主。家長也。伯。長子也。亞。仲叔也。旅。衆子弟也。彊。民之有餘力而來助者。遂人所謂以彊予任甿者也。能左右之曰以。太宰所謂閒民轉移執事者。若今時傭力之人。隨主人所左右者也。嗿。衆飲食聲也。媚。順。依。愛。士。夫也。言餉婦與耕夫

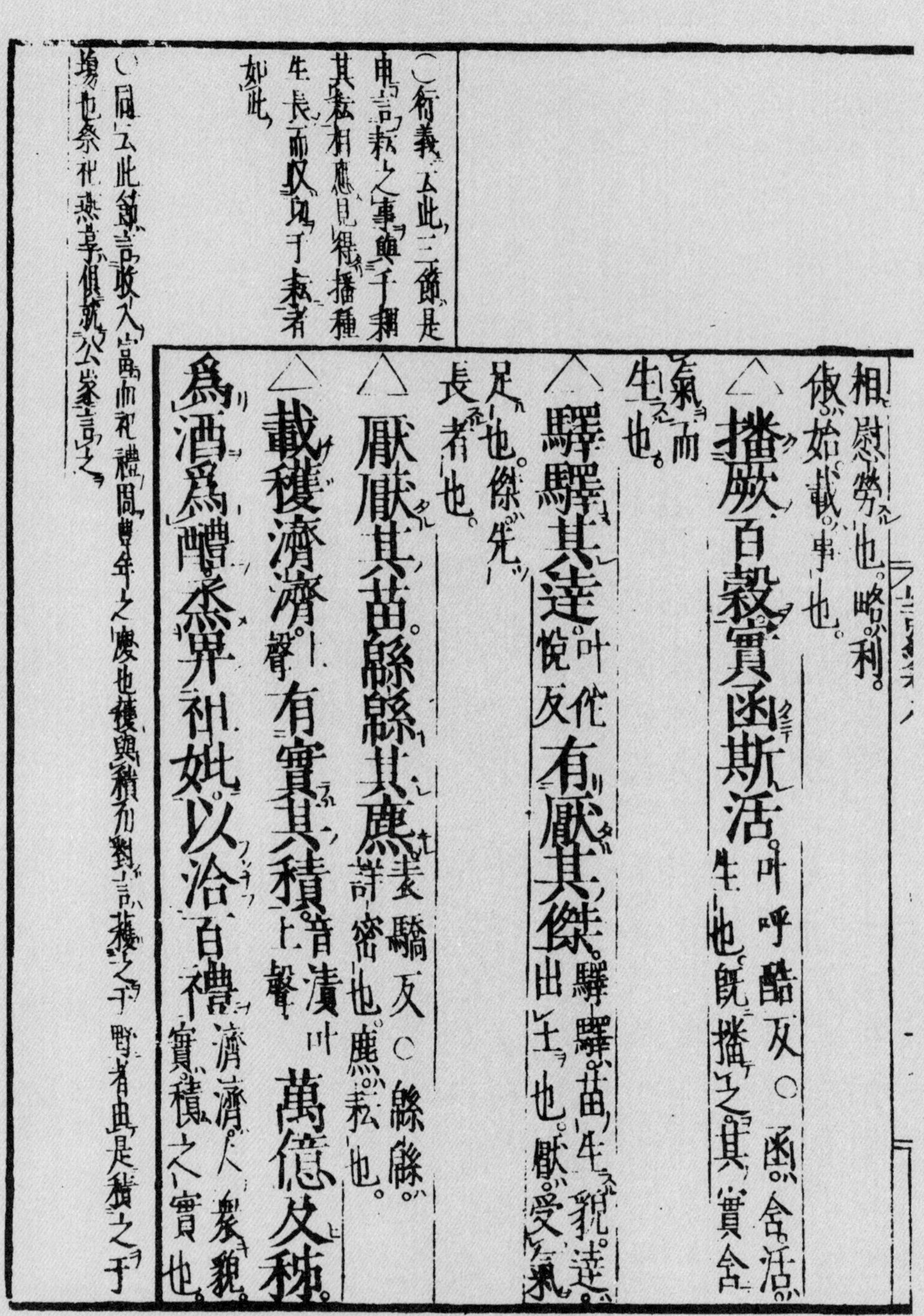

○刪補云、自首節至胡考之寧、詳其盡豐年以獲賽。末節推其由來之遠、見神功之當報也。

○衍義云、末節總挽上節來、振古自周家開國時說、言其由來之遠、見得神功之大、報賽所當舉也。

積、露積也。

△有飶音苾其香、邦家之光。有椒其馨、胡考之寧。

飶、芬香也。未詳何物。胡、壽也。以燕享賓客、則邦家之所以光也。以共養耆老、則胡考之所以安也。

△匪且有且、匪今斯今叶音經、振音真古如茲。無韻、未詳。

○且、此。振、極也。言非獨此處有此稼穡之事、非獨今時有今豐年之慶。蓋自極古以來、已如此矣。猶言自古有年也。

載芟一章三十一句此詩未詳所用。然辭意與豐年相似。

其用應
亦不殊

○正義云首二節言春耕事畟畟二句言耜器而耕注云嚴利者謂嚴整而銛利也播厥二句言既耕而播種苗始生也

畟畟音測良耜。叶養里反 俶音昔載南畝。叶蒲委反 ○賦也。畟畟，嚴利也。

△播厥百穀，實函斯活。叶呼酷反 說見前篇。

△或來瞻女，載筐及筥。其饟式亮反 伊黍。或來瞻女，婦子之來饁者也。筐、筥，饟具也。

△其笠伊糾，叶其了反 其鎛音博斯趙。直了反 以薅音蒿荼蓼。糾然，笠之輕舉也。趙，刺。薅，去也。荼，陸草。蓼，水草。一物而有水陸之異也。今南方人猶謂蓼為辣荼，或用以毒溪取魚，即所謂荼毒也。

○同云此合下節言穫其利而樂其樂處

○劉瑾云：首節至寧止，并言二時之事，末則言報賽之典也。

○衍義云：盈止是比閭族黨備，皆富備仰有賴。寧止須把豐成太平氣象，家給人足，諸如含哺鼓腹之類，無饑餉之勞，自在其中矣。

△荼蓼朽止，黍稷茂止。叶莫口反。止。毒草朽，則土熱而苗盛。

△穫之挃挃，音窒。積之栗栗。其崇如墉，其比去聲如櫛。側瑟反。以開百室。挃挃，穫聲也。栗栗，積之密也。櫛，理髮器。言密也。百室，一族之人也。五家為比，五比為閭，四閭為族。族人輩作相助，故同時入穀也。

△百室盈止，婦子寧止。盈，滿。寧，安也。

△殺時犉牡，犉音淳。有捄其角。捄音求。角叶盧谷反。以似以續，續古之人。黃牛黑脣曰犉。捄，曲貌。續，謂續先祖以奉祭祀。

良耜一章二十三句。或疑思文、臣工、噫嘻、豐年、載芟、良耜

○行義云：基者，廟之第二層，門左右兩邊各有夾室，外夾室謂之外塾，南向；内夾室謂之内塾，北向。塾前之地謂之基，主人所立處，以基爲主告，皆往于基以告主人也。壺是注酒器，壺濯之濯，盤盆之屬也。濯具之濯，是洗濯之濯，二濯字不同。充者，肥碩之意。鼎者，烹調之器。鼒鼎盖也。

等篇，即所謂豳頌者。其詳見於豳風及大田篇之末，亦未知其是否也。

絲衣其紑，孚浮反。載弁俅俅。音求。自堂徂基，自羊徂牛，鼐音奈鼎及鼒，叶津之反。兕觥其觩。音求。旨酒思柔，不吳音話不敖，音傲。胡考之休。

賦也。絲衣，祭服也。紑，絜貌。載，戴也。弁，爵弁也。士祭於王之服。俅俅，恭順貌。基，門塾之基。鼐，大鼎。鼒，小鼎也。思，語辭。柔，和也。吳，譁也。○此亦祭而飲酒之詩。言此服絲衣爵弁之人，升門堂，視壺濯籩豆之屬，降往於基，告濯具，又視牲，從羊至牛，反告充，已乃舉鼎冪告潔，禮之次也。又能謹其威儀，不諠譁，不怠傲，故能得壽考之福。

○刪補云此美助祭之士能盡敬而獲福也

○衍義云此詩以酌名篇朱子謂云酌即勺也分明謂勺即籥也只作取樂之名以爲舞說細玩若舞籥而歌他詩則他詩悉皆以酌名耶此篇之義全在酌字蓋以酌名篇謂其酌時以用武亦見武王無私天下之心此詩人之善頌也

絲衣一章九句此詩或紑俅牛鼒柔休並叶基韻或基鼒並叶紑韻

於音烏鑠音爍王師遵養時晦時純熙矣是用大介我龍受之蹻蹻音矯王之造叶祖侯反載用有嗣叶音祠實維爾公允師

賦也於歎辭鑠盛遵循熙光介甲也所謂一戎衣也龍寵也蹻蹻武貌造爲載則公事允信也○此亦頌武王之詩言其初有於鑠之師而不用退自循養與時皆晦既純光矣然後一戎衣而天下大定後人於是寵而受此蹻蹻然王者之功其所以嗣之者亦維武王之事是師爾

○删補云：此頌武王因時以創業，而爲後人之所當法也。

○左傳僖公十九年云：衛大旱，甯莊子曰：昔周饑，克殷而年豐。

○删補云：此頌武王始終有安民之功，而稱其代商也。

酌一章八句　酌，即勺也。内則十三舞勺，即以此詩爲節而舞也。然此詩與賚般皆不用詩中字名篇，疑取樂節之名。如曰武宿夜云爾。

綏萬邦，屢音慮豐年。天命匪解。音懈桓桓武王，保有厥士，于以四方，克定厥家。於音烏昭于天，皇以間之。賦也。綏，安也。桓桓，武貌。武王克商之後必有凶年，而武王克商，則除害以安天下，故屢獲豐年之祥。傳所謂周饑克殷而年豐是也。然天命之於周，久而不厭也。故此桓桓之武王，保有其士，而用之於四方，以定其家，其德上昭于天也。間字之義未詳。傳曰：間，代也。言君天下以代商也。此亦頌武王之功。

○左傳宣公十二年布之

○衍義云此詩是后王追述而作經文詞氣俱体武王口氣言之實非武王自言也二我字並諸子孫俱指武王但須隨指以說我字方是詩人口氣

桓一章九句

春秋傳以此爲大武之六章則今之篇次蓋已失其舊矣又篇内已有武王之謚則其謂武王時作者亦誤矣序以爲講武類禡之詩豈後世取其義而用之於其事也歟

文王既勤止我應受之敷時繹思我徂維求定時周之命於繹思

賦也應當也敷布時是也繹尋繹也於歎詞繹思尋繹而思念也○此頌文武之功而言其大封功臣之意也言文王之勤勞天下至矣其子孫受而有之然而不敢專也布此文王功德之在人而可繹思者以賚有功而往求天下之安定又以爲凡此皆周之命而非復商之舊矣遂歎美之而欲諸臣受封賞者繹思文王之德而不忘也

〇左傳宣公十二年

衞之

〇術義云祭告者具祭而告即位也高山墮山祭法所謂山林丘陵能出雲爲風雨者也

〇刪補云此表其繹行之意而又揭其爲新命以儆人心也

賚一章六句　春秋傳以此爲大武之三章而序以爲大封於廟之

詩說同上篇

於音烏皇時周，陟其高山，嶞音惰山喬嶽，允猶翕音吸河。敷天之下，裒音抔時之對，時周之命。賦也。高山，汎言山耳。嶞則其狹而長者。喬，高也。嶽則其高而大者。允猶未詳，或曰允，信也。猶與由同。翕河，河善泛溢，今得其性，故翕而不爲暴也。裒，聚也。對，答也。言美哉此周也，其巡守而登此山，以柴望，又道於河以周四嶽，凡以敷天之下，莫不有望於我，故聚而朝之方嶽之下，以答其意耳。

行義云魯頌次周諸侯不可先天子也商頌次魯先代不可先時君也

般一章七句 般義未詳

閔予小子之什十一篇一百三十六句

魯頌四之四

魯少皡之墟在禹貢徐州蒙羽之野成王以封周公長子伯禽今襲慶東平府沂密海等州即其地也成王以周公有大勳勞於天下故賜伯禽以天子之禮樂魯於是乎有頌以爲廟樂其後又自作詩以美其君亦謂之頌舊說皆以爲伯禽十九世孫僖公申之詩今無所考獨閟宮一篇爲僖公之詩無疑耳夫以其詩之僭如此然夫子猶錄之者蓋其體固列國之

風。而所歌者。乃當時之事。則猶未純於天子之頌。若其所歌之事。又皆有先王禮樂教化之遺意焉。則其文疑若猶可予也。況夫子魯人。亦安得而削之哉。然因其實而著之。而其是非得失。自有不可掩者。亦春秋之法也。或曰。魯之無風何也。先儒以爲時王褒周公之後。比於先代。故巡守不陳其詩。而其篇第不列於太師之職。是以宋魯無風。其或然歟。或謂夫子有所諱而削之。則左氏所記當時列國大夫賦詩。及吳季子觀周樂。皆無曰魯風者。其說不得通矣。

駉駉(音扃)牡馬(叶滿補反)。在坰(音扃)之野(叶上與反)。薄言駉者(叶章與反)。有驈(音聿)有皇。有驪(音離)有黃。以車彭彭。

〇衍義紀綱曰。無疆者。思之遠也。不爲一時之計。而爲悠久之謀也。思焉斯臧。則所思之一端也。

○音釋云腹謂馬肚幹謂馬脅跨謂髀間所跨據之處白跨髀間白也〇衍義云跨者所跨據之處黄白黄而微白色襍之也黄騂皆黄而微騂也騂赤色也

叶鋪郎反思無疆思馬斯臧賦也。駉駉腹幹肥張貌。邑外謂之郊。郊外謂之牧。牧外謂之野。野外謂之林。林外謂之坰。驪馬白跨曰驈。黄白曰皇。純黑曰驪。黄騂曰黄。彭彭盛貌。思無疆言其思之深廣無窮也。臧善也。○此詩言僖公牧馬之盛由其立心之遠故美之曰思無疆則思馬斯臧矣。衛文公秉心塞淵而騋牝三千亦此意也

○駉駉牡馬在坰之野薄言駉者有騅音隹有駓音丕有騂有騏以車伾伾思無期思馬斯才叶前西反○賦也。倉白雜毛曰騅。黄白雜毛曰駓。赤黄曰騂。青黑曰騏。伾伾有力也。無期猶無疆也。才材力也。

○衍義云：白馬黑鬣，赤身黑鬣[illegible]馬騌也。

○同云：彤者，赤色也。骭，脚脛也。蓋膝下之名。

○駉駉牡馬，在坰之野。薄言駉者，有驒音駄有駱有駵音留有雒以車繹繹叶弋灼反思無斁叶弋灼反思馬斯作。賦也。青驪驎曰驒，色有深淺斑駁，如魚鱗，今之連錢驄也。白馬黑鬣曰駱。赤身黑鬣曰駵。黑身白鬣曰雒。繹繹，不絶貌。斁，厭也。作，奮起也。

○駉駉牡馬，在坰之野。薄言駉者，有駰音因有騢音遐叶洪孤反有驔音簟有魚以車祛祛音區思無邪叶祥余反思馬斯徂。賦也。陰白雜毛曰駰。陰，淺黑色，今泥驄也。彤白雜毛曰騢。豪骭曰驔，毫在骭而白也。二目白曰魚，似魚目也。祛祛，彊健也。徂，行也。孔子曰：詩三百，一

○衍義云。此二章不可用大全樂以成之。禮以節之。只是燕飲

言以蔽之。曰思無邪。蓋詩之言。美惡不同。或勸或懲。皆有以使人得其情性之正。然其明白簡切。通于上下。未有若此言者。故特稱之以爲可當三百篇之義。以其要爲不過乎此也。學者誠能深味其言。而審於念慮之間。必使無所思而不出於正。則日用云爲莫非天理之流行矣。蘇氏曰。昔之爲詩者。未必知此也。孔子讀詩至此。而有合於其心焉。是以取之。蓋斷章云爾。

駉四章章八句

有駜蒲必反有駜。駜彼乘繩證反黄。夙夜在公。在公明明。叶謨郎反振振鷺。鷺于下。叶後五反鼓咽咽。鳥玄反

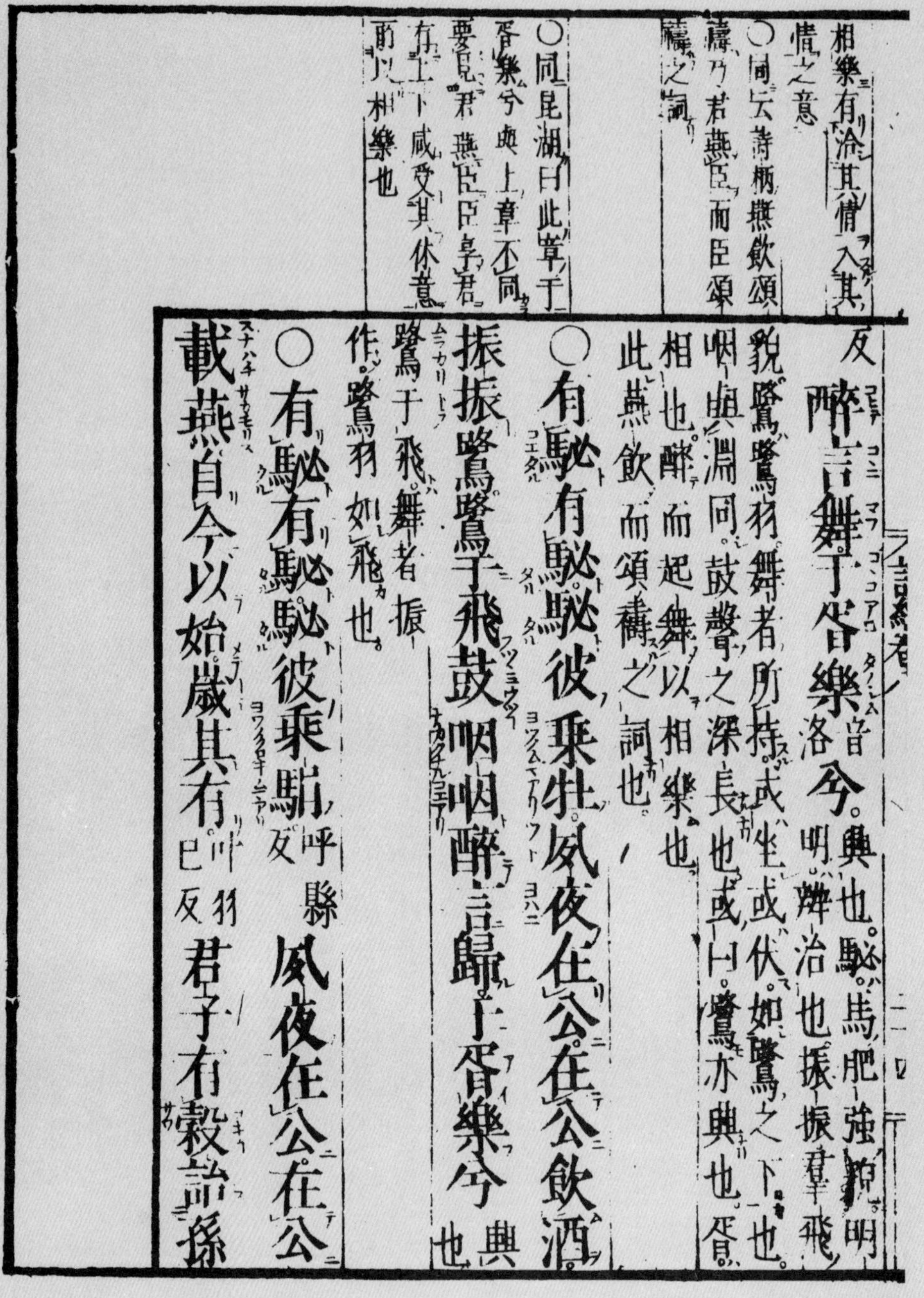

相樂有洽其情入其情之意

○同云詩柄燕飲頌禱乃君燕臣而臣頌禱之詞

○同昆湖曰此章于胥樂兮與上章不同要見君燕臣臣享君有上下咸受其休意而以相樂也

反

醉言舞于胥樂音洛兮。興也。駜馬肥強貌。明明辨治也。振振羣飛貌。鷺鷺羽舞者所持。或坐或伏。如鷺之下也。咽咽與淵同。鼓聲之深長也。或曰鷺亦興也。胥相也。醉而起舞以相樂也。此燕飲而頌禱之詞也。

○有駜有駜。駜彼乘牡。夙夜在公。在公飲酒。振振鷺鷺于飛。鼓咽咽醉言歸于胥樂兮。興也。振振鷺于飛。舞者振作鷺羽如飛也。

○有駜有駜。駜彼乘駽呼縣反。夙夜在公。在公載燕。自今以始。歲其有叶羽已反。君子有穀。詒孫

詞猶六首之二章燕飲以爲樂末章頌禱以爲樂也

○義云全詩極有次序一章言涖學而大得乎人二章言涖學而善教乎人三章乃施教之職而及燕飲而顯其獲壽服衆四章顯其化民格祖五章顯其聽德以服遠六章顯其得賢士以服遠而成功七章顯

子。于胥樂兮。興也。青驪曰駽。今鐵驄也。載則也。有有年也。穀善也。或曰祿也。詒遺也。頌禱之辭也。

有駜三章章九句

思樂音洛泮普半反水。薄采其芹。其斤反魯侯戾止。言觀其旂。叶其斤反其旂茷茷。蒲害反鸞聲噦噦。呼會反無小無大。從公于邁。賦其事以起興也。思發語辭也。泮水泮宮之水也。諸侯之學。鄉射之宮。謂之泮宮。其東西南方有水。形如半璧。以其半於辟廱。故曰泮水。而宮亦以名也。芹水菜也。戾至也。茷茷飛揚也。噦噦和也。此飲於泮宮而頌禱之詞也。

其壯矣不謙以服乎遠
八章言遠人既服而來貢之事

○思樂泮水薄采其藻魯侯戾止其馬蹻蹻居表反其馬蹻蹻其音昭昭叶之繞反載色載笑匪怒伊教賦其事以起興也蹻蹻盛貌色和顏色也

○思樂泮水薄采其茆叶謨九反魯侯戾止在泮飲酒既飲旨酒永錫難老叶魯吼反順彼長道叶徒吼反屈此群醜賦其事以起興也茆鳧葵也葉大如手赤圓而滑江南人謂之蓴菜者也長道猶大道也屈服醜衆也此章以下皆頌禱之詞也○茆音卯

○穆穆魯侯敬明其德敬慎威儀維民之則

○衍義云周公制大典而正四國魯公遵訓戒而作費誓而皆因此文武之道也惟能法是道與之相争與流通所以務之便是孝便雖有遺德之意

○衍義云作泮宮如何便服淮夷蓋泮宮所以講學作禮而出兵受成亦于斯也

允文允武昭假烈祖靡有不孝自求伊祜侯五反○賦也昭明也假與格同烈祖周公魯公也

○明明魯侯克明其德既作泮宮淮夷攸服矯矯虎臣在泮獻馘淑問如皋陶在泮獻囚

賦也矯矯武貌馘所格者之左耳也淑善也問訊囚也囚所虜獲者蓋古者出兵受成於學及其反也釋奠於學而以訊馘告故詩人因魯侯在泮而願其有是功也

○濟濟多士克廣德心桓桓于征狄彼東南叶尼心反烝烝皇皇不吳音話不揚不告于訩在泮

○衍義徽按曰卒獲就今日言正是孔淑不逆也卒字與詁終字士丁平日不服上來言昔雖變化今則終無不服矣此作已服說似與頌禱意有碍更詳之

獻功。賦也。廣，推而大之也。德，心善意也。狄，遠遏也。東南謂淮夷也。烝烝、皇皇，盛也。不吳、不揚，肅也。不告于訩，師克而和，不爭功也。

○角弓其觩（音求），束矢其搜。戎車孔博，徒御無斁（叶弋灼反）。既克淮夷，孔淑不逆（叶宜脚反）。式固爾猶，淮夷卒獲（叶黄郭反）。○賦也。觩，弓健貌。五十矢爲束，或曰百矢也。搜，矢疾聲也。博，廣大也。無斁，言競勸也。逆，違命也。蓋能審固其謀猶，則淮夷終無不獲矣。

○翩彼飛鴞（音梟），集于泮林。食我桑黮（音甚），懷我好音。憬（音耿）彼淮夷，來獻其琛（敕金反）。元龜象齒

○衍義云按禹貢淮夷之貢蠙珠既貢厥篚玄纖縞荊揚貢齒革九江納錫大龜惟金三品荊揚貢有之史記龜千歲尺二寸荊揚二州在南故云南金

○刪補云首末言僖公之事中則原魯之有國而并僖公之郊廟獲福以致頌禱之意也

大賂南金。興也。鴞惡聲之鳥也。黮桑實也。憬覺悟也。琛寶也。元龜尺二寸。賂遺也。南金荊揚之金也。此章前四句興後四句如行葦首章之例也。

泮水八章章八句

閟音泌宮有侐。音洫實實枚枚。赫赫姜嫄。音元其德不回。上帝是依。叶音偎無災無害。彌月不遲。叶陳回反是生后稷。降之百福。叶筆力反黍稷重穋。重平聲穋音六叶六直反稙音陟穉菽麥。叶訖力反奄有下國。叶于逼反俾民稼穡。有稷有黍。有稻有秬。音巨奄有下土。纘禹之緒。音序○賦也。閟深閉也。宮廟也。侐清靜也。實實鞏固也。枚枚礱密也。挾蓋修之。故詩人歌詠其事以爲頌禱之詞而推本后稷之生而下及于僖公耳。回邪也。依猶眷顧也。說見生民篇。先種曰稙。後種曰稺。奄有下國。封於邰也。緒業也。禹治洪水既平后稷乃播種百穀。

○后稷之孫實維大王音泰居岐之陽實始翦商至于文武纘大王之緒致天之屆于牧之野叶上與反無貳無虞上帝臨女音汝敦音堆商之旅克咸厥功叶居古反王曰叔父建爾元子叶子古反俾

○衍義蹻變條曰非謂太王有翦商之心也言翦商雖在武王之時而太王肇基王迹乃翦商之所從始耳

○衍義云按禮明堂位孟春其日月之章祀帝于郊謂郊爲建日月之章則不建龍旂矣故以龍旂四句爲廟祭者從此見也但不必從文玩註謂

侯于魯大啓爾宇爲周室輔賦也翦斷也大王自豳徙居岐陽四方之民咸歸往之於是而王迹始著蓋有翦商之漸矣屆極也猶言窮極也虞慮也無貳無虞上帝臨女猶大明云上帝臨女無貳爾心也敦治之也咸同也言輔佐之臣同有其功而周公亦與焉也王成王也叔父周公也元子魯公伯禽也啓開宇居也

○乃命魯公俾侯于東錫之山川土田附庸周公之孫莊公之子叶獎里反龍旂承祀叶養里反六轡耳耳春秋匪解音懈叶訖力反享祀不忒皇皇后帝皇祖后稷享以騂犧虛宜虛何二反是饗是宜牛奇

春秋爲錯舉四時可見春秋二句從廟祭無疑若郊祭則但示春行之安得有四時矣

牛何二反降福既多章移當何二反周公皇祖亦其福女音汝○賦也附庸猶屬城也小國不能自達於天子而附於大國也上章既告周公以封伯禽之意此乃言其命魯公而封之也莊公之子其一閔公其一僖公知此是僖公者閔公在位不久未有可頌此必是僖公也耳耳柔從也春秋錯舉四時也忒過差也成王以周公有大功於王室故命魯公以夏正孟春郊祀上帝配以后稷牲用騂牡皇祖謂羣公此章以後皆言僖公致敬郊廟而神降之福國人稱願之如此也

○秋而載嘗夏而楅衡叶戶郎反白牡騂剛犧尊將將音鏘毛炰音庖胾音恣羹叶盧當反籩豆大房萬舞

○行義云白牡騂剛朱子有明註矣然者曰周公有王禮不敢與文武同故用白牡者避嫌也然魯公則無嫌故不非僭諸侯度也大曰避嫌周于有王禮之意仍騂日謹度則于無所嫌之意亦失愛禮者云魯祀周公以王者之禮亦更有騂剛則全用天

洋洋孝孫有慶。叶祛羊反俾爾熾而昌俾爾壽而臧。保彼東方魯邦是常不虧不崩不震不騰三壽作朋如岡如陵

賦也。嘗秋祭名。楅衡施於牛角所以止觸也。周禮封人云凡祭飾其牛牲設其楅衡是也。秋將嘗而夏楅衡其牛。言夙戒也。白牡周公之牲也。騂剛魯公之牲也。白牡殷牲也。周公有王禮。故不敢與文武同。魯公則無所嫌。故用騂剛。犧尊畫牛於尊腹也。或曰尊作牛形。鑿其背以受酒也。毛炰周禮封人祭祀有毛炰之豚。注云爓去其毛而炰之也。胾切肉也。羹大羹鉶羹也。大羹大古之羹。湆煮肉汁不和。盛之以登。貴其質也。鉶羹肉汁之有菜和者也。盛之鉶器。故曰鉶羹。大房半體之俎。足下

予之禮故用白牡則
異于武公矣祀魯
公本是諸侯之禮故
用騂則亦無嫌

有路寢如堂房也。萬舞名。震騰驚動也。三壽未詳。鄭氏曰三卿也。或曰願公壽與岡陵等而爲三也。

○公車千乘。去聲叶神陵反朱英綠縢音滕二矛重弓。平聲叶姑弘反公徒三萬貝冑朱綅音纖叶息稜反烝徒增增戎狄是膺荊舒是懲則莫我敢承俾爾昌而熾俾爾壽而富叶方未反黃髮台背。叶蒲寐反壽胥與試俾爾昌而大叶特計反俾爾耆而艾叶五計反萬有千歲眉壽無有害叶暇憩反○賦也千乘大國之賦也成方十里出革車一乘。甲士三人。左持弓右持矛中人

○大全華谷嚴氏曰魯頌多夸大之詞曰千乘曰三萬不必求其數之盡合也○同孔氏曰僖公四年公會齊侯等伐楚楚一名荆舒是楚之與國故連言荆舒其伐戎狄則無文

御步卒七十二人將重車者二十五人千乘之地則三百十六里有奇也朱英所以飾矛緑縢所以約弓也二矛夷矛酋矛也重弓備折壞也徒步卒也三萬舉成數也車千乘法當用十萬人而為步卒者七萬二千人然大國之賦適滿千乘苟盡用之是舉國而行也故其用之大國三軍而已三軍為車三百七十五乘三萬七千五百人其為步卒不過二萬七千人舉其中而以成數言故曰三萬也貝胄貝飾胄也朱綅所以綴也增增衆也戎西戎狄北狄膺當也荆楚之別號舒其與國也懲艾承禦也僖公嘗從齊桓公伐楚故以此美之而祝其昌大壽考也壽胥與試之義未詳王氏曰壽考者相與為公用也蘇氏曰願其壽而相與試其才力以為用也

○大全孔氏曰泰山在齊魯之界其陽則魯其陰則齊二國皆以爲望也

○同書氏曰龜則鄒之龜山蒙則費之東蒙山

○大全廬陵羅氏曰地理攷鳧山在[illegible]州鄒縣東南二十五里嶧山一名鄒山在鄒縣南二十二里

○泰山巖巖叶魚杴反魯邦所詹奄有龜蒙遂荒大東至于海邦叶卜工反淮夷來同莫不率從魯侯之功 賦也泰山魯之望也詹與瞻同龜蒙二山名荒奄也大東極東也海邦近海之國也

○保有鳧繹叶弋灼反遂荒徐宅叶達各反至于海邦淮夷蠻貊叶莫博反及彼南夷莫不率從莫敢不諾魯侯是若 賦也鳧繹二山名宅居也謂徐國也諾應辭若順也○泰山龜蒙鳧繹魯之所有其餘則國之東南勢相連屬可以服從之國也

○衍義云天子有事於明堂故賜魯以朝宿之常邑天子有事於東都故錫魯以朝宿之許田常見侵于齊許見易于鄭故魯人願其復之也

○天錫公純嘏（叶果五反）眉壽保魯居常與許復周公之宇。魯侯燕喜令妻壽母。（叶滿委反）宜大夫庶士邦國是有。（叶羽已反）既多受祉黃髮兒齒。賦也。

常或作嘗在薛之旁。許許田也。魯朝宿之邑也。皆魯之故地見侵於諸侯而未復者。故魯人以是願僖公也。令妻令善之妻。聲姜也。壽母壽考之母成風也。閔公八歲被弒必是未娶。其母叔姜亦應未老。此言令妻壽母又可見公為僖公無疑也。有常有也。兒齒齒落更生細者亦壽徵也。

○徂來之松新甫之柏（叶逋莫反）是斷（音短）是度。（入聲）

○何義微發曰于魯侯是若曰魯人所以愿其君子萬民是若見魯君所以愿其民

是尋是尺。叶尺約反松桷音角有舄。叶七約反路寢孔碩叶常約反新廟奕奕。叶弋灼反奚斯所作。孔曼音萬且碩同上萬民是若。賦也。徂來。新甫。二山名。八尺曰尋。舄。大貌。路寢。正寢也。新廟。僖公所脩之廟。奚斯。公子魚也。作者。教護屬功課章程也。曼。長。碩。大也。萬民是若順萬民之望也

閟宮九章五章章十七句內第四章脫一句二章章八句。二章章十句舊說八章二章章十七句。一章十二句。一章三十八句。一章章八句。二章章十句。多寡不均。雜亂無次。蓋不知第四章有脫句而然。今正其誤

○衍義譜云商者契所封之地至傳十四世而湯有天下及紂無道武王受命封微子啓于宋脩其禮樂以奉商後

○同云劉氏曰三宗迭興湯後九世至太戊而商道興廟號中宗太戊后十三世至武丁商道復興廟號高宗武丁再傳而至祖甲所謂三宗迭興也但祖甲親盡之際適

魯頌四篇二十四章二百四十二句

商頌四之五

契為舜司徒而封於商傳十四世而湯有天下其後三宗迭興及紂無道為武王所滅封其庶兄微子啓於宋脩其禮樂以奉商後其地在禹貢徐州泗濱西及豫州盟猪之野其後政衰商之禮樂日以放失七世至戴公時大夫正考甫得商頌十二篇於周大師歸以祀其先王至孔子編詩而又亡其七篇然其存者亦多闕文疑義今不敢強通也商都亳宋都商丘皆在今應天府亳州界

猗音醫與音余那與置我鞉音桃鼓奏鼓簡簡衎我

以亡其國故未有宗號焉

○禮記郊特牲篇註云滌蕩猶搖動也

○祭義篇有之

烈祖。賦也。猗歟，詞。那，多。置，陳也。簡簡，和大也。衎，樂也。烈祖，湯也。記曰：商人尚聲，臭味未成，滌蕩其聲，樂三闋，然後出迎牲，即此是也。舊說以此為祀成湯之樂也。

△湯孫奏假，綏我思成。鞉鼓淵淵（叶於巾反），嘒嘒管聲。既和且平，依我磬聲。於（音烏）赫湯孫（叶思倫反），穆穆厥聲。

湯孫，主祀之時王也。假，與格同，言奏樂以格于祖考也。綏，安也。思成，未詳。鄭氏曰：安我以所思而成之人，謂神明來格也。禮記曰：齊之日，思其居處，思其笑語，思其志意，思其所樂，思其所嗜。齊三日，乃見其所為齊者。祭之日，入室，僾然必有見乎其位；周旋出戶，肅然必有聞乎其容聲；出戶而聽，愾然必有聞乎其嘆息之聲。此之謂思成。

○衍義。徵發曰。周之詩云先祖是聽。我客戾止。永觀厥成。此只言我有嘉客亦不夷懌。亦字中便該有先祖是听意。此可見商頌之簡古。

蘇氏曰。其所見聞。本非有也。生於思耳。此二說近是。蓋齊而思之。祭而如有見聞。則成此人矣。鄭注。頗有脫誤。今正之。淵淵。深遠也。嘒嘒。清亮也。磬。玉磬也。堂上升歌之樂。非石磬也。穆穆。美也

△庸鼓有斁。萬舞有奕。我有嘉客。亦不夷懌。

庸。鏞通。斁斁然。盛也。奕奕然。有次序也。蓋上文言。鞉鼓管籥。作於堂下。其聲依堂上之玉磬。無相奪倫者。至於此。則九獻之後。鐘鼓交作。萬舞陳于庭。而祀事畢矣。嘉客。先代之後來助祭者也。夷。悅也。亦不夷懌乎。言皆悅懌也

△自古在昔。先民有作。溫恭朝夕。執事有恪。

恪。敬也。言恭敬之道。古人所行。不可忘也。閔馬父曰。先聖王之傳。恭猶不敢專。稱曰自古。

○刪補云前三節詳音樂之脩第四節本其傳薦之遠末則真其祖之享也

○大全孔氏曰國語魯語註云名頌頌之美者考父恐其舛謬故就太師校之

○衍義劉氏曰頌詩所以美盛德告成功而皆自歌工以道達王者之意也

古曰在昔昔曰先民

△顧予烝嘗湯孫之將。將奉也。言湯其尚顧我烝嘗哉。此湯孫之所奉者。致其丁寧之意。庶幾其顧之也

那一章二十二句閔馬父曰。正考甫校商之名頌。以那為首。其輯之亂曰云云。即此詩也。

嗟嗟烈祖。有秩斯祜。祜音戶申錫無疆。及爾斯所。賦也。烈祖湯也。秩常。申重也。爾主祭之君。蓋自歌者指之也。斯所猶言此處也。○此亦祀成湯之樂。言嗟嗟烈祖有秩秩無窮之福。可以申錫於無疆。是以及於爾今王之所。而脩

○行義東萊呂氏曰清酤和羹皆言祭之始也輔氏曰先酒而后羹亦其序也

○儀禮鄉飲酒禮鄉射禮燕禮大射儀公食大夫禮少牢饋食禮皆曰羹定鄭註云定猶熟也

其祭祀如下所云也。

△既載清酤（叶候五反）賚我思成（叶音常）亦有和羹（叶音郎）既戒既平（叶音旁）鬷（音奏）假（音格）無言（叶音昂）時靡有爭（叶音章）綏我眉壽。黄耇無疆

酤，酒。賚，與也。思成，義見上篇。和羹，味之調節也。戒，夙戒也。平，猶和也。儀禮於祭祀燕享之始，每言羹定。蓋以羹熟為節，然後行禮。定，即戒平之謂也。鬷，中庸作奏。正與上篇義同。蓋古聲奏族相近，族聲轉平而為鬷耳。無言無爭，肅敬而齊一也。言其載清酤而既與我以思成矣。及進和羹而肅敬之至，則又安我以眉壽黄耇之福也

○行義云舊說以此節爲中上節者恭是善上節是言盡誠敬以獲福此節言得天人以獲福末要見非列祖之福所及何以得天人而格神獲福如此

○刪補云首節原先祖之所貽中二節詳其參祭而獲福所頼先祖而舉者末則冀其祖之享也

△約軧音祈錯衡。叶戶郎反八鸞鶬鶬。音槍以假音格以享叶虛良反我受命溥將自天降康豐年穰穰來假來饗叶虛良反降福無疆。約軧錯衡八鸞見采芑篇鶬鶬見載見篇言助祭之諸侯乘是車以假以享于祖宗之廟也溥廣將大也穰穰多也言我受命既廣大而天降以豐年黍稷之多使得以祭也假之而祖考來假享之而祖考來享則降福無疆矣

△顧予烝嘗湯孫之將說見前篇

烈祖一章二十二句

天命玄鳥降而生商宅殷土芒芒古帝命武

○行義元峰曰此祭宗廟之樂而以成湯武丁言者皆擧創業中興者言也或謂晉享祭武丁重中興上或謂祭武丁緊重湯創業上或謂武丁祀契與湯之樂俱不必從

○行義云先后或作自湯以下自武丁而上非也普天皆臣則受有人之命固率土皆臣則受有土之命固以湯對孫子言故曰先后以武丁對先后言故曰孫子猶賴

湯正域彼四方。賦也。玄鳥，鳦也。春分玄鳥降。高辛氏之妃有娀氏女簡狄，祈于郊禖，鳦遺卵，簡狄吞之而生契。其後世遂爲有商氏，以有天下。事見史記。宅，居也。殷，地名。芒芒，大貌。古，猶昔也。帝，上帝也。武湯，以其有武德號之也。正，治也。域，封境也。○此亦祭祀宗廟之樂，而追叙商人之所由生，以及其有天下之初也。

△方命厥后，奄有九有。叶羽已反 商之先后，受命不殆，叶養里反 在武丁孫子。叶獎里反 ○方命厥后，四方諸侯無不受命也。九有，九州也。武丁，高宗也。言商之先后受天命不危殆，故今武丁孫子猶賴其福。

△武丁孫子，武王靡不勝。音升 龍旂十乘，大糦

其福即下三節意

○刪補云首二句頌契之生商中七句頌湯之造商三節以下頌武丁之中興乎商也

○左傳昭公四年有之

○左傳隱公三年有之

音熾是承武王湯號而其後世亦以自稱也龍旂諸侯所建交龍之旂也大糦黍稷也。承奉也○言武丁孫子今襲湯號者其武無所不勝於是諸侯無不奉黍稷以來助祭也。

△邦畿千里維民所止肇域彼四海叶虎洧反○止居。肇開也言王畿之內民之所止不過千里而其封域則極乎四海之廣也。

△四海來假音格來假祁祁景員維河殷受命咸宜叶牛何反百祿是何音荷叶如字○假與格同祁祁衆多貌景員維河之義未詳或曰景山名商所都也見殷武卒章春秋傳亦曰商湯有景亳之命是也員與下篇幅隕義同蓋言周也河大河也言景山四周皆大河也何任也春秋傳作荷

○衍義云濬哲句包下數章意當連而上如湯之前有相土相土之前有契也

○衍義云桓撥言武以爲治也蓋敷教必

玄鳥一章二十二句

濬哲維商長發其祥洪水芒芒禹敷下土方外大國是疆幅隕音員既長有娀音菘方將帝立子生商

賦也濬深哲知長久也方四方也外大國遠諸侯也幅猶言邊幅也隕讀作員謂周也有娀契之母家也將大也○言商世世有濬哲之君其受命之祥發見也久矣方禹治洪水以外大國爲中國之竟而幅員廣大之時有娀氏始大故帝立其女之子而造商室也蓋契於是時始爲舜司徒掌布五教于四方而商之受命實基於此

○玄王桓撥叶必烈反受小國是達叶他悅反受大國

以德爲主此五句見
玄王以濬哲之君而
基天命以發祥於始
如此末二句見相土
以濬哲之君而弘天
命以發祥於中如此

是達率履不越遂視既發叶方月反相土烈烈海
外有截
賦也。玄王契也。玄者深微之稱。或曰
以玄鳥降而生也。王者追尊之號。桓
武。撥治。達通也。受小國大國無所不達。言其
無所不宜也。率循。履禮。越過。發應也。言契能
循禮不過越。遂視其民則既發以應之矣。相
土契之孫也。截整齊也。至是而商益大。四方
諸侯歸之截然整齊矣。其後湯
以七十里起。豈嘗中衰也與

○帝命不違至于湯齊湯降不遲聖敬日躋
音賚昭假遲遲上帝是祗帝命式于九圍。賦也。湯齊
之義未詳。蘇氏曰至湯而王業成與天命會
也。降猶生也。遲遲久也。祗敬。式法也。九圍九

○衍義云湯齊以言天命至此將有會合之期。蘇注所謂與天命會也。王業成字且勿用。蓋湯是
時尚未爲天子也。應期而降之期正是天人會合之期。不必以五百年之期爲言

○行義荊川曰不競二句言强與緩相濟初不偏于緩亦不偏于强也剛與柔亦然初不偏于剛亦不偏于柔也

州也○商之先祖既有明德天命未嘗去之。以至於湯。湯之生也應期而降適當其時。其聖敬又日躋升以至昭假于天。久而不息。惟上帝是敬。故帝命之以爲法於九州也。

○受小球音求大球爲下國綴音贅旒音流何音賀天之休不競不絿音求不剛不柔敷政優優百祿是遒音四○賦也。小球大球之義未詳。或曰小國大國所贄之王也。鄭氏曰小球鎮圭。尺有二寸。大球大圭三尺也。皆天子之所執也。下國諸侯也。綴猶結也。旒旗之垂者也。言爲天子而爲諸侯所係屬。如旗之縿爲旒所綴者也。何荷。競強。絿緩也。優優寛裕之意。遒聚也。

○受小共音恭叶居勇反大共爲下國駿音峻厖音忙叶莫

○衍義昆湖曰不震二句俱在心上說正見其敬也

○衍義曹氏曰湯以武定亂故號武王

○同輔氏曰載旆秉鉞不敢不虔即所謂臨事而俱也此與不震動戁竦並行不悖

言命之爲華夷之主也

孔反何天之龍叶丑勇反敷奏其勇不震不動叶德總反不戁音赧不竦音聳百祿是總。賦也。小共大共駿厖之義未詳。或曰。小國大國所共之貢也。鄭氏曰。共。執也。猶小球大球也。蘇氏曰。共。珙通。合珙之玉也。傳曰駿。大也。厖。厚也。董氏曰。齊詩作駿駹謂馬也。龍。寵也。敷奏其勇。猶言大進其武功也。戁。恐。竦。懼也。

○武王載旆有虔秉鉞音越如火烈烈則莫我敢曷音遏叶阿竭反苞有三蘖叶五竭反莫遂莫達叶他悅反九有有截韋顧既伐叶房越反昆吾夏桀。賦也。武王。湯也。虔。敬也。言恭行天討也。曷。遏通。或曰。曷。誰何也。苞。本也。蘖。旁生萌蘖也。言一本生三蘖也。

○删補云首一節推商至世德受命之久下則頌契之事教相土之延祚湯之格天而有天下以及伊尹相湯之功總見其濬哲相承而詳之長發也

○衍義云此篇總見得世德盛故祫祭之宜佐命賢故配享之宜○註云阿倚也衡平也政之可否以爲倚任事之輕重以之取平也

本則夏桀蘖則韋也顧也昆吾也皆桀之黨也鄭氏曰韋彭姓顧昆吾己姓○言湯既受命載旆秉鉞以征不義桀與三蘖皆不能遂其惡而天下截然歸商矣初伐韋次伐顧次伐昆吾乃伐夏桀當時用師之序如此

○昔在中葉有震且業允也天子叶獎里反降于卿士實維阿衡叶戶郎反實左音佐右音又商王

賦也震懼業危也承上文而言昔在則前乎此矣豈謂湯之前世中衰時與允也天子指湯也降言天賜之也卿士則伊尹也言至於湯得伊尹而有天下也阿衡伊尹官號也

長發七章一章八句四章章七句一章

○大全張子曰其祖之所自出則帝嚳也

○書盤庚篇有之

○衍義云按荆楚左控江陵右據黔中南負蒼梧北依經塞眞險阻之國也

○周易既濟九三爻辭有之

九句一章六句序以此爲大禘之詩蓋祭其祖之所出而以其祖配也。蘇氏曰。大禘之祭所及者遠故其詩歷言商之先后又及其卿士伊尹蓋與祭於禘者也。商書曰。茲予大享于先王爾祖其從與享之。是禮也豈其起於商之世歟。今按大禘不及羣廟之主此宜爲祫祭之詩。然經無明文不可考也。

撻彼殷武奮伐荆楚罙面規反入其阻裒音抔荆之旅有截其所湯孫之緒音序○賦也。撻疾貌。殷武殷王之武也。罙冒。裒聚。湯孫謂高宗。○舊說以此爲祀高宗之樂。蓋自盤庚沒而殷道衰。楚人叛之高宗撻然用武以伐其國。入其險阻以致其衆盡平其地使截然齊一。皆高宗之功也。易

○衍義云國語賓服者享荒服者王時享終王有不享則修文有不王則修德序成不至則修刑

○同徵強曰當時荊楚叛華諸侯亦有玩視王室者至是則皆臣服而來與也此上見平楚之威

曰高宗伐鬼方三年克之蓋謂此歟

○維女音汝荊楚居國南鄉昔有成湯自彼氐音堤羌莫敢不來享叶虛良反莫敢不來王曰商是常○賦也氐羌夷狄國在西方享獻也世見曰王○蘇氏曰既克之則告之曰爾雖遠亦居吾國之南耳昔成湯之世雖氐羌之遠猶莫敢不來朝曰此商之常禮也況汝荊楚曷敢不至哉

○天命多辟音璧設都于禹之績歲事來辟勿予禍適音謫稼穡匪解音懈叶訖力反○賦也多辟諸侯也來辟來王也適謫通○言天命諸侯各建都邑于禹所治之地而皆以歲事來至于商以祈王之不

○衍義云命于下國言命之爲華夷之主對天而言故曰下國撫四夷朝諸侯則天下之福皆其福矣故曰封建厥福

詩經卷六

譴曰。我之稼穡不敢解也。庶可以免咎矣。言荊楚既平而諸侯畏服也。

○天命降監下與濫叶下民有嚴叶五剛反不僭不濫。不敢怠遑命于下國叶越逼反封建厥福叶筆力反○賦也。監視。嚴威也。僭賞之差也。濫刑之過也。遑暇也。封大也。○言天命降監不在乎他皆在民之視聽則下民亦有嚴矣惟賞不僭刑不濫而不敢怠遑則天命之以天下而大建其福。此高宗所以受命而中興也。

○商邑翼翼四方之極赫赫厥聲濯濯厥靈。壽考且寧以保我後生。叶桑經反○賦也商邑王都也翼翼整敕

○衍義微波曰赫赫句有賞不用而天下稱仁刑不用而天下稱武意濯濯句有賞不用而天下自懷刑不用而天下自威意俱乘夷度看

○孝訓云舊說以此爲祀高宗之樂

○通典曰殷周之雅頌上本有娀姜嫄契稷相土公劉古公太伯王季姜女大任大姒之德乃及成湯文武受命武丁成康宣王中興下及輔佐阿衡周召太公申伯召虎仲山甫之屬君臣男女有功德者靡不褒揚於聲樂之閒也

貌。極，表也。赫赫，顯盛也。濯濯，光明也。言高宗中興之盛如此。壽考且寧云者，蓋高宗之享國五十有九年。我後生，謂後嗣子孫也。

○陟彼景山，叶所旃反 松柏丸丸。叶胡員反 是斷音短 是遷，方斲音卓 是虔。松桷音角 有梴，五連反 旅楹有閑。叶胡田反 寢成孔安。叶於連反。○賦也。景山，山名，商所都也。丸丸，直也。遷，徙也。方，正也。虔，亦截也。梴，長貌。旅，衆也。閑，閑然而大也。寢，廟中之寢也。安，所以安高宗之神也。此蓋特爲百世不遷之廟，不在三昭三穆之數。既成，始祔而祭之之詩也。然此章與閟宮之卒章文意略同，未詳何謂。

殷武六章，三章章六句，二章章七句，一

章五句

商頌五篇十六章一百五十四句

右詩三百十一篇朱子集傳之考證許註者余教授之暇採摭元明諸儒之説以便同志後学之徒者也

講習堂寸雲子昌易謹書焉

寬文四甲辰歲九月吉辰

寛政三辛亥歲五月再刻

慶應元乙丑歲六月三刻

標註五經集註者。平安書肆郁文堂所刊行也。而行于世日久。印版磨滅。且舊點國讀紛櫌煩碎。學者嘗苦讀。而詩傳殊甚矣。於此謀再刻。来乞挍正。余則從望楠軒所蔵之本。正其國讀。刈煩從簡。一以不失傳義。而便乎誦讀為要。若夫標註與傳之旨相背馳也。存而循舊者。將鳴寸雲子之勤。而又使芻蕘雉兎者往焉。其至剞劂氏之屢失工也。猶似蚊蠅驅撲之患。有不可堪者。讀者恕諸。

寛政辛亥之秋　尋思齋鈴木温記

心齋橋通安堂寺町南エ入　秋田屋太右エ門
同　北久太郎町北エ入　河内屋喜兵衛
同　唐物町南エ入　河内屋太助
同　北久寶寺町南エ入　河内屋佐助

浪華
書肆

和漢
西洋
書籍賣捌所

大阪心齋橋通北久太郎町

積玉圃　柳原喜兵衛